瑞蘭國際

韓語 新韓檢 詞法‧句型 與 閱讀‧寫作 寶典

國立政治大學韓國語文學系

王俊教授　著

從韓語詞法到句型，奠定韓語文法實力
從新韓檢閱讀到寫作，厚植應考能力

　　語法學包括了2大部分：（1）研究詞形變化的規則與定律的詞法
（Morphology；形態學）、（2）研究用詞造句的規則與定律的句法
（Syntax；結構學）。

　　韓語句法部分請參考筆者2012年所著的《韓語900：句法‧句型
讀這本就好了！》。本書是寫韓語詞法，主要是介紹韓語9大品詞的詞
法現象、詞類的形態變化規則及其體系，當然也介紹它們的句法功能
及運用，因為詞形變化的規則與用詞造句的運用是不可分的，這也是
筆者在編寫的過程中，特別注意的地方。

　　隨著時代的變遷與科技的發達，外語學習的環境與方法，已經有
了巨大的改變，韓流的風潮使得學習韓語的人口大幅度增加，韓語學
習書也跟著需要日益增多，為了滿足各階段學習者的需求便有了各類
多樣化的學習書，但如何能提升韓語的能力，參加韓國語文能力測驗
（TOPIK）可以讓學習者評價出自己的韓語實力，本書針對這一點特
別編寫了韓語檢測預備篇，讓讀者能夠熟悉試題並增強閱讀與寫作的
能力，但無論是聽力、閱讀或寫作，文法仍是根基，根基奠定了便能
快速地進步，有效地提高聽、說、寫的程度，本書的構成有以下的特
色。

（1）全書分為品詞、語尾、述語及接辭、韓語檢測預備（考古題）、以及韓語檢測預備（模擬試題）等5篇，9大品詞先以圖表分類，使讀者對品詞的類別等文法的區分一目瞭然。

（2）舉例加以解析並提示用法，可加強記憶。

（3）「檢測一下」中有模擬試題，讓讀者測試文法概念。

（4）試題解答可讓讀者確切了解並熟悉文法規則與語言的運用。

（5）索引依順序排列，可輕易找出想加強的項目。

（6）閱讀與寫作的考古題摘自TOPIK官方網站韓檢第33回、34回考題，模擬試題是筆者參考多種專書資料所模擬出的題目，再加上翻譯與解說，寫作篇中更加入了幾段「構思」，希望能引發讀者在寫作上的源泉。

　　衷心希望本書對韓語學習者有所助益。

　　最後要感謝政治大學陳慶智教授幫忙摘錄了考古題，還有要對瑞蘭國際出版王愿琦社長，以及參與本書的編輯校對出版而盡心盡力的各位，特別致上謝忱。

王h暖

STEP 1　先學習韓語「詞法」與「句型」：

　　本書依學習韓語文法最好的順序，依序介紹「品詞」、「語尾」、「述語及接辭」，詳細說明形態變化及規則。

分類索引

全書5大篇，依「品詞」、「語尾」、「述語及接辭」、「考古題」、「模擬試題」順序一一講解。一目瞭然的分類索引功能，讓您方便翻閱、隨時搜尋、溫故知新。

名師解說

作者王俊教授運用在大學任教數十年的深厚功力，將韓語詞法與句型做最精闢的解說，讓您馬上融會貫通。

表格整理

全書除了詳盡的說明與比較分析外，還將各種詞法表格整理，讓您擁有完整的文法概念，學習更有效率。

二、助詞　17

二、助詞

　　韓語的助詞主要是用在體言（名詞、代名詞、數詞）之後，來決定其前面語詞在句中的地位或功能，並表示與其他語詞間的文法關係。也可以用在副詞、副詞格助詞、連接語尾或其他助詞之後。由功能來區分可以有「格助詞」、「接續助詞」及「補助助詞」等3類。

助詞分類表：

類別		例
格助詞	主　格	가／이、께서、에서
	目的格	를／을
	補　格	가／이
	冠形語格	의
	副詞格	에、에게、께、에서、에게서、로、로서、로써、처럼、만큼
	呼　格	아／야、여、(이)시여
接續助詞		와／과、하고、에(다)、(이)며、(이)랑、마는
補助助詞		는／은、도、만、뿐、까지、조차、마저부터、마다
		(이)야、야말로
		(이)나、(이)나마
		(이)라도、(이)든지、커녕

側邊標籤（由上至下）：壹、品詞　貳、語尾篇　參、述語及接辭　肆、韓檢預備篇（考古題）　伍、韓檢預備篇（模擬試題）

實用例句

每個詞法皆有3～5個實用例句，並於重點
部分標示下線，讓您運用實例，全面理解
用法，迅速加強閱讀與寫作能力。

貼心補充

詞法除了說明本身的規則及
使用方式外，遇到特殊詞法
時，另有貼心補充說明，讓
您徹底掌握其變化。

中文意義

例句的中文翻譯，讓您一眼
就能記住詞法本意。

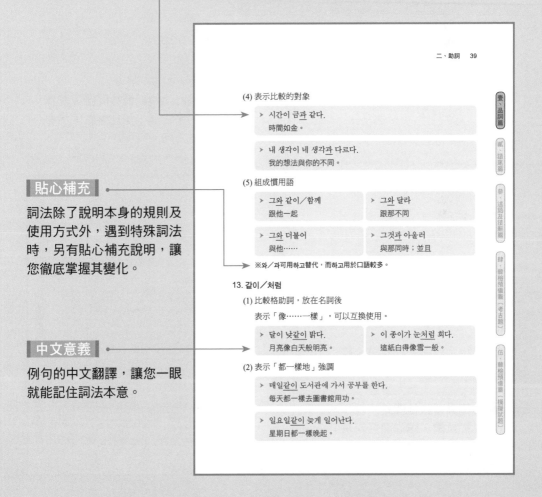

二、助詞　39

(4) 表示比較的對象

➤ 시간이 금과 같다.
　時間如金。

➤ 내 생각이 네 생각과 다르다.
　我的想法與你的不同。

(5) 組成慣用語

➤ 그와 같이／함께　　　➤ 그와 달라
　跟他一起　　　　　　　跟那不同

➤ 그와 더불어　　　　　➤ 그것과 아울러
　與他……　　　　　　　與那同時；並且

※와／과可用하고替代，而하고用於口語較多。

13. 같이／처럼

(1) 比較格助詞，放在名詞後
　　表示「像……一樣」，可以互換使用。

➤ 달이 낮같이 밝다.　　➤ 이 종이가 눈처럼 희다.
　月亮像白天般明亮。　　這紙白得像雪一般。

(2) 表示「都一樣地」強調

➤ 매일같이 도서관에 가서 공부를 한다.
　每天都一樣去圖書館用功。

➤ 일요일같이 늦게 일어난다.
　星期日都一樣晚起。

壹、品詞篇

貳、語尾篇

參、述語及接續篇

肆、韓檢預備篇（考古題）

伍、韓檢預備篇·模擬試題

STEP2　挑戰新韓檢：

　　因應新韓檢，作者特別蒐集考古題並精心編寫模擬試題，讓初級、中級、高級考生皆能階段性準備測驗。此外，作者精闢解析考古題及模擬試題，讓考生釐清易出錯之觀念。

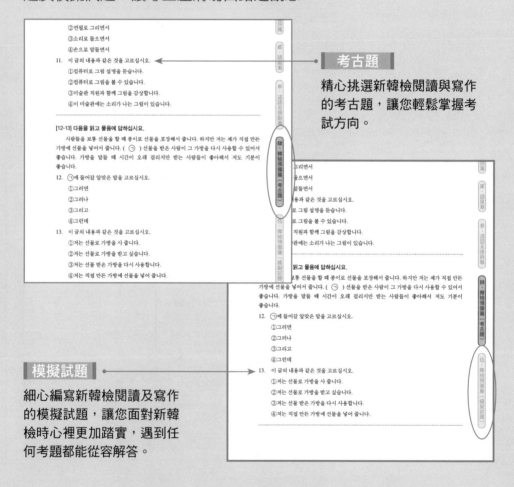

考古題

精心挑選新韓檢閱讀與寫作的考古題，讓您輕鬆掌握考試方向。

模擬試題

細心編寫新韓檢閱讀及寫作的模擬試題，讓您面對新韓檢時心裡更加踏實，遇到任何考題都能從容解答。

完全解析

不管考古題或模擬試題，每題皆有中文翻譯及破題要點，加強實力好確實。

延伸單字

模擬試題皆附上重點生詞及句型補充，讓您一邊練習、一邊還能增加生詞能力及句型概念，扎實準備新韓檢。

萬用索引

索引中彙整全書所列之詞法與句型，依照ㄱ、ㄴ、ㄷ、ㄹ……順序排列，讓您查尋想要了解、複習或加深印象的文法，好用又方便。

378　韓語詞法・句型與新韓檢閱讀・寫作寶典

〈範文〉

世人誰都會有一位尊敬的人。我也有那樣一位（令我尊敬的人）。他就是我小學五年級時的級任老師金敬熙老師。他是一位年紀稍長的女老師。期待著年輕貌美老師的我們，起初有點失望。但是和老師經過一段的相處，漸漸變得喜歡她了。

老師並不因為我們年幼就輕視我們，總是傾聽我們說話。所以在老師面前可以盡心地說出我們的想法，使得我們可以增廣自己的想法。老師又告訴我們讀書是多麼有趣的事。之前我是一個厭煩讀書的小孩，而上老師的課總是很有趣。上課時我們也玩遊戲也唱歌，愉快地讀書，之後我變成喜歡讀書的小孩了。

跟老師分離雖已過了10年，但至今還很想念老師。這次教師節我要去找老師，想告訴她我多麼感謝她。

構思：學生時代對親切、有耐性又認真負責、肯花時間幫助我們學習、成長的老師總是心存感謝與懷念之情，甚至充滿無盡的感恩。感謝老師保有赤子之心，不計較學生們的年幼無知，處處關懷照顧，引領學生走向光明、開闊思想，樹立了身教、言教的典範，當然令人尊敬、感激不盡，回憶起來也倍感溫馨。

生詞＋句型	나에게	在我來說、對我來說
	초등학교	初等學校、小學
	연세	年歲
	좋아하게 되다	變得喜歡
	무시하다	輕視
	귀를 기울이다	傾耳
	넓어지다	增廣，-어지다為輔助動詞
	지루해하는	認為是厭煩的
	게임	遊戲

新韓檢閱讀・寫作寶典

目錄

壹、品詞篇

一、品詞的分類

品詞分類表：

詞　性	虛　詞	實　詞			
機　能	關係語	主體基幹語	敘述語	修飾語	獨立語
詞　類	①助詞	體言： ②名詞 ③代名詞 ④數詞	用言： ⑤動詞 ⑥形容詞	⑦冠形詞 ⑧副詞	⑨感嘆詞

（一）品詞的詞性

　　要將所有的單語做文法詞性的分類並不簡單，所謂「品詞」就是把詞性相同的單語歸在一個詞類裡，列出簡易的表格讓讀者可以一目瞭然。首先在分類表裡所列的「虛詞」指的是無實質意義而僅具文法作用的詞，而「實詞」就是具有實際意義的詞。

（二）品詞的機能

　　以機能來說，在文法功能上僅用來表示附加助詞的某語詞與句子中其他語詞關係的就叫做「關係語」。而「體言」是形態不變的詞，有名詞、代名詞和數詞。「用言」是形態有變化，可活用的詞，有動詞和形容詞。「修飾語」中的冠形詞是用來修飾體言，副詞是修飾用言的，而感嘆詞的機能不同，是獨立於句子外的，所以叫做「獨立語」。

（三）品詞的分類

　　韓語品詞分類共分為9類，所謂9品詞的歸類法是依據1963年文教部學校文法統一審議會中所決定的「學校文法統一案」來區分的。

（四）9品詞的概念與功能

依9品詞的概念與功能，列表如下：

品詞名稱	概念	功能
①助　詞	・沒有獨立的詞彙意義，加在體詞後面，表示該詞在句中的地位，也就是它和其他詞之間的關係。	顯示成分關係或添加某些意思
②名　詞	・表示人、事、物的名稱。 ・表示抽象的事物，亦即某些現象、事件、行動、狀態、性質。	句中主語、目的語、補語
③代名詞	・代替人或事物名稱。 ・有人稱代名詞、指示代名詞、疑問代名詞3種。	
④數　詞	・表示數量（基數）和順序（序數）。	
⑤動　詞	・直接表示動作、行為、變化。 ・表示事物狀態、性質的變化。 ・表示心理、態度。	敘述語，說明主體之行動與變化

品詞名稱	概念	功能
⑥形容詞	・表示事物的性質或狀態。 ・表示通過感覺器官而感覺到的性質或狀態。 ・表示某種評價。 ・表示性格或心理狀態。 ・指示對象性質或表示疑問。	敘述語， 說明主體之性質與狀態
⑦冠形詞	・加在體言前面，修飾體言。 ・表示體言的性質、份量。 ・沒有任何詞形變化也不能添加任何語尾或附加成分。	修飾體言
⑧副　詞	・用來修飾行動、性質、狀態。 ・基本上沒有形態變化。 ・除了添意語尾外，副詞不能與其他附加成分結合。 ・副詞很多是以其他基本詞為基礎而構成的，數量較多，詞義的理解並不困難。	修飾用言
⑨感嘆詞	・直接表示說話者的感情和態度。 ・不能指出事物的名稱，而是直接表示各種情感和態度。	感動、 嘆息之用語

二、助詞

　　韓語的助詞主要是用在體言（名詞、代名詞、數詞）之後，來決定其前面語詞在句中的地位或功能，並表示與其他語詞間的文法關係。也可以用在副詞、副詞格助詞、連接語尾或其他助詞之後。由功能來區分可以有「格助詞」、「接續助詞」及「補助助詞」等3類。

助詞分類表：

類別		例
格助詞	主　格	가／이、께서、에서
	目的格	를／을
	補　格	가／이
	冠形語	의
	副詞格	에、에게、께、에서、에게서、로、로서、로써、처럼、만큼
	呼　格	아／야、여、(이)시여
接續助詞		와／과、하고、에(다)、(이)며、(이)랑、마는
補助助詞		는／은、도、만、뿐、까지、조차、마저 부터、마다 (이)야、야말로 (이)나、(이)나마 (이)라도、(이)든지、커녕

壹、品詞篇

貳、語尾篇

參、述語及接辭篇

肆、韓檢預備篇（考古題）

伍、韓檢預備篇（模擬試題）

（一）格助詞

1. 主格助詞가／이

(1) 主格助詞

表示它前面的名詞為主語，母音結尾的名詞＋가，子音結尾的名詞＋이。

> ➤ 비행기가 하늘에 날고 있다.
> 飛機在天空飛。

> ➤ 학생들이 교실에서 공부하고 있다.
> 學生（們）正在教室上課。

(2) 述語為動詞時

表主語為敘述的主體或行動主體，當述語為形容詞時，表主語的性質或狀態，如為-고連接的複合句時就有2個主語。

> ➤ 비가 오고 바람이 분다.
> 下雨又刮風。

> ➤ 가을이 지나가고 겨울이 왔네.
> 秋天過了，冬天到。

(3) 在被動句中表示被動作影響的主體

> ➤ 도둑이 경찰에게 잡혔다.
> 竊盜被警察抓了。

> ➤ 적군이 우리에게 격파되었다.
> 敵軍被我們擊倒了。

壹、品詞篇

貳、語尾篇

參、述語及接辭篇

肆、韓檢預備篇（考古題）

伍、韓檢預備篇（模擬試題）

(4) 在包孕句中表示第二主語，此時第一主語用-는／-은表示

> 서울은 가을에 날씨<u>가</u> 참 좋더라.
> 首爾秋天天氣真好耶。

> 오늘 나는 기분<u>이</u> 아주 좋아요.
> 今天我心情很好。

(5) 在雙主語句中表示數量的主語

> 우리반 학생이 80% <u>가</u> 여자 학생이다.
> 我們班學生80%是女生。

> 책상 위에 책이 세 권<u>이</u> 있다.
> 書桌上有3本書。

(6) 句中的子句作主語時表子句為主語

> <u>그가 군인이고 아니고</u>가 문제가 아니다.
> 他是不是軍人，不是問題。

> <u>무엇 때문에 고생하는가</u>가 다 함께 모호하다.
> 為何要吃苦，整個模糊了。（指原本吃苦的意義不明確了）

(7) 加在副詞或副詞形之後，表示主語或強調

> 설마<u>가</u> 사람 죽인다.（主語）
> 心存僥倖害死人。

> 서로<u>가</u> 서로를 대하고 보니 웃음을 터뜨렸다.（主語）
> 彼此相對而視就爆出笑聲。

> 이 모든 것이 도대체<u>가</u> 너무나 초라한 것이라고 한다. (強調)
> 有人說整件事畢竟太不體面。

> 몹시 보고<u>가</u> 싶어서 그래. (強調)
> 太想見了才會如此。

(8) 表示疑問的主語

> 우리가 같이 그에게 여기<u>가</u> 어디냐를 물어보자.
> 我們一起問他「這兒是哪裡？」吧！

> 이 놈아. 어른에게 "응"<u>이</u> 무엇이냐 "네"를 해야지.
> 喂，對大人說「嗯」算什麼，要說「是」才行。

(9) 在其他的助詞後表示強調此主語

> 누구나<u>가</u> 휴대폰을 들이려고 한다.
> 誰都想持有手機。

> 너하고 나하고<u>가</u> 그럴 사이냐？
> 你和我是那樣的關係嗎？

(10) 表示補語，並稱「補格助詞」

> 눈이 녹아 물<u>이</u> 된다.
> 雪溶成水。

> 그는 반장<u>이</u> 되었다.
> 他當了班長。

(11) 在否定句中，表示否定的對象或強調

> 이 사람은 한국사람<u>이</u> 아니다.
> 這個人不是韓國人。

> 돈은 문제가 아니다.
> 錢不是問題。

(12) 用在目的格助詞的位置表強調

> 아이들은 옛 이야기가 듣고 싶어해요.
> 孩子們想聽故事。

> 나는 한국영화가 보고 싶어요.
> 我想看韓國電影。

(13) 用在存在詞있다／없다之前，依存名詞後作主語

> 그럴 수가 있어요?
> 可以那樣子嗎？

> 그런 것이 없어요.
> 沒有那樣的事。

2. 主格助詞께서

用在主格位置表示對主語的尊敬。

> 선생님께서 열심히 공부하라고 말씀하셨다.
> 老師叫（我們）用功讀書。

> 어머니께서 동생을 부르신다.
> 媽媽叫喚弟弟。

3. 主格助詞에서

(1) 用在主詞位置，表示主語是一個團體

> 우리 학교에서 내일 소풍간다.
> 我們學校明天去遠足。

> 이번 전시회 (展示會) 에 우리 회사에서 일등을 했다.
> 這次展示會我們公司得了第一。

(2) 場所格

表示「在」的意思，接動作動詞。

> 공원에서 산보합니다.
> 在公園裡散步。

> 학교에서 한국말을 배웁니다.
> 在學校裡學韓語。

(3) 奪取格

表示「從」的意思，或表起源、起因。

> 대만에서 왔어요.
> 從台灣來。

> 병은 종종 과식에서 일어난다.
> 病常因飲食過量而起。

4. 目的格助詞를／을

(1) 表示他動詞（及物動詞）的直接目的語

> 밥을 먹는다.
> 吃飯。

> 그것을 모르느냐?
> 那個你不懂嗎？

(2) 後接移動性自動詞（不及物動詞），表示移動的場所

> 세계각지를 여행했다.
> 到世界各地旅行了。

> 새가 하늘을 난다.
> 鳥在天空飛。

(3) 表示行動的出發點

> 기차를 내린다.
> 走出火車。

> 어느 대학을 나왔나 ?
> 你哪所大學畢業？

※表行動出發點的를／을也可以用-에서替換。

(4) 表行動的目的或目的地

> 만리장성을 가보고 싶은데요.
> 想去看萬里長城。

> 같이 수영을 갈까 ?
> 要一塊兒去游泳嗎？

※表行目的或目的地的를／을也可以省略。

(5) 表示時間或回數

> 오늘부터 우리는 닷새를 쉴 겁니다.
> 從今天起我們休息5天。

> 그분은 10년을 하루 같이 교육사업을 하고 있습니다.
> 他10年如一日從事教育事業。

(6) 慣用句

> 꿈을 꾸다.
> 做夢。

> 시중을 들다.
> 照顧。

> 잠을 자다.
> 睡覺。

> 장가를 들다／가다.
> 娶妻。

壹、品詞篇

貳、語尾篇

參、述語及接辭篇

肆、韓檢預備篇（考古題）

伍、韓檢預備篇（模擬試題）

> 춤을 추다.
> 跳舞。

> 진리를 위하여.
> 為了真理。

> 걸음을 걷다.
> 步行。

> 미래를 향하여.
> 迎向未來。

> 웃음을 웃다.
> 發笑。

> 울음을 울다.
> 哭泣。

> 고금을／전후를／
> 상하를／노소를 막론하고…
> 勿論古今／前後／
> 上下／老少……

(7) 在語尾지、아／어或助詞에之後表示強調

> 이 책을 읽어를 봤니?
> 這本書你試讀過了嗎？

> 서울에랑 가지를 마오. 떠나지를 마오.
> 別去首爾啦。別離開啦。

> 어데를 가니?
> （你）到哪兒去？

(8) 在文節或子句中成為目的語

> 그것이 얼마나 해로운가를 명심해야 한다.
> 要切記那個有多大害處。

➤ 수중에 돈이 있고 없고를 막론하고…
無論手中有錢沒錢……

➤ 사랑하는지를 알 턱이 없다.
無法知道到底愛不愛。

(9) 在副詞後做目的語表強調或表移動場所

➤ 피차를 위하여 앞으로 서로 노력해야 한다.
為了彼此往後都要努力才行。

➤ 무슨 뜻일까 하고 한참을 생각하다가, 옳지, 그 것을 알았다.
想了一陣「什麼意思」之後，對了，我知道了。

➤ 기차는 어느덧 서울역 가까이를 달리고 있었다.
火車不知不覺已駛近首爾站了。

(10) 加在其他助詞後，表目的語或強調

➤ 내가 이른대로를 잘 지켜야 한다.
要照我告訴你的好好遵守才行。

➤ 학생과 교수와를 합석시켜서 회의를 한다.
讓學生與教授一起開會。

➤ 우리들이 없는 사이에 집에를 찾아와서…
在我們不在家的期間找來……

壹、品詞篇

貳、語尾篇

參、述語及接辭篇

肆、韓檢預備篇（考古題）

伍、韓檢預備篇（模擬試題）

5. 冠形格助詞의

(1) 表敘述的主體

> 인생의 행복; 부모의 사랑; 인류의 위기.
> 人生的幸福；父母之愛；人類的危機。

> 張大千(장다첸)의 그림.
> 張大千畫的畫。

> 인류의 큰 발전; 나라의 가는 길.
> 人類的大發展；國家走的路。

(2) 表示行動的客體

> 사회의 건설; 사원의 보험.
> 社會的建設；公司員工的保險。

> 張大千(장다첸)의 그림.
> 張大千的畫像。

> 내(나의) 손님. (나를 찾는 손님.)
> 我的客人。

(3) 表同格，如人的作用

> 백두산의 산봉; 건재의 대리석.
> 白頭山（之）山峯；建材（之）大理石。

> 정치가의 국부; 별의 금성.
> 政治家國父；星中之金星。

(4) 表示所有

> 나라의 꽃; 군대의 힘.
> 國之花；軍隊的力量。

> 꽃의 향기; 황소의 힘.
> 花之香氣；黃牛的力量。

(5) 表示所有者、保有者

> 나라 미래의 주인공; 연극의 주인공.
> 國家未來的主人翁；話劇之主角。

> 너의 책; 내 아내.
> 你的書；我的妻。

(6) 表示數量

> 일주일의 휴가; 한 번의 만남.
> 一週之休假；一次的會面。

> 한 푼의 돈; 몇 채의 집.
> 一分錢；幾棟房屋。

(7) 表示特別之對象

> 불후의 명작; 절세의 미인.
> 不朽之名作；絕世美人。

> 무방비의 주민; 민간의 투자.
> 無防備之居民；民間的投資。

(8) 表示比喻

> 황금의 모래; 금색의 연대.
> 黃金之沙；金色之年代。

> 강철의 의지; 약수반（弱水般）의 여자.
> 鋼鐵般的意志；弱水般的女人。

(9) 表示目標

> 승리의 날; 성공의 길.
> 勝利之日；成功之路。

> 인생의 목적; 연구의 성과.
> 人生目標；研究之成果。

(10) 表示場所、位置

> 대구의 사과; 옥의 티.
> 大邱的蘋果；玉之瑕。

> 세계의 평화; 남북의 통일.
> 世界之和平；南北之統一。

(11) 表示時間、季節的

> 새벽의 공기; 가을의 하늘.
> 黎明的空氣；秋之天空。

> 옛날의 농촌; 금일의 세계.
> 昔日的農村；今日的世界。

(12) 表示用途

> 자동차의 기름; 난로의 가스.
> 汽車用的油；暖爐用的瓦斯。

> 넥타이의 핀; 대문의 연쇄.
> 領帶用的夾子；大門的鑰匙。

※此處的의＝에 쓰이는。

(13) 表示材料

> 벽돌의 담; 대리석의 요리대.
> 磚做的牆；大理石的料理台。

> 무쇠의 화로; 플래스틱의 의자.
> 鐵製的火爐；塑膠椅。

※此處的의＝(으)로 만든。

(14) 與其他的助詞結合表2種含意

> 나라에의 충성. (= 나라에 대한 충성.)
> 對國家的忠誠。

> 기계로의 작업. (= 기계로 하는 작업.)
> 使用機器的作業。

> 일선에서의 편지. (= 일선에서 온 편지.)
> 從前線來的信。

> 성공에로의 길. (= 성공에 향한 길.)
> 走向成功之路。

(15) 與代名詞結合成簡略形或省略

> 내(나의) 생각
> 我的想法

> 제(저의) 의견
> 我的意見

> 네(너의) 말
> 你的話

> 뉘(누구의) 책
> 誰的書

> 저희 소견; 너희 말.(의省略)
> 我們所見；你們的話。

> 국어 선생님; 선생님 가방. (의省略)
> 國語老師；老師的包包。

(16) 在文節或句子之後表示하는的意思

> 전쟁이 확대될 것인가의 예측은 어렵다.
> 戰爭是否會擴大，很難預測。

> 그가 은퇴하면 누가 후계 수상이 되느냐의 문제가 곧 일어나겠다.
> 他隱退的話，誰來繼任首相的問題將立即產生。

(17) 在副詞之後表示用言的作用

> 그는 아까의 자리로 돌아가서 계속 일한다.(=아까 앉은)
> 他回到剛剛的位子繼續做事。

> 나로서는 스스로의 경험에 의하여 하겠다.(=자신이 갖고 있는)
> 我會依照個人的經驗去做。

6. 와／과

(1) 補格助詞

表示前面的語詞為補語，後面述語為不完全形容詞。

> 시간이 금과 같다.
> 時間如金。

> 그의 성격이 언니와 다르다.
> 她的個性與姊姊不同。

(2) 共同格助詞

表示「與……一起」的意思。

> 친구와 같이 여행을 갔어요.
> 跟朋友一起去旅行了。

> 그들과 함께 농구를 했습니다.
> 與他們一起打了籃球。

(3) 接續助詞

在句中有對等連接2個單語的機能。

> 이 물건은 내 것과 비슷합니다.
> 這東西與我的相似。

> 김 선생이 순희와 결혼할 것이에요.
> 金先生將與順姬結婚。

7. (으)로

(1) 補格助詞，其前面的語詞為補語

表示「轉成結果」，此時也可以用이／가表示。

> 구름이 모여서 비로 된다.
> 雲聚集變成雨。

> 5에 6을 더하면 11로 된다.
> 5加6成11。

> 물이 얼음으로 변했다.
> 水變成了冰。

> 그는 과학자로 되었어요.
> 他成了科學家。

(2) 向進格助詞

　　表示「方向」。

> 학교로 간다.
> 往學校去。

> 까우숑으로 이사갔어요.
> 搬去高雄了。

(3) 手段格助詞

　　表示工具或手段，也可用(으)로써。

> 기계로 밭을 갑니다.
> 用機械耕田。

> 고무풀로 붙인다.
> 用膠水貼。

(4) 資格助格詞

　　表示「身分、資格」，也可用(으)로서。

> 공장의 노동자로 취직했다.
> 在工廠就職為工人。

> 이번에 반대표로 선발되었다.
> 這次被選為班代表。

(5) 原因格助詞

　　表示「原因」，也可用(으)로써。

> 홍수로 손해를 입었다.
> 因洪水受到損失。

> 감기로 고생을 했어요.
> 因為感冒而受苦。

(6) 表示期限或排序

> 회의는 내일로 연기했어요.
> 會議延期到明天。

> ➤ 일주일내로 끝내겠다고 약속했는데.
> 約定一週內要結束。

> ➤ 첫째로; 둘째로; 처음으로; 끝으로…
> 第一、第二、首先、最終……

(7) 組成慣用語

> ➤ 그로 인하여…
> 因為他／它……

> ➤ 꾀로 말미암아…
> 由於計謀……

> ➤ 그걸로 하여…
> 經由那東西……

> ➤ 도시로 해서 농촌으로…
> 經由都市再往農林……

> ➤ 나로 하여금…
> 讓我……

8. (이)라고

(1) 補格助詞

表示「稱為、當作」。

> ➤ 나는 그를 친구라고 부른다.
> 我把他稱做朋友。

> ➤ 나는 그것이 진짜 보석이라고 하는데…
> 我以為那個是真的寶石……

壹、品詞篇

貳、語尾篇

參、述語及接辭篇

肆、韓檢預備篇（考古題）

伍、韓檢預備篇（模擬試題）

(2) 引用格助詞

表示直接引用。

> 누군가가 "불이야"라고 외쳤다.
有人大喊「失火了！」。

> 그 사람이 "저는 스무살입니다"라고 대답했습니다.
他回說：「我20歲」。

9. 에

(1) 場所格助詞

表示位置或「在」，亦常與時間或單位名詞連用。

> 언제 한국에 왔어요?
（你）何時來韓國的？

> 아이들이 밖에 있어요.
孩子們在外面。

> 10시에 수업이 있어요.
10點鐘有課。

> 오늘 저녁에 우리 집에 오세요.
今天傍晚請到我們家來。

> 수박 한 개에 얼마예요?
西瓜1個多少錢？

> 이 사과는 1000원에 두개입니다.
這蘋果2個1,000元。

(2) 賦與格助詞

表示「給予」接於非動物名詞後。

> 식물에 거름을 준다.
給植物施肥。

> 차에 기름을 먹이다.
給車子加油。

※此處的에也可用에다代替使用，加에다表示有接觸的意味。

(3) 對象格助詞

表示列舉的對象，也可用에다／에다가。

> 오늘 공연에는 노래에 춤에 연극까지 있는데.
> 今天公演中有歌曲演唱、有舞蹈，連短劇都有。

> 백화점에는 옷에 구두에 장난감에 일용품에 없는 것이 없다.
> 百貨公司裡，衣服、鞋子、玩具、日用品……應有盡有。

(4) 原因格助詞

表示原因。

> 옷이 비에 젖었어요.
> 衣服被雨淋濕了。

> 나무가 바람에 흔들립니다.
> 樹因風搖動。

(5) –에다／에다가的省略用法

> 하나에(다) 둘은 더하면 셋이 된다.
> 1加2等於3。

> 커피에(다) 설탕을 넣었어요.
> 咖啡裡加了糖。

(6) 慣用語，表習慣用法

> 문법에 관하여.(관하여可替換為대하여; 의하여)
> 關於文法。（譯為，對於；依照）

> 장래에 있어서
> 在於將來

壹、品詞篇　貳、語尾篇　參、述語及接辭篇　肆、韓檢預備篇（考古題）　伍、韓檢預備篇（模擬試題）

> 한꺼번에
> 一下子

> 동시에
> 同時

> -에 비하여／-에 비하면
> 比起……來……／比起……來的話……

10. 에게／한테 接於人或動物之後，에게的敬語用께，口語用한테

(1) 場所格助詞

表示存在的位置。

> 돈이 나에게 있어요.
> 錢在我這兒。

> 그 책은 형님에게 있다.
> 哥哥那裡有那本書。

(2) 賦與格助詞

表示「給予」或「向某人」的意思。

> 한사람에게 사과 2개씩 나누어 주었다.
> 分給每人2個蘋果。

> 누구에게 물었느냐?
> 問過誰了？

(3) 對象格助詞

表示被動或授與的第二主體，亦即間接對象。

> 그가 친구에게 속임을 당했다.(=친구가 그를 속이었다.)
> 他被朋友騙了。

> 그 애가 철수<u>에게</u> 매를 맞았다.(=철수가 그 애를 때렸다.)
>
> 他挨了哲洙的揍。

> 형이 아우<u>에게</u> 책을 주었어요.
>
> 哥哥把書給了弟弟。

> 영수가 선생님<u>께</u> 신문을 드렸어요.
>
> 永秀把報紙給了老師。

※「더러」也用於人或動物之後，表示行動的間接受持者，但動詞為要求、請求、詢問或命令時才用。

> 그<u>더러</u> 물어봐요! 어느 쪽으로 가야 되나?
>
> 向他問問看吧！該往哪邊走呢？

> 누가 너<u>더러</u> 오라고 했니?
>
> 誰命令你去呢？

11. 奪取格助詞에게서／한테서，敬語用께서

(1) 表示「起始點」

> 그 소문을 이 친구<u>에게서</u> 들었어요.
>
> 那個消息是從這個朋友處聽來的。

> 누구<u>에게서</u> 선물 보내왔나?
>
> 禮物是誰寄來的？

(2) 表示活動的場所

> 그는 어려서부터 외삼촌<u>에게서</u> 성장했다.
>
> 他自幼在舅舅家成長。

壹、品詞篇

貳、語尾篇

參、述語及接辭篇

肆、韓檢預備篇（考古題）

伍、韓檢預備篇（模擬試題）

> 이 애는 일찌기 부모를 여의고 외할머니<u>께서</u> 자랐어요.
> 這孩子父母早逝，由外婆養大。

(3) 表示指定的對象

> 그<u>에게서</u> 결점이라면 성급한 것이다.
> 要説他的缺點的話就是性急。

> 너<u>에게서</u>도 장점이 있다.
> 你也有優點。

12. 와／과、하고

(1) 共同格助詞

表示並列。

> 이 애<u>와</u> 그 애는 같은 학교에서 공부한다.
> 這孩子和他在同一所學校上學。

> 책<u>과</u> 종이가 많이 있다.
> 有很多書和紙。

(2) 表示共同行動的對象

> 친구<u>와</u> 같이 산보했다.
> 跟朋友一起散了步。

> 선생님<u>과</u> 같이 연구했어요.
> 跟老師一起研究過了。

(3) 表示相對或相關的對象

> 어제 철수<u>와</u> 만났어요.
> 昨天跟哲洙見了面。

> 아버님<u>과</u> 상의했어요.
> 跟爸爸商量過了。

(4) 表示比較的對象

> 시간이 금과 같다.
> 時間如金。

> 내 생각이 네 생각과 다르다.
> 我的想法與你的不同。

(5) 組成慣用語

> 그와 같이／함께
> 跟他一起

> 그와 달라
> 跟那不同

> 그와 더불어
> 與他⋯⋯

> 그것과 아울러
> 與那同時；並且

※와／과可用하고替代，而하고用於口語較多。

13. 같이／처럼

(1) 比較格助詞，放在名詞後

表示「像⋯⋯一樣」，可以互換使用。

> 달이 낮같이 밝다.
> 月亮像白天般明亮。

> 이 종이가 눈처럼 희다.
> 這紙白得像雪一般。

(2) 表示「都一樣地」強調

> 매일같이 도서관에 가서 공부를 한다.
> 每天都一樣去圖書館用功。

> 일요일같이 늦게 일어난다.
> 星期日都一樣晚起。

壹、品詞篇

貳、語尾篇

參、述語及接辭篇

肆、韓檢預備篇（考古題）

伍、韓檢預備篇（模擬試題）

14. 만

(1) 比較格助詞

表示程度的比較,「僅只」的意思。「만 못하다」表示「不如」。

> ➤ 키가 장승만 해요.
> 身高僅只長生柱(電線桿)那麼高。

> ➤ 버스로 가는 것이 기차로 가는 것만 못해요.
> 乘巴士去不如乘火車去。

(2) 強調動作或事實

表示「光是……」的意思。

> ➤ 보기만 해도 침이 꿀떡꿀떡 넘어간다.
> 光看就叫人流口水。

> ➤ 그 애는 말을 안 하고 울기만 해요.
> 那孩子不說話光是哭。

(3) 補助助詞

表示「限定」的意思。

> ➤ 조금만 먹어도 배가 불러요.
> 只吃一點肚子就飽。

> ➤ 그 애는 나만을 생각할 거야.
> 那孩子只會想到自己。

15. 만큼

(1) 比較格助詞

表示程度的相當。

> 저 쥐가 고양이만큼 크다.
> 那老鼠有貓那般大。

> 아들이 아버지만큼 키가 커요.
> 兒子有爸爸一般高的身材。

(2) 補助助詞

表示程度上相似。

> 부부생활에서 사랑만큼 중요한 것은 없다.
> 夫妻生活中沒有像「愛」一樣重要的東西。

> 우리에게 독서만큼 기쁨을 주는 것이 없다.
> 對我們來說讀書是快樂無比的。

※在否定句中的만큼有2種意思。

> 이것은 내 것만큼 비싸지 않아요.
> ①這東西不像我的那樣貴。②這東西像我的那樣不貴。

> 한국어는 일어만큼 어렵지 않다.
> ①韓語不像日語那麼難。②韓語像日語一樣不難。

壹、品詞篇

貳、語尾篇

參、述語及接辭篇

肆、韓檢預備篇（考古題）

伍、韓檢預備篇（模擬試題）

16. 보다

(1) 比較格助詞

表示比較的對象。

> ➤ 마음이 바다<u>보다</u> 넓다.
> 心胸比海寬廣。

> ➤ 오늘은 어제<u>보다</u> 더 추어요.
> 今天比昨天還冷唷。

17. 라고／이라고

(1) 引用格助詞，母音結尾的名詞用라고，고有時省略，子音結尾的語詞用이라고

表示直接引用。

> ➤ 저것은 김치라<u>(고)</u> 해요.
> 那個叫「泡菜」。

> ➤ 동생이 "내가 알지"<u>라고</u> 말했다.
> 弟弟説：「我知道啊」。

※直接引用也常用動詞하고加上傳達動詞말하다、질문하다、부탁하다、제안하다等來表示。

18. 아、야

(1) 呼格助詞，亦稱獨立格助詞，母音結尾的名詞用야，子音結尾的名詞用아

> ➤ 순<u>아</u>! 이리 오너라!
> 順啊！到這裡來！

> ➤ 철수<u>야</u>! 빠릴 학교 가!
> 哲洙啊，趕快去上學！

(2) 表示強調前面語詞的意思

> 철수야 내가 잘 알지.
> 哲洙啊，我很熟。

> 이제야 그것을 알았어요.
> 現在我終於知道那個了。

19. 여、(이)시여

(1) 呼格助詞，用在稱呼「主／上帝」時的敬稱

> 주여! 이 나라 좀 구하소서.
> 主啊！請救救這個國家吧！

> 하느님이시여! 우리를 돌봐주세요.
> 上帝啊！請眷顧我們吧！

（二）接續助詞

1. 과／와、하고、랑／이랑

(1) 單語接續助詞，用於並列或列舉

> 아침에는 빵과 우유를 먹어요.
> 早晨嘛，吃麵包和牛奶。

> 아침에는 우유와 빵을 먹어요.
> 早晨嘛，吃牛奶和麵包。

> 아침마다 신문하고 TV뉴스를 봐요.
> 每天早上看報紙和電視新聞。

> 책가방에는 책이랑 연필이랑 지우개랑 종이랑 다 있어요.
> 書包裡書啊，鉛筆和橡皮擦、紙都有。

壹、品詞篇

貳、語尾篇

參、述語及接辭篇

肆、韓檢預備篇（考古題）

伍、韓檢預備篇（模擬試題）

2. 고／이고、며／이며

(1) 單語接續助詞，用於並列

表示「與……；跟……」的意思。

> ➤ 의자고 책상이고 다 깨끗이 치워 버렸어요.
> 椅子桌子都收拾好了。

> ➤ 어른이며 아이며 모두 이사갔어요.
> 大人小孩都搬走了。

3. 에／에(다)

(1) 單語接續助詞，用於並列或列舉，有時다省略

> ➤ 소주에(다) 위스키에(다) 부란디에(다) 좋은 것이 많이 있어요.
> 燒酒、威士忌、白蘭地等好東西很多。

> ➤ 종이에다 붓이에다 먹이에다 벼루에(다) 다 있어야 한다.
> 紙、毛筆、墨、硯台等都得有才行。

4. 마는

(1) 句節之接續助詞

表示前面是一個句節，而後行文有相反的意思。是「雖然……可是……」的意思。

> ➤ 겨울은 겨울이다마는 아직 날씨가 춥지 않더라.
> 雖然是冬天，可天氣還不冷。

> ➤ 눈이 옵니다마는 꼭 가야겠다.
> 雖然在下雪，我一定得去。

※마는可簡略成만，「-지만」是更常用的形態，但-지만是一個連接語尾。

> 겨울은 겨울이지만 아직 날씨가 춥지 않더라.
> 雖然是冬天，可天氣還不冷。

> 실례합니다마는 (실례하지만) 길 좀 묻겠습니다.
> 抱歉，想借問一下路。

（三）補助助詞

1. 分類

因為具有特殊的意味，所以也叫「特殊助詞」，可接用在體言、句節、副詞或副詞形或其他助詞之後，除了呼格外的所有格助詞的位置皆可使用，依其意思可分類如下。

(1) 差異（區別，다름、분간）：은／는

(2) 亦是（同一，또한、한가지）：도

(3) 單獨（單一，홀로、따로）：만

(4) 各各（均一，하나하나、모두）：마다、씩

(5) 始作（出發，비롯함）：부터

(6) 到及（到著，미침）까지：

(7) 特殊（強調，특별함）：(이)야、이야말로

(8) 亦同（非特殊、讓步，마찬가지）：ㄴ들、(이)라도

(9) 選擇（或者，가림）或概算（擴大，어림）：나／이나

(10) 不擇（無論、即使，안가림）：라도、든지

(11) 不滿（就算，덜참、아쉬움）：나마

(12) 姑捨（別說，물론、그만두기）：커녕

(13) 除……外（限界，더없음）：밖에

壹、品詞篇

貳、語尾篇

參、述語及接辭篇

肆、韓檢預備篇（考古題）

伍、韓檢預備篇（模擬試題）

(14) 最終（終結，마지막、끝남）：마저

(15) 添加（追加，더함、따름）：조차、까지

(16) 指摘（強調、提示，집어이름）：랑

(17) 混同（諸種，여럿、섞음）：서껀

(18) 必定（一定，반드시）：곧

2. 例句與用法分析

(1) 은／는表示「話題」

①表示要敘述的對象

> 여기는 타이페이시입니다.
>
> 這兒是台北市。

> 우리들은 한국말을 배우고 있어요.
>
> 我們在學習韓國語。

②表示二重主體中的話題

> 오늘의 학생은 정치에 대한 관심이 너무 크다.
>
> 今天學生對政治太關心。

> 철수는 머리가 좋다.
>
> 哲洙頭腦好。

③는與主格助詞가／이的區別

> 철수는 어제 꽃박람회에 갔다.
>
> 哲洙昨天去了花博。

> 철수<u>가</u> 어제 꽃박람회에 갔다.
> 哲洙昨天去了花博。

※用는表示話者、聽者雙方皆認識哲洙這個人，是已知的情報，以他為「話題」，說他昨天去了花博是重點。用가表示聽者不熟知「誰」去了花博，說明了重點是「哲洙」，也許認識但不熟。

④複合句中子句的主語不能成為話題，所以不能用는，要用가

> 철수는 "영희<u>가</u> 대학에 입학했다"라고 말했다.
> 哲洙說，「英姬上了大學」。

> 철수<u>가</u> 좋아하는 사람은 그 여자다.
> 哲洙喜歡的人是那個女子。

⑤疑問詞非已知情報，不能當話題，所以不能用는，要用가

> 누<u>가</u> 먼저 가겠느냐?
> 誰先去呢？

> 어디<u>가</u> 역이냐?
> 哪兒是車站？

⑥는表示對比的強調（主格）

> 나<u>는</u> 지금 갈 수 없다. (남은 지금 갈 수 있지만)
> 我（與他人比）現在無法去。

> 우리<u>는</u> 노력하면 꼭 성공할 것이다. (다른 사람은 어떻든지 모르지만)
> 我們（與別人比）努力的話一定會成功。

※此句亦有因為現時我們未努力所以還沒成功的意思。

⑦는用在目的格，表示對比

> 한국말은 잘 하지만 일본말은 조금도 못한다.
> 韓語雖説的好，日語卻一點也不會。

> 노래는 괜찮지만 춤은 잘 못 춘다.
> 歌唱雖然可以，舞卻跳不好

⑧在其他助詞後，用來強調敘述的對象

> 이 거리에는 사람이 하나도 없다.
> 這條街上一個人也沒有。

> 그런 태도로는 문제를 해결할 수 없다.
> 以那種態度無法解決問題。

⑨在其他詞類後表示強調

> 그 사람이 잘은 뛴다.
> 他很會跑。（副詞後）

> 그 친구가 오늘 떠날 줄은 몰랐다.
> 我不知道那個朋友今天要離開。（依存名詞後）

⑩는在句頭表示話題，在句中表示對照

> 사과는 내가 먹었다.
> 蘋果是我吃了。（話題）

> 내가 사과는 먹었다.
> 我吃了蘋果（沒吃別的）。（對比）

⑪以數量詞修飾的話題是不完全的話語

> 많은 사람은 이 파티에 왔다.
> 許多人來（參加）聚會。（話題）

> 많은 사람은 이 파티에 왔지만 재미 있는 사람은 하나도 없네.
> 雖有許多人來參加聚會，但有趣的一個也沒有。（對比）

⑫在副詞或副詞形之後表示強調、對比、感嘆、限制等意

> 우표를 많이는 모았다.
> 收集了很多很多郵票。（強調）

> 키가 너보다는 커요.
> 身高比起你來是高的。（對比）

> 철수가 밥을 꽤는 먹는구나!
> 哲洙飯吃得怪多的嘛！（感嘆）

> 그 일은 쉽게는 하지 못한다.
> 那工作不能輕易做的。（限制）

(2) 도

①表示相同，亦是

> 나도 그만큼 할 수 있다.
> 我也可以做到那樣。（程度相同）

> 오빠도 점심을 거기서 먹었어요!
> 哥哥也在那兒吃了午餐。（亦是）

壹、品詞篇

貳、語尾篇

參、述語及接辭篇

肆、韓檢預備篇（考古題）

伍、韓檢預備篇（模擬試題）

②表示強調或感嘆

> 나에게는 아무것도 없어요.
> 在我這兒什麼也沒有。（強調）

> 날씨가 유난히도 좋다.
> 天氣也特別好啊！（感嘆）

③表示列舉，「（這）也……（那）也……」

> 그이도 선생님도 그렇다고 했었는데.
> 他也，老師也那麼説過。

> 쌀도 떨어지고 돈도 떨어지고 아침도 굶고 점심도 굶겠는가?
> 米也光了、錢也光了、早餐也挨餓、午餐也要挨餓嗎？

④表示「連……也」

> 원숭이도 나무에서 떨어진다.
> 連猴子也會從樹上掉下。

> 이것은 큰 백화점에서도 못산다.
> 這東西連在大百貨公司也買不到。

⑤아무도只用在否定句；肯定句中用누구나，表示「誰也」

> 아무도 이 문제를 해결할 수 없다.
> 誰也無法解這個問題。

> 누구나 이 문제를 해결할 수 있다.
> 誰都可以解這個問題。

⑥組成慣用句

> 그래도
> 即使……也

> 아무래도
> 怎麼説也

> 아마도
> 也許、恐怕、説不定

> 아무(것)도… 없다.
> 誰（什麼）也……沒。

> 아무것도 아니다.
> 算不了什麼。

(3) 만

①表示單獨、唯一

> 이 것은 아열대지방에서만 자란다.
> 這東西只有在亞熱帶地方生長。

> 하나만 남아 있다.
> 只剩下一個。

②表示排他或限制

> 그것만 주면 된다.
> 只要給（我）那個就行。（排他）

> 한국어과 학생은 한국어만 배운가?
> 韓語系學生只學韓語嗎？（限制）

壹、品詞篇

貳、語尾篇

參、述語及接辭篇

肆、韓檢預備篇（考古題）

伍、韓檢預備篇（模擬試題）

(4) 마다、씩

①表示「每」的意思

> 요즘은 날마다 공부만 하고 있다.
> 近來每天都在用功讀書。

> 사람마다 자유가 있어서 기뻐한다.
> 每個人有了自由都高興。

②在時間副詞後表示「每隔」的意思

> 자가용은 1년마다 검사를 해야 한다.
> 自用汽車每隔1年得檢查一次。

> 기차는 15분마다 출발해요.
> 火車每隔15分鐘開一班。

③씩表示均一，有時與마다連用

> 한사람에게 3개씩 준다.
> 每人給3個。

> 날마다 하나씩 먹어라!
> 每天吃1個。

④慣用語

> 하나씩 하나씩
> 一個一個地

> 조금씩 조금씩
> 一點一點地

> 두사람씩
> 兩兩地、每次兩人

> 하루에 3번씩
> 1天3次

> 얼마씩입니까?
> 多少錢1個？

(5) 부터

①表示時間、空間的起點

> 아침 8시 10분부터 수업을 시작한다.
> 從早上8點10分開始上課。

> 타이페이에서부터 까우슝까지 고속기차로 2시간 걸린다.
> 從台北到高雄搭高鐵要花2小時。

②表示順序的開端

> 너부터 말해라.
> 從你開始説吧。

> 이 일부터 시작합시다.
> 我們從這件工作開始吧。

③表示行動的主體

> 우리 회장님으로부터 말씀이 있겠습니다.
> 由我們會長致詞。

> 우리나라는 만20세부터 선거권을 가지고 있다.
> 我國要滿20歲才有選舉權。

④在其他格助詞後表示強調

> 공항에서부터 집까지 30분이면 갈 수 있다.
> 從機場到家30分鐘可達。

> 처음으로부터 끝까지 잘 해야 합니다.
> 從開始到結束都要做好才行。

壹、品詞篇

貳、語尾篇

參、述語及接辭篇

肆、韓檢預備篇（考古題）

伍、韓檢預備篇（模擬試題）

(6) 까지

①表示「到……為止」包括時間的、空間的及順序的

> 오후 4시까지 이 일을 끝냅니다.
> 到下午4點為止要完成這項工作。

> 금요일까지 시험을 친다.
> 考試考到星期五為止。

②與부터、에서、에서부터、으로부터連用表示「從……到……為止」

> 이 책은 처음부터 끝까지 읽어 보아라.
> 把這本書從頭至尾讀讀看。

> 타이페이부터 서울까지는 비행기로 2시간반 걸린다.
> 從台北到首爾搭飛機要2個半小時。

③表示強調、感嘆,是「連……」、「甚至……」的意思

> 아이고 좋다! LCD 텔레비전까지 사오네.
> 哇太好了！連液晶電視也買來了。

> 아이고 봐라! 철수가 낙제까지 했다.
> 哇你看！哲洙甚至留級了！

④組成慣用語

> 지금까지
> 至今為止（到及）

> 아직까지; 여태까지
> 到現在為止（強調）

> ➤ 이렇게까지
> 到這種程度（程度）

> ➤ 이토록까지
> 到這種範圍（範圍）

(7) 야

①表示「對照」，可與「는」交換使用

> ➤ 남은 어떻든지 우리야(는) 꼭 하겠다.
> 不管他人如何，我們一定會做。

> ➤ 어제야(는) 깨달았다.
> 昨天終於覺醒了。

②在其他助詞或語尾之後，表示反問或必然

> ➤ 의지가 저렇게 약하고서야 어떻게 성공하겠소?
> 意志那麼薄弱，如何會成功？

> ➤ 우리는 이 일을 끝내고야 돌아가겠어요.
> 我們一定會把這件工作做完才回去。

③表示強調或感嘆

> ➤ 이번에야 되겠지.
> 這次該成了吧。（強調）

> ➤ 이제야 후회하는구나!
> 現在後悔了吧！（感嘆）

(8) -ㄴ들、-(이)라도

　①表示退一步說，「就算是……」

> 넌들 어찌 하냐?
> 即使是你又能怎麼辦？

> 애기라도 할 수 있어요.
> 就是小孩也能做。

　②在其他助格詞後表示強調

> 꿈엔들 보고 싶어요.
> 就算在夢中也想見（你）。

> 낮에라도 어두워서 앞뒤를 분간할 수 없네.
> 就算在白天暗得前後分不清。

(9) 나／이나

　①表示在諸多事物中擇一

> 소나 개도 주인을 알아 본다.
> 牛或狗都認得主人。

> 산이나 바다에 놀러 가자.
> 我到山上或海邊去玩吧。

　②數量多或心情興奮時的強調

> 벌써 세시간이나 기다렸는데 왜 안 오니?
> 已經等了3小時多了，怎麼還不來？

> 어머니나 만난듯 기뻐한다.
>
> 像見到媽媽一樣高興。

③表示條件或程度的強調

> 옛 날에는 기술자나 할 수 있던 일을 오늘은 노동자도 할 수 있게 되었다.
>
> 昔日要技師才能做的工作，今日工人也可以做了。

> 환경오염 문제는 정부 혹은 나라집단이나 해결할 수 있을 것이다.
>
> 環境污染問題得要政府或國家集團才可以解決。

④表示讓步

> 약주가 없으면 탁주나 주시오.
>
> 如果沒有清酒的話濁酒也行。

> 그렇다면 자전거나 타고 가자.
>
> 要是那樣的話，我們就乘自行車去吧。

⑤表示比較的對象

> 두 나라의 우정은 예나 지금이나 다름이 없다.
>
> 兩國的友誼昔今不變。

> 그 때의 정세는 호랑이나 만나는 경우와 같다.
>
> 當時的情況如同遇到虎一般。

壹、品詞篇

貳、語尾篇

參、述語及接辭篇

肆、韓檢預備篇（考古題）

伍、韓檢預備篇（模擬試題）

⑥表示推測、估計、概算

> 배로 가면 며칠이나 걸리겠나?
> 搭船去要花幾天呢？

> 지금 몇시나 되었느냐?
> 現在（大約）幾點鐘了？

⑦在疑問代名詞或不定代名詞之後，表示「全部無例外」的意思

> 누구나(모든 사람이) 교육을 받을 권리가 있다.
> 誰都有受教育的權利。

> 그는 언제나(매번) 지각한다.
> 他每次都遲到。

⑧在命令句中話者允許做，但做不做的決定權在聽者

> 공부를 잘 하니 가서 연구나 해보시요.
> 因為你功課好，所以可以去研究看看。

> 너는 착하니까 구경이나 해라.
> 因為你乖，所以可以去看個電影。

⑨…나…나 表示言及事物的全部

> 그는 노래나 춤이나 악기나 못하는 것이 없다.
> 他歌、舞、樂器，全都會。

> 역의 안이나 밖이나 사람들로 가득 찼다.
> 車站內外擠滿了人。

(10) (이)라도、(이)든지

　①表示不選擇，什麼都好，「……也好」

> 그 것이라도 많이 가져와요.
> 那個也好，拿多點來。

> 죽이라도 빨리 주시오.
> 粥也好，請趕快給我！

　②表示假想的對象

> 모두가 그를 둘러싸고 배우라도 만난 듯 반가워 한다.
> 大家圍著他像是見到明星般高興。

> 그는 누가 찾는 사람이라도 온듯 서둘러 밖으로 나간다.
> 他像是有人來找似的，趕緊往外跑。

　③表示無條件，「不管什麼……」

> 우리는 아무 곤란이라도(이든지) 극복할 결심이 있어야 한다.
> 我們不管任何困難都得有克服的決心才行。

> 어떠한 날씨라도(든지) 꼭 산 꼭대기까지 가겠다.
> 不管什麼天氣，我們一定要上到山頂。

　④表示必要的對象用든지或…든지…든지

> 누구든지 빨리 오면 되요.
> 無論誰趕快來就行。

> 의사든지 간호원이든지 빨리 오라고 해요.
> 醫生也好，護士也好，叫他趕緊來。

壹、品詞篇

貳、語尾篇

參、述語及接辭篇

肆、韓檢預備篇（考古題）

伍、韓檢預備篇（模擬試題）

(11) (이)나마

①表示雖然不滿，但可接受的意思

> 잠깐이나마 그를 만나보았으니 이젠 안심된다.
雖然是一下子，但見到了他，現在可以安心了。

> 보리밥이나마 많이 잡수시요.
雖然是大麥飯，還請多用些。

②表示讓步，「即使是……仍可」

> 작은 집이나마 한채 있었으면 좋겠다.
即使是小屋，要是有一幢也不錯。

> 헌 옷이나마 어서 수재민들에게 보냅시다.
即使是舊衣，趕快寄給水災受災民吧！

③敘述的結果，要用積極的主觀評價語詞「다행이다」，不用消極的不滿語詞，如「한심하다」等

> 밥 못 지어도 죽이나마 해 먹으니 다행이다.
雖無法煮飯，但能煮個粥吃還是幸運的。

> 헌 우산이나마 하나가 있으니 다행이다.
雖是舊雨傘，有一把還算是幸運。

④表示強調不利的狀況

> 편지 한 번밖에 못 썼는데 그거나마 아내가 받아보았는지 모르겠다.
雖只寫過一次信，但不知那封信妻子收到了沒。

> 그가 나쁘다는 것을 늦게<u>나마</u> 깨달았다.
> 他是壞傢伙這事雖然晚知道，但察覺到了。

(12) 커녕

①表示「別說是……甚而……」的意思，常與도、조차連用

> 거기는 나무<u>커녕</u> 풀도 거의 없는 모래밭이었다.
> 那兒是別說樹了，連草也幾乎不長的沙地。

> 100원<u>커녕</u> 10원도 없어.
> 別說是100元，連10元也沒有。

②은／는 커녕表示強調「姑捨」的意思

> 그는 쉬기<u>는커녕</u> 도리어 낮에 밤을 이어 꾸준히 공부만 하고 있다.
> 他呀，別說休息了，反而日以繼夜地用功不懈。

> 이런 날씨에 밖에 나가기<u>는커녕</u> 집에 있어도 불이 있어야 되.
> 這種天氣別說是到外面去了，連在家裡也得有火才行。

> 붓<u>은커녕</u> 연필도 없는데.
> 別說是毛筆，連鉛筆也沒有。

> 우등<u>은커녕</u> 낙제를 했다.
> 別說是優等了，甚至都留級了。

壹、品詞篇

貳、語尾篇

參、述語及接辭篇

肆、韓檢預備篇（考古題）

伍、韓檢預備篇（模擬試題）

(13) 밖에

①表示「除……之外，沒有」（只有）的意思，後面接否定形態

> 이 것밖에 없어요.
> 除了這個以外沒有了。（只有這個）

> 그 사람은 공부밖에 모른다.
> 他除了讀書以外什麼都不知。（他只知道讀書）

②表示非特定的人、事物的「除……之外」可接肯定形態

> 그밖에 돈도 받았다.
> 除了那以外，錢也接受了。

> 이밖에 또 많은 문제가 있어요.
> 除此之外，還有許多問題。

(14) 마저

①主觀意識中含有「最後一個」的意思，故稱「終結補助助詞」

> 너마저 가면 이 일을 어떻게 해?
> 連你也走的話，這件工作怎麼辦？（再沒有人幫忙了）

> 집마저 팔았어요.
> （最後）連房子也賣了！

②表示又增加了意料外之事的意思

> 눈마저 오는군!
> 連雪都下起來呀！

> 비가 오는데 바람마저 크게 분다.
> 下雨又颳大風。

③在其他助詞之後，表示도的強調之意

> 사장님 앞에마저 인사를 안 하는 직원이 어찌…
> 連在老闆面前也不打招呼的職員如何能……

> 글도 잘하고 음식솜씨까지머저 좋으니…
> 文章寫得好之外，連烹調手藝也好，所以……

(15) 조차

①表示「連……也……」的意思，反映話者的主觀意識

> 너조차 나를 원망하느냐?
> 連你也怨恨我嗎？（意料之外，同時心有不滿）

> 철수조차 돌아오지 않았다.
> 連哲洙也沒回來。（想不到，心有不快之意）

②在副詞形之後表示強調

> 무엇을 하는지조차 분명히 알 수 없었다.
> 連要做什麼也無法明確知道。

> 그런 짓을 부끄럽게조차 느끼지 않다.
> 那種行為連一點羞恥心也沒有。

③在主語之外的語詞後，조차只能用在否定句，肯定句用까지

> 아들에게 돈조차 안 주었다.
> 連錢也不給兒子。

> 그와는 인사조차 안 하는 사이다.
> 跟他是連招呼也不打的關係。

> 그는 말조차 안 했다.
> 他連話也沒説。

> 아들에게 집까지 사 주었다.
> 連房子也買給兒子了。

> 그와는 왕래까지 하는 사이다.
> 跟他也有往來的關係。

> 그는 그런 행위까지 했다.
> 他連那種行為也做了。

④조차表現話者「不期待」的意思，所以不能用在命令句、提案句或「當然」的句中，要改用도

> 철수조차?(도) 합격을 해라.
> 哲洙也考取吧！（命令句）

> 올해는 막내조차?(도) 유치원에 보내야지.
> 今年老么也該上幼稚園了。（提案句）

> 철수조차?(도) 합격한 것을 당연하지.
> 哲洙也考上是當然的事。（當然的）

※「？」表示用조차不恰當且有疑問，要改用도才行。

⑤조차、까지、도的意味不同

> 너조차 반대하느냐?
> 連你也反對嗎？（意料之外有不滿之意）

> 너까지 반대하느냐?
> 連你也反對嗎？（以為可能性不大，略有不快）

> 너도 반대하느냐?
> 連你也反對嗎？（可以表示不滿或讚意）

(16) 랑用在口語較多

①表示接續的機能，「和……一塊兒」的意思，可用와／과代替使用

> 옷이랑 구두랑 카메라랑 다 가방에 넣었어요.
> 衣服、鞋子和照相機全都放進包包裡了。

> 오늘 신문이랑 잡지랑 모두 읽어 봤어요.
> 今天報紙和雜誌都讀過了。

②表示「跟……相似或類同」的意思，可用와／과代替

> 사진을 보니 너는 아버지랑 꼭 닮았구나!
> 看照片，你跟你爸長得真像。

> 나는 우리 형이랑 키가 비슷하다.
> 我跟哥哥身材相似。

③表示「等等（2個以上的人、事、物）」的意思

> 주말에는 청소랑 할 일이 많아요.
> 週末的話打掃等等要做的事很多。

> 시장에 가서 생성이랑 다 사왔어요.
> 去市場，魚等等都買回來了。

(17) 서껀用在口語體較多

①表示混同

> 애기 돌잔치에는 고모서껀 시골 친척들이 다 오셨어요.
> 孩子週歲宴上，姑媽還有鄉下的親戚們都來了。

> 나는 친구에게 내가 보던 책서껀 다 보내주었어요.
> 我把以前讀過的書也一併寄給朋友了。

②表示包含在內

> 음식이 많아서 떡이랑 과일서껀 잔뜩 먹었어요.
> 食物很多，糕啊什麼的，連同水果吃得飽飽的。

> 오늘 내가 커피서껀 술서껀 많이 마셨어.
> 今天我喝了很多，咖啡啊酒啊等等。

(18) 곧

①表示「必定會……」

> 저 이는 밤곧 되면 피아노를 타는데.
> 他一到晚上就一定會彈鋼琴。

> 아들은 날곧 새면 운동장으로 나간다.
> 兒子天一亮就一定去運動場。

②強調前面的語詞

> 그대곧 아니면 뉘 능히 이 일을 하리오?
> 要不是你的話，誰能做這件工作？

壹、品詞篇

貳、語尾篇

參、述語及接辭篇

肆、韓檢預備篇（考古題）

伍、韓檢預備篇（模擬試題）

檢測一下（1）

一、填入適當的助詞

1. 그 책은 가방 안 (　　　) 넣어 두었어요.

2. 저는 오전 9시 (　　　) 12시 사이가 바쁩니다.

3. 그 사람은 병 (　　　) 아주 고단하고 있어요.

4. 이 구두는 내 발 (　　　) 잘 맞습니다.

5. 날마다 연습 (　　　) 하기 (　　　) 어려워요.

6. 도착하면 나 (　　　) 전화해!

7. 이번 소풍은 몇 시 (　　　) 출발하니?

8. 이 회사 (　　　) 일하기가 아주 좋아요.

9. 새 학자 (　　　) 왔지만 지금 연구하지는 않아요.

10. 제가 먹던 것 (　　　) 어디 (　　　) 옮겼습니까?

二、選擇適當的補助詞

1. 휴일날에 (　　　) 회사에 나갑니까?

   [①는　②만　③도　④야]

2. 한국말은 언제 (　　　) 배우기 시작했어요?

   [①가　②부터　③까지　④조차]

3. 이 물건이 비싸지만 질 (　　　) 좋습니다.

   [①은　②만　③도　④야]

4. 그는 공부는 안 하고 놀기 (　　　　) 해요.

　　[①는　②만　③도　④야]

5. 그 친구가 그리 빨리 결혼할 줄은 생각 (　　　　) 못 했어요.

　　[①은　②만　③도　④조차]

6. 어려서 (　　　) 음악에 취미가 있었어요.

　　[①도　②부터　③조차　④마저]

7. 공부 잘 한다면 (　　　　) 왜 야단치겠어요?

　　[①는　②만　③도　④야]

8. 커피숍 (　　　　) 다방 (　　　　)만납시다.

　　[①이나、에　②이나、에서　③에나、에　④에서나、에서]

9. 친한 친구 (　　　　) 함께 여행하려고 합니다.

　　[①나　②와　③같이　④처럼]

10. 동생이 언니 (　　　　) 큰 것 같습니다.

　　[①도　②더　③같이　④보다]

壹、品詞篇

貳、語尾篇

參、述語及接辭篇

肆、韓檢預備篇（考古題）

伍、韓檢預備篇（模擬試題）

檢測一下（1）解答

一、填入適當的助詞

1. 에　2. 에서　3. 으로　4. 에　5. 을、가

6. 에게／한테　7. 에　8. 에서　9. 로　10. 을、로

二、選擇適當的補助詞

1. ③　2. ②　3. ①　4. ②　5. ④

6. ②　7. ④　8. ②　9. ②　10. ④

三、名詞

（一）名詞分類表：

分類基準	類別	性　　質	例
使用範圍	固有名詞	特定人或事物之名稱	이순신、남대문、한라산
	普通名詞	一般事物名稱	학교、밥、지하철…
有無自主性	自立名詞	無須其他語詞協助	하늘、땅、사람…
	依存名詞	必須依附其他語詞方能發揮功能	것、김、나위、대로、수…

　　名詞是指人、事、物名稱的語詞，按其使用的範圍來區分，可分為專指特定人事物名稱的「固有名詞」與一般用來泛指事物名稱的「普通名詞」。按有無自立性來區分的話，可分為「自立名詞」與「依存名詞」。凡可單獨使用而無須冠形詞來修飾的名詞稱為「自立名詞」，而有些名詞看起來像獨立名詞，但使用時是有依附性的，必須受到冠形詞或冠形詞形的修飾才能發揮名詞功能的稱為「依存名詞」或「形式名詞」，或稱「不完全名詞」，如것、바、뿐、채……等相當多，使用時要特別留意其慣用表現的形式。

> 철수가 온 <u>것</u>을 몰랐어요.
> 我不知道哲洙來了。

> 그것은 내가 바라는 <u>바</u>가 아닙니다.
> 那不是我所期望的。

> 내가 단지 그 이를 믿을 뿐이에요.
> 我只信任他而已。

> 옷을 입은 채로 누워 잤어요.
> 穿著衣服就躺下睡了。

（二）常用依存名詞

1. 것

表示事物、現象或事實，不受限制可以跟所有的助詞或-이다、-같다等一起使用，在母音之前可省略받침（收音）成為-거，如것은可縮寫為건、것을寫成걸、것이成為게。

(1) 語幹＋(으)ㄴ／는／-(으)ㄹ 것

> 철수가 올해 쓴 것은 이 소설입니다.
> 哲洙今年所寫的就是這小說。

> 남을 설득한다는 건 쉬운 일이 아니에요.
> 說服他人不是容易的事。

(2) 語幹＋(으)ㄴ／는／-(으)ㄹ 것이다

> 이 옷은 어제 백화점에서 산 것입니다.
> 這衣服是昨天在百貨公司買的。

> 이 잡지는 누가 읽는 거에요?
> 這雜誌是誰在讀的呢？

> 그 일은 마땅히 우리가 해야 할 것입니다.

那件事是我們應該做的。

※動詞過去式用–ㄴ 것이다，現在式用–는 것이다，未來式用–ㄹ 것이다，形容詞只用–ㄴ 것이다。–ㄹ 것이다也可表示話者的推測。

> 이 음식은 외국인에게는 좀 매울 것입니다.

這食物對外國人來說是稍微辣的。

> 그 친구는 약속을 꼭 지킬 거에요.

那朋友一定會守約的。

(3) 語幹＋(으)ㄹ 건가요?(것인가요?)

> 몇시에 전회할 건가요?

幾點鐘要打電話？

> 일찍 집에 갈 건가요?

要早點回家去嗎？

(4) 語幹＋(으)ㄹ 걸(요)

對過去無法實現的事表示後悔，有時會加「그랬어요」。

> 친구들이 오는 줄 알았으면 외출하지 않았을 걸.

如果知道朋友們要來我就不會外出了。

> 배가 아픈데 점심을 굶을 걸 그랬어요.

肚子痛，不該吃午餐的。

※用疑問句表示話者的意見或推測。

> 지금쯤 김 선생이 고향에 도착했<u>을 걸요</u>?
> 現在金先生該到達家鄉了吧？

> 그 소설은 꽤 재미있<u>을 걸요</u>?
> 那小說滿有趣的吧？

(5) 語幹＋(으)ㄹ 것 없다

表示不必或禁止的意思。

> 너무 걱정할 <u>것 없</u>어요.
> 不必太擔心。

> 큰 소리만 칠 <u>것 없</u>이 직접 만나 보세요.
> 不必說大話，請直接（跟他）見面看看。

(6) 語幹＋(으)ㄴ／는／-(으)ㄹ 것 같다

表示「好像……的樣子」，是對某事或狀態的強力推測。

> 비가 올 <u>것 같</u>아요.
> 好像要下雨的樣子。

> 이 집엔 아무도 살고 있<u>는 것 같</u>지 않아요.
> 這屋子好像沒人住的樣子。

> 그 음식은 매우 맛이 있<u>을 것 같</u>군요.
> 那食物好像很好吃的樣子！

(7) 語幹＋(으)ㄹ 것 같으면

表示「如果像……的話」成為後行文的前提條件。

> 비가 올 것 같으면 우산을 가지고 나가시죠.
> 如果像要下雨的話，就帶雨傘出去吧。

> 잠이 안 올 것 같으면 우리 얘기나 합시다.
> 若是無睡意的話，那我們就來聊聊吧。

(8) 語幹＋(으)ㄴ／는 것 같던데요

表示「好像……」，對過去已完成或進行中的事強調推斷，
던데요中的더表示回想。

> 벌써 비행기가 떠난 것 같던데요.
> 飛機好像已經離去了。

> 그는 늘 지하철을 이용하는 것 같던데요.
> 他好像經常搭地鐵。

(9) 語幹＋(으)ㄴ／는 걸 보니

表示「由……來看」是後行文推斷的理由。

> 문이 잠긴 걸 보니 집안에 아무도 안 계시는 것 같군요.
> 從門鎖著的情形來看，家裡好像沒有人在喔。

> 흥얼거리는 걸 보니 무슨 좋은 일이 있는 것 같아요.
> 從他哼歌的樣子來看，好像有什麼好事一樣。

2. 겸

在同時做2種行動時用겸（兼），放在2個名詞中間，表示前後出現的事是同時性的。

> 이 것을 책상 겸 밥상으로 샀어요.
> 我買了這書桌又兼餐桌。

> 아침 겸 점심으로 11시쯤 밥을 먹었어요.
> 早餐兼午餐，我11點左右吃了飯。

(1) 語幹＋(으)ㄹ 겸

> 살도 뺄 겸 건강을 위해서 운동을 시작했어요.
> 減肥兼顧健康，我開始了運動。

(2) 語幹＋(으)ㄹ 겸 –(으)ㄹ 겸 해서

> 구경도 할 겸 기분전환도 할 겸 해서 여행을 떠났어요.
> 去觀光兼轉換心情，我出發去旅行。

(3) 語幹＋(으)ㄹ 겸 겸사겸사해서／或 겸두겸두해서

> 일도 보고 친구도 볼 겸 겸두겸두해서 서울에 왔어.
> 來首爾也辦事也兼看朋友。

3. 김

(1) 語幹＋(으)ㄴ／는 김에

意為利用「做……的機會，也做了另一件事」。

> 떡 본 김에 제사를 지내지요.
> 趁做米糕的機會，也祭祖吧。

> 이왕 쓰는 김에 한 장만 더 써 주세요.
> 既然在寫，那就請多寫一張給我吧。

4. 나름

(1) 名詞／名詞形 나름이다

表示「……要看是什麼的……」。

> 꽃도 꽃 나름이지 다 고운 것은 아니다.
> 花也要看是什麼花，不見得都好看。

(2) 語幹＋(으)ㄹ 나름이다

表示「……也要看怎麼個……」。

> 그 일이야 할 나름이지요.
> 那件事啊，也要看怎麼個做法。

5. 나위

(1) 語幹＋(으)ㄹ 나위가 없다

表示「沒……餘地、必要或程度、能力」的意思。

> 기쁘기는 더 말할 나위가 없어요.
> 高興得沒話說。

> 그럴 나위가 못 된다.
> 還不到那種程度。

> 더 이상 설명할 나위가 없네.
> 沒必要再多加說明。

壹、品詞篇

貳、語尾篇

參、述語及接辭篇

肆、韓檢預備篇（考古題）

伍、韓檢預備篇（模擬試題）

6. 따름

(1) 語幹＋(으)ㄹ 따름이다

表示「僅只」的意思，與「뿐」相似。

> ▶ 그 아이가 놀기만 하니 한심할 따름이지.
> 那孩子只是遊手好閒，真叫人寒心。

> ▶ 자유가 아니면 죽음이 있을 따름입니다.
> 不自由就唯有死而已。

7. 대로

(1) 名詞대로

有助詞的機能，表示「按照、依照」的意思。

> ▶ 마음대로 하세요.
> 請照你心意做吧。

> ▶ 약속대로 전 비밀을 지켰어요.
> 我照約定保守了秘密。

(2) 名詞은 名詞대로

同一名詞用2次，後面接대로表示「各個、個別」的意思。

> ▶ 학생들은 핵생들대로 각자 자기 생각을 갖고 있어요.
> 學生各有他們自己的想法。

> ▶ 남자는 남자대로 여자는 여자대로 앉고 있다.
> 男生跟男生，女生跟女生一起坐著。

(3) 語幹＋(으)ㄴ／는／-(으)ㄹ 대로

表示「按照、依照」的意思。

> 아이들은 어른이 하는 대로 따라해요.
> 小孩們照大人所做跟著做。

> 잘 생각해서 좋은 대로 해보세요.
> 請好好想想，再照你所喜歡的做做看。

(4) 語幹＋(으)ㄹ 대로 同語幹＋어서

表示事態已達到某種程度。

> 머리가 빠질 대로 빠져서 더 빠질 게 없어요.
> 頭髮已經掉到沒得掉了。

> 경제상태가 어려워질 대로 어려워져서 문제에요.
> 經濟情況已經到了困境，成了問題。

(5) 語幹＋는 대로

表示前後動作接連發生。

> 그 코끼리는 주는 대로 받아 먹어요.
> 那隻大象給什麼就吃什麼。

> 그 아이는 보는 대로 사고 싶어해요.
> 那孩子看到什麼就想買什麼。

(6) 語幹＋(으)ㄹ 수 있는 대로

表示「盡可能」的意思。

> 될 수 있는 대로 푹 쉬세요.
> 請盡可能好好休息。

> 한국말로 표현할 수 있는 대로 해 보세요.
> 請盡量用韓國話來表現看看。

(7) 語幹＋다는／자는／라는 대로(＝-다고／자고／라고 하는 대로)

表示依照前行主語說的去做，說的有平敘句、請誘句、命令句，分別用다는、자는、라는 대로表現。

> 그 애가 가겠다는 대로 가도록 내버려 두었어요.
> 那孩子說要去就讓他去，不管了。

> 친구가 가자는 대로 갔더니 술집이었다.
> 朋友說一起去就去了，一看是酒家。

8. 대신

(1) 名詞대신

(2) 語幹＋(으)ㄴ／는 대신

表示後行文代替先行文的內容。

> 꿩 대신 닭이라는 속담이 있습니다.
> 有俗語說以雞代替雉。

> 이 물건은 값이 비싼 대신에 질은 아주 좋아요.
> 這東西價格貴，可是相對的品質很好。

9. 동안

語幹＋는 동안(에)

表示「在……期間」。

> 회의하는 동안은 전화를 받을 수 없어요.
> 開會期間不能接電話。

> 찻집에서 친구를 기다리는 동안에 편지를 썼습니다.
> 在茶館等朋友的時間裡寫了信。

10. 둥

(1) 語幹＋-는 둥 마는 둥

(2) 語幹＋-ㄹ 둥 말 둥

(3) 語幹＋-ㄴ 둥 만 둥

表示什麼事「要做不做」。

> 일을 하는 둥 마는 둥 게으름을 피우고 있어요.
> 工作要做不做的表現著偷懶樣。

> 말을 할 둥 말 둥 하다가 입을 다물고 말았어요.
> 說話吞吞吐吐之後終於閉上了嘴。

11. 듯

(1) 語幹＋(으)ㄴ／는／(으)ㄹ 듯이

表現「好像……似的」。

> 자기가 최고인 듯 우쭐댑니다.
> 他得意洋洋地吹噓，好像自己是最棒似的。

壹、品詞篇

貳、語尾篇

參、述語及接辭篇

肆、韓檢預備篇（考古題）

伍、韓檢預備篇（模擬試題）

> 그는 때릴 듯이 주먹을 불끈 쥐고 있었다.
> 他氣得緊握著拳頭，像是要揍人似的。

(2) 語幹＋(으)ㄴ 듯 만 듯(하다)

(3) 語幹＋-는 듯 마는 듯(하다)

(4) 語幹＋-ㄹ 듯 말 듯(하다)

表現「像要……又不……」。

> 숙제를 하는 듯 마는 듯 하려면 아예 그만 두어라.
> 如果你功課想做又不做的話，乾脆放下算了。

> 그는 나를 본 듯 만 듯 모른 척하고 지나갔어요.
> 他裝著不知，似見非見我似的走了過去。

(5) 語幹＋(으)ㄴ／는／(으)ㄹ 듯하다

表現「好像……似的」。

> 비가 올 듯하군요.
> 好像要下雨了呀。

> 철수가 요즘 병이 난 듯합니다.
> 哲洙近來好像生病似的。

> 들릴 듯 말 듯한 목소리로 말하니 알아 들을 수가 없군요.
> 說話聲似大不大，無法聽清楚耶。

(6) 語幹＋(으)ㄴ／는／(으)ㄹ 듯싶다

表推測，有「可能……、大概……」之意。

> 그 옷에는 빨간 구두가 더 잘 어울릴 듯싶군요.
> 那件衣服可能跟紅鞋更搭配喔。

> 애기가 조용한 걸 보니까 잠이 든 듯싶어.
> 看孩子這麼安靜，可能已經睡著了。

12. 리

(1) 語幹＋(으)ㄹ 리가 있다／없다

表示「有／無理由或道理」。

> 그 사람이 약속을 잊을 리가 있나?
> 他哪有理由忘記約會呢？

> 여러 번 말했는데 말 뜻을 모를 리가 없지요.
> 說過多次了，沒有理由不懂什麼意思。

13. 만

(1) 名詞（表時間）만

表示「多久時間沒……」。

> 십년만에 고향에 오니까 서먹서먹하군요.
> 10年沒回來家鄉，真陌生耶。

> 이삼일만에 한번씩 장을 보곤 합니다.
> 隔2、3天總會去市場一趟。

壹、品詞篇

貳、語尾篇

參、述語及接辭篇

肆、韓檢預備篇（考古題）

伍、韓檢預備篇（模擬試題）

14. 만큼

(1) 名詞마큼

表示程度,「像……一樣」。

> 선생님만큼 한국말을 잘 하지 못 합니다.
> 未能像老師一樣韓國話說得那麼好。

> 우리만큼 다정한 친구가 더 있을까?
> 哪裡還有像我們一樣感情好的朋友呢?

(2) 語幹＋(으)ㄴ／는／(으)ㄹ 만큼

表示「程度、數量、大小或範圍」。

> 나는 배우는 만큼 잊어 버리기도 하나봐요.
> 可能我是學多少忘多少吧。

> 우리가 다 들어 갈 만큼 방이 넓진 않았어요.
> 房間沒有大到可以容納我們全部。

(3) 語幹＋(으)니 만큼

表示「原因或理由」。

> 일이 힘드니 만큼 대우도 잘 해 줍니다.
> 因為工作吃力,待遇也相對較好。

> 가뭄이 심하니 만큼 물을 아껴 써야 해요.
> 因為乾旱的厲害,必須節約用水。

15. 망정

(1) -았 으니
(2) -았 기에 ┐ 망정이지
(3) -았 길래 ┘

表現「幸好……否則，還好……不然」的意思。

> 음식을 많이 준비했으니 망정이지 모자랄 뻔했어요.
> 幸好食物準備得多，否則差點就不夠了。

> 막차라도 탔기에 망정이지, 집에 못 들어왔을 걸.
> 還好搭上末班車，不然就可能回不了家了。

16. 무렵

(1) 語幹＋(으)ㄹ 무렵에

(2) 語幹＋(으)ㄹ 무렵이 되면

表現「當要……的時候」的意思。

> 여름이 다 갈 무렵에 새싹이 나기 시작했어요.
> 當夏天將盡的時候，新芽開始冒出來。

> 왠지 해 질 무렵이 되면 마음이 쓸쓸해져서 그래요.
> 不知怎的，一到要日落時，心情總變得寂寞冷清。

17. 바

(1) 語幹＋(으)ㄴ／는／(으)ㄹ 바

表示方法或事情，與것、줄意思相同。

> 성경을 읽고 깨달은 바가 있어요.
> 讀了聖經有所領悟。

壹、品詞篇

貳、語尾篇

參、述語及接辭篇

肆、韓檢預備篇（考古題）

伍、韓檢預備篇（模擬試題）

> ➤ 문제가 커져서 어찌할 바를 모르겠어요.
> 問題變大到不知如何是好。

(2) 語幹＋(으)ㄹ 바에야

表示「既然要……的話」，是慣用表現。

> ➤ 친구를 도와줄 바에야 아무 조건 없이 도와주세요.
> 既然要幫朋友，請無條件幫忙吧。

> ➤ 이왕에 떠날 바에야 미련 없이 떠나세요.
> 既然要離開，請別留戀離開吧。

18. 뻔

(1) 語幹＋(으)ㄹ 뻔하다

表現「差點就……」的意思。

> ➤ 어제 계단에서 넘어질 뻔했어요.
> 昨天差點在樓梯摔倒。

> ➤ 배가 아파서 죽을 뻔했습니다.
> 因肚子痛，差點要了命。

19. 뿐

(1) 語幹＋(으)ㄹ 뿐이다

表示「只不過、僅僅」。

> ➤ 다른 묘책이 없으니 한숨만 나올 뿐이지요.
> 因為沒其他妙策，只能嘆口氣罷了。

> 아무 말도 생각나지 않아서 듣기만 했을 뿐입니다.
> 什麼話也想不出來，所以只不過聽聽而已。

(2) 名詞뿐이다

表示「單單、只有」。

> 내가 아는 사실은 이 한 가지뿐입니다.
> 我所知的實情就只有這一件。

> 산에 잡초뿐이지 큰 나무는 볼 수 없군요.
> 山上只有雜草，看不到大樹耶。

(3) 語幹＋(으)ㄹ 뿐(만) 아니라 或 名詞뿐만 아니라

表示「不僅……而且」的意思。

> 그 날은 날씨가 추울 뿐만 아니라 눈도 왔어요.
> 那天天氣不僅冷而且還下雪。

> 이 음식은 어른뿐만 아니라 아이도 좋아해요.
> 這道菜不只大人，連小孩也喜歡。

(4) 語幹＋(으)ㄹ 뿐더러

表示「不僅……而且」可以用(으)로 뿐만 아니라來代替。

> 돈을 잘 벌 뿐더러 잘 쓸 줄도 압니다.
> 不僅會賺錢，也懂得花錢。

> 여기에는 천재도 많았을 뿐더러 인재도 많았어요.
> 這兒不僅天才多，人才也多。

壹、品詞篇

貳、語尾篇

參、述語及接辭篇

肆、韓檢預備篇（考古題）

伍、韓檢預備篇（模擬試題）

(5) 語幹＋다 뿐이다

意為「只是」。

> 그 친구는 돈만 없다 뿐이지 사람은 그만입니다.
他只不過是沒錢，人品還可以。

> 그가 일을 끝내다 뿐이겠어요? 뒷치다꺼리도 잘 할 거에요.
他哪裡只是把事情做完而已呢？善後工作也會做得好的。

20. 수

(1) 語幹＋(으)ㄹ 수 있다／없다

表示「有／無方法或會」的意思。

> 한국말을 조금 할 수 있어요.
（我）會說一點兒韓語。

> 몸이 아파서 오늘 일을 할 수 없어요.
因身體不舒服今天無法工作。

(2) 語幹＋-수 가 있다／없다

(3) 語幹＋-ㄹ 수도 있다／없다

(4) 語幹＋-ㄹ 수 밖에 없다

수後面再接其他助詞，表示「也會、只會、或會、可以」的意思。

> 열이 오르면 속도 안 좋을 수가 있지요.
發燒的話，體內也會不舒服。

> 평수가 적으니 방들이 좁을 수 밖에 없지요.
因為坪數少，房間也只會窄。

> 상표에 따라서는 옷이 좀 <u>클 수도</u> <u>작을 수도</u> 있어요.
> 衣服依商標的不同可大可小。

(5) 語幹＋(으)ㄴ／는 수가 있다／없다

表示「方法或手段」。

> 이 방법말고 다른 <u>좋은 수가 없을까요?</u>
> 除了這方法外，沒其他好方法了嗎？

> <u>하는 수 없이</u> 그 일을 포기하고 말았어요.
> 沒辦法，最後只能放棄那工作。

(6) 語幹＋(으)ㄹ 수가 있어야죠

表示「那能」、「總得要能」的意思。

> 돈 쓸 일만 자꾸 생기니 돈을 <u>모을 수가 있어야죠</u>.
> 因為經常有事要花錢，總也得要能賺錢吧。

> 그릇도 수저도 없으니 뭘 <u>대접할 수가 있어야죠</u>.
> 連碗盤匙筷都沒有，總得要拿什麼來招待吧。

21. 양

(1) 語幹＋(으)ㄹ 양으로

表示「意圖」或「意向」，意為「像……似的」、「像……一樣」。

> 집을 한 채 <u>지을 양으로</u> 정리중입니다.
> 像要蓋一棟房屋似的，在整理中。

壹、品詞篇

貳、語尾篇

參、述語及接辭篇

肆、韓檢預備篇（考古題）

伍、韓檢預備篇（模擬試題）

> 불우한 이웃을 도울 양으로 이야기를 하더군요.
> 像是在幫助遭遇不幸的鄰居一樣說話呢。

(2) 語幹＋(으)ㄴ／는 양

表示「像……似的」、「像……樣子」。

> 무슨 잔치라도 벌이는 양 떠들 썩하군요.
> 好像開什麼宴會的樣子，好熱鬧啊。

> 온 세상이 자기 무대인 양 판을 치고 있어요.
> 全世界像是自己的舞台似的獨領風騷。

22. 적

(1) 語幹＋(으)ㄴ／았(었、였)던 적이 있다／없다

表示過去「曾經歷過某事」。

> 그 사람을 만난 적이 있어요.
> 曾見過他。

> 빨간 색 구두를 신은 적이 없어요.
> 沒穿過紅色鞋子。

> 버스에 우산을 놓고 내린 적이 많아요.
> 把雨傘留在巴士上就下車的經驗頗多。

> 언젠가 네팔에 여행갔던 적이 있어요.
> 不記得曾經何時去過尼泊爾旅行過。

(2) 語幹＋(으)ㄹ 적

表示「當……的時候」。

> 세 살 적 버릇이 여든까지 간다.
> 3歲時的習慣會持續到80。（俗語：習慣成自然）

> 천둥 번개가 칠 적마다 깜짝놀라곤 합니다.
> 每當閃電打雷時總會嚇一大跳。

23. 줄

(1) 語幹＋(으)ㄹ 줄 알다／모르다

表示「能力」或「方法」。

> 은행에서 돈을 찾을 줄 알아?
> 你知道如何在銀行領錢嗎？

> 저 애는 아직 심부름을 할 줄 몰라요.
> 那小孩還不會當跑腿。

(2) 語幹＋(으)ㄴ／는／(으)ㄹ 줄 알다／모르다

表示「內心的狀況」或「期待與否」。

> 여기에 눈이 이렇게 많이 온 줄 몰랐어요.
> 不知道這兒下了這麼多雪。

> 내가 네 마음을 모르는 줄 아니?
> 你以為我不明白你的心意嗎？（反問）

壹、品詞篇

貳、語尾篇

參、述語及接辭篇

肆、韓檢預備篇（考古題）

伍、韓檢預備篇（模擬試題）

> 비가 올 줄 모르고 우산을 안 가지고 나왔네요.
> 我不知道會下雨，沒帶雨傘就出來了。

24. 지

(1) 語幹＋(으)ㄴ 지

表示「經過的時間」。

> 서울에 온 지 십년이 되었어요.
> 來首爾已經10年了。

> 비행기가 이륙한 지 50분 만에 제주도에 도착했어요.
> 飛機起飛不過50分鐘就到達濟州島了。

(2) 語幹＋는지／(으)ㄴ／ㄹ 지／았(었、였)는지 알다／모르다

表示「未知或會如何」的意思。

> 그는 무엇을 하는지 알 수 없어요.
> 無法知道他在做什麼。

> 그 사람이 어디에 갔는지 모르겠어요.
> 不知道那人去了哪裡。

> 몇시에 도착할지 모르겠는데.
> 不知道幾點會到達。

> 이게 좋을지 저게 좋을지 생각해 보세요.
> 請想想看，這個好還是那個好。

(3) 얼마나 –(으)ㄴ／는지 알다／모르다

表示強調狀態，알다用於疑問句，表反問。

> 그 일이 <u>얼마나</u> 귀찮은지 알아요?
> 你知道那件事有多麻煩嗎？

> 길이 <u>얼마나</u> 막히는지 몰라요.
> 不曉得路有多塞。

> 지난 밤은 <u>얼마나</u> 더웠는지 몰라요.
> 昨晚不知道有多熱啊。

25. 참

(1) 語幹＋(으)ㄹ 참이다

表示「要做某事的意圖或預定」。

> 금년에는 꼭 새 집으로 이사갈 <u>참</u>이야.
> 今年內一定要搬去新家。

> 졸업 후 취직하는 대신 유학을 갈 <u>참</u>이에요.
> 畢業後不就業而要去留學。

(2) 語幹＋려던 참이다

表示「意欲做某事的那瞬間」。

> 지금 막 전화를 걸려던 <u>참</u>이었어요.
> 現在我正想要打電話。

> 택시를 타려던 <u>참</u>인데 버스가 마침 오더군요.
> 正想搭計程車時，公車剛好來了。

壹、品詞篇

貳、語尾篇

參、述語及接辭篇

肆、韓檢預備篇（考古題）

伍、韓檢預備篇（模擬試題）

26. 채

(1) 語幹＋(으)ㄴ 채

表示「就維持原樣而進行後一動作」的意思。

> 옷을 입은 채로 물에 뛰어 들어갔어요.
> 穿著衣服就跳進水裡去了。

> 문이 열린 채 아무도 없었어요.
> 門開著卻沒有人在。

27. 체

(1) 語幹＋(으)ㄴ／는 체

表示「佯裝」。可用척代替체使用。

> 그 남자는 늘 열심히 일하는 체합니다.
> 那男子經常裝作很認真工作的樣子。

> 아무리 자는 체해도 소용없어요.
> 不管怎樣裝睡也沒有用。

28. 터

(1) 語幹＋(으)ㄹ 테야

-ㄹ 터이야表示「意志或預定」。야是이다的半語形終結語尾。

> 난 바빠서 먼저 갈 테야.
> 我因為忙，所以要先走。

> 오늘 중으로 이 일을 마치고 말 테야.
> 預定今天內要完成這件工作。

(2) 語幹＋(으)ㄹ 테니까

表示「主語的意志」或「話者的推測或預定」。

> 운전은 내가 할 테니까 좀 쉬세요.
> 車子我來開，您請休息一下。

> 나는 집에 있을 테니까 전화하세요.
> 我會在家裡，請打電話來。

(3) 語幹＋(으)ㄹ 텐데

-ㄹ 터인데 表示「意志或預定或推測」。

> 거긴 길이 미끄러울 텐데요.
> 那兒路可能很滑。

> 손님이 올 텐데 빨리 준비하세요.
> 客人應該快來了，請快點準備。

(4) 語幹＋(으)ㄹ 테면

表示「如果要……的話……」。

> 일을 할 테면, 끝까지 해 봐요.
> 若要做事的話就做到底看看吧。

> 반대할 테면 반대하라지, 겁날 것 없어.
> 若要反對的話就反對，不必害怕。

壹、品詞篇

貳、語尾篇

參、述語及接辭篇

肆、韓檢預備篇（考古題）

伍、韓檢預備篇（模擬試題）

(5) 語幹＋(으)ㄹ 테지요

表示「推測的確定，要求對方同意」的意思。

> 그가 지금쯤은 미국에 도착했을 테지요.
> 他現在這個時候應該已到達美國了吧。

> 방안이 이만큼 추우니, 밖은 더 추울 테지요.
> 房間裡都這麼冷了，外面應該更冷吧。

29. 편

(1) 語幹＋(으)ㄴ／는 편(이다／아니다)

表示「一般看來是如此」的意思。

> 오늘 날씨는 어제보다 덜 추운 편이에요.
> 今天天氣比起昨天較為不冷。

> 동생보다 형의 마음이 너그러운 편인가 봐요.
> 比起弟弟來，哥哥的心胸似乎較寬。

30. 폭

(1) 名詞폭

意為「左右」表估量程度。

> 합치면 사흘폭은 된다.
> 合起來有3天左右。

(2) 語幹＋ㄴ／는 폭

意為「算是」。

> 그가 말한 것도 간단히 말한 폭이에요.
> 他說的也算是簡單的了。

31. 품

(1) 語幹＋ㄴ／는 품

表示「樣子、情況」。

> 일이 되어가는 품이 시원치 않은 것 같다.
> 好像事情進展得不太順利的樣子。

> 사람 생긴 품은 선천적으로 타고 난 것이다.
> 人的長相（外表）是先天生就有。

32. 한

(1) 語幹＋는 한

表示「限度」，是極限的條件。

> 제가 도울 수 있는 한 돕겠어요.
> 我會盡我能力幫你。

> 노력하지 않는 한 성공은 불가능하죠.
> 只要不盡全力努力就不可能成功。

壹、品詞篇

貳、語尾篇

參、述語及接辭篇

肆、韓檢預備篇（考古題）

伍、韓檢預備篇（模擬試題）

（三）雖為自立名詞，但有時須依附使用

1. 관계

意為「因……關係或緣故」，表示原因或理由。

(1) 名詞관계로

> ➤ 공사<u>관계로</u> 불편을 끼쳐 드려 죄송합니다.
> 因為施工關係造成不便，十分抱歉。

> ➤ 우천<u>관계로</u> 오늘 경기는 내일로 연기한대요.
> 據說因下雨的緣故，今天的比賽延至明天。

(2) 語幹＋(으)ㄴ／는 관계로

> ➤ 예산이 부족한 <u>관계로</u> 공사가 중단되었어요.
> 由於預算不足之故，工程因而中斷。

> ➤ 비가 오지 않는 <u>관계로</u> 시민들이 식수난을 겪고 있다.
> 因為不下雨的關係，市民們正面臨水荒。

2. 길

(1) 語幹＋는 길이다

移動動詞가다、오다類的語幹加上는 길에表示動作進行中，又做了另一個動作，有時也與–(으)니까、(으)ㄴ 데一起使用。

> ➤ 지금 사무실에 가는 <u>길</u>입니다.
> （我）現在在去辦公室的途中。

> ➤ 퇴근하는 <u>길</u>에 다방에 들러 친구를 만나야 해요.
> 下班途中我得要到茶坊去見朋友。

> 식사하러 나가는 길이니까 나중에 얘기하죠.
> （我）正要出去吃飯，所以待會兒再說吧。

> 지금 시내에 나가는 길인데 같이 가시겠어요?
> （我）正要到市區去，（你）要一起去嗎？

3. 끝

(1) 名詞끝에

表示「一個行動結束而換來一種結果」的意思。

> 말끝에 싸움이 시작되었어요.
> 話一結束就開始吵架。

> 고생끝에 낙이 온다는 말이 있어요.
> 有苦盡甘來這樣的話。

(2) 語幹＋(으)ㄴ／던 끝에

表示回想「一個行動結束而換來一種結果」的意思。

> 그분은 오랫동안 궁리하던 끝에 사표를 제출했습니다.
> 他考慮很久之後，結果遞出了辭呈。

> 여기저기 헤맨 끝에 찾아냈어요.
> 到處徘徊尋找的結果，終於找到了。

壹、品詞篇

貳、語尾篇

參、述語及接辭篇

肆、韓檢預備篇（考古題）

伍、韓檢預備篇（模擬試題）

4. 날

(1) 語幹＋는 날에는

意指「一旦發生某事，就會……」。

> ➤ 핵 전쟁이 일어나는 날에는 온 세상이 재가 될 걸.
> 一旦核戰爭爆發，全世界將成灰燼。

> ➤ 황소가 성을 내는 날에는 아주 무섭다고요.
> 據說黃牛一旦生起氣來，就很可怕。

5. 때

(1) 名詞때

表示「……時候」的意思。

> ➤ 초등학교때가 제일 즐거웠습니다.
> 國小時候是最愉快的。

> ➤ 방학때 제주도로 여행가려고 합니다.
> 放假時打算去濟州島旅行。

(2) 語幹＋(으)ㄹ 때

表示「……時候」的意思。

> ➤ 학교에 갈 때는 버스를 타고 가요.
> 去學校時我搭巴士去。

> ➤ 그는 어렸을 때부터 공부 잘 했어요.
> 他從年幼時起就很會讀書。

6. 도중

(1) 名詞도중에

意指「在……當中」表示一個動作在進行之中。

> ➤ 수업 도중에 하품하는 학생이 가끔 있어요.
> 在上課中偶爾會有學生打哈欠。

> ➤ 식사 도중에 말을 많이 하지 않는 것이 예절입니다.
> 吃飯當中不多說話是禮貌。

(2) 語幹＋는 도중에

表示一個動作正在進行當中。

> ➤ 제가 일하는 도중에 불이 나갔어요.
> 我在工作當中就停電了。

> ➤ 남이 말하는 도중에 끼어 들지 마세요.
> 別人在說話當中，請不要插嘴。

7. 마당

(1) 語幹＋는 마당에

表示「在……場合或情況下」的意思。

> ➤ 모두들 일하는 마당에 너만 놀아서 되겠니?
> 大家都在做事的場合，只有你在玩這樣行嗎？

> ➤ 내가 나 자신도 못 믿는 마당에 누구를 믿겠어?
> 我連自己都不相信自己的情況下還會去相信誰呢？

壹、品詞篇

貳、語尾篇

參、述語及接辭篇

肆、韓檢預備篇（考古題）

伍、韓檢預備篇（模擬試題）

8. 모양

(1) 語幹＋(으)ㄴ／는／(으)ㄹ 모양이다

表示「好像……的樣子」的意思。

> ➤ 오늘은 회의가 일찍 끝난 모양입니다.
> 今天會議好像早早結束的樣子。

> ➤ 밖을 보니 비가 올 모양이에요.
> 往外面一看，發現好像要下雨的樣子。

9. 바람

(1) 語幹＋는 바람에

表示「在……原因之下」、「因……緣故」的意思。

> ➤ 친구가 자꾸 술을 권하는 바람에 취하도록 마셨어요.
> 因為朋友一直勸酒之故，所以喝到醉為止。

> ➤ 갑자기 출장하는 바람에 약속을 못 지켰어요.
> 因為突然去出差的緣故，所以失約了。

10. 반면

(1) 語幹＋(으)ㄴ／는 반면에

表示「前面說的事實或情況的另一方面是相反或對照」的意思。

> ➤ 값이 비싸지 않은 반면에 질이 안 좋은 것 같아요.
> 價錢不貴，但品質好像不好唷。

> 그 회사는 대우를 잘 해주는 반면에 일이 힘든가 봐요.
> 那間公司待遇不錯，但是相對的工作好像很吃力。

11. 법

(1) 語幹＋는／(으)ㄴ 법이다

表示動詞的動作或狀態為「理所當然，是應當、應該……」的意思。

> 죄를 지으면 벌을 받는 법이지요.
> 犯了罪就該接受懲罰。

> 돈을 빌렸으면 당연히 갚아야 하는 법이다.
> 借了錢當然應該還。

(2) 語幹＋는 법이 있다／없다

表示「某事為當然之理」，用없다意為「沒那種道理」，用있다加疑問是反問句。

> 그는 아무리 욕을 해도 골을 내는 법이 없어요.
> 不管別人怎麼罵他，他從來都不會生氣。

> 여자만 집안 일을 하라는 법이 있나요?
> 那有只叫女人做家事的道理啊？

(3) 語幹＋(으)ㄹ 법하다

表示「某事視為理所當然」，也常用於推測。

> 과로를 했으니 몸살도 날 법합니다.
> 因為過勞的結果，當然會生病了。

> ➤ 감정 살 만한 말을 했으니 화를 낼 법도 하죠.
> 因為説了傷感情的話，難怪他會生氣。

12. 사이

(1) 名詞사이에

表示「時間」或「關係」。

> ➤ 너도 1년 사이에 많이 변했구나!
> 你也在一年之間變了很多耶。

> ➤ 그 사람과는 오래 전부터 친구 사이였지요.
> 跟他早就是老朋友了。

(2) 語幹＋(으)ㄴ／는／(으)ㄹ 사이에

表示事件或狀態在繼續中，意為「在……時間」。

> ➤ 사고란 눈 깜짝할 사이에 일어납니다.
> 事故總在轉眼間發生。

> ➤ 집이 빈 사이에 도둑이 들었어요.
> 在家中無人的時間，小偷進來了。

13. 생각

(1) 代名詞생각

表示「意見、信念、想法」。

> ➤ 내 생각으로는 자네가 옳다.
> 我認為你是對的。

> 자네 생각은 어떤가?
> 你的想法如何？

(2) 語幹＋(으)ㄹ 생각

表示「意圖、打算」的意思。

> 그렇게 할 생각은 없어요.
> 沒有那樣做的打算。

> 다음 토요일에 떠날 생각이에요.
> 打算下星期六離開。

14. 셈

(1) 語幹＋(으)ㄴ／(으)ㄹ 셈이다

表示「對某事的評價或想法」。

> 기말 시험도 끝났으니 이번 학기도 다 끝난 셈이죠.
> 期末考也考完了，這學期算是結束了。

> 내년쯤에는 집을 옮겨 볼 셈입니다.
> 我大概明年會搬家。

(2) 語幹＋는／(으)ㄴ／-(으)ㄹ 셈치다

表示「當作是……」。

> 재수하는 셈치고 1년 휴학하기로 했어요.
> 就當作是重考，我決定休學1年。

> 옷감을 버릴 셈치고 한복을 만들어 봤어요.
> 就當是糟蹋衣料，我試做了韓服。

15. 일

(1) 語幹＋(으)ㄴ 일이 있다／없다

表示「過去曾經或未曾經歷過某事」。

> ➤ 나도 스키를 배운 일이 있어요.
> 我也學過滑雪。

> ➤ 나는 설악산에 올라간 일이 있습니다.
> 我登過雪嶽山。

(2) 語幹＋는 일이(도) 있다／없다

表示「動作在進行中」、「習慣」或「不變的事實」。

> ➤ 가끔 길에서 넘어지는 일도 있어요.
> 偶爾也會在路上摔倒。

> ➤ 그 사람은 화를 내는 일이 없어요.
> 他沒生氣過。

16. 정도

(1) 名詞정도

表示「名詞修飾語的程度」或「一定的份量」。

> ➤ 고등학교 정도의 학력이면 취직할 수 있지요.
> 高中程度的學歷總可以就業吧。

> ➤ 아무리 술을 못해도 맥주 한 잔 정도야 하겠죠.
> 再怎麼不會喝酒,啤酒一杯總可以吧。

(2) 語幹＋(으)ㄴ／는／(으)ㄹ 정도

表示「有或會到」一定的程度。

> 기술자가 할 수 있는 정도로는 아직 불가능하지요.
> 要有專業技師的程度尚不可能。

> 인사불성이 될 정도로 술을 마시면 되겠어요?
> 喝酒喝到不省人事那怎麼行呢？

17. 지경

(1) 語幹＋(으)ㄹ 지경이다

表示「事情到達要……的地步」。

> 물건 값이 너무 비싸서 기가 막힐 지경이에요.
> 物價貴得要命。

> 두 사람이 이혼할 지경에 이른 것은 아니에요.
> 兩人並非到達要離婚的地步。

18. 탓

(1) 名詞탓이다

表示「原因或理由」。

> 건망증이 심한 건 나이 탓이죠.
> 健忘症嚴重是年齡的關係吧。

> 잘 되면 내 탓이고 못 되면 조상 탓이래요.
> 説是成的話是因自己的緣故，不成的話是祖先之故。

壹、品詞篇　貳、語尾篇　參、述語及接辭篇　肆、韓檢預備篇（考古題）　伍、韓檢預備篇（模擬試題）

(2) 語幹＋는／(으)ㄴ 탓

表示「原因或理由」。

> 매일 과로한 탓으로 몸살이 났나 봐요.
> 也許是因為每天過度疲勞，所以才會全身痠痛。

> 집이 지저분한 것은 어머니께서 안 계신 탓이에요.
> 家裡亂七八糟是因為媽媽不在的緣故。

19. 통

(1) 語幹＋는 통에

表示「直接原因或根據」。

> 문이 갑자기 닫히곤 하는 통에 자주 손을 다쳤어요.
> 因為門會突然關上，害得我常夾傷手。

> 친구들이 떠드는 통에 아무말도 못 들었어요.
> 因為朋友們在喧鬧，害得我什麼話也聽不到。

(2) 名詞통에（＝名詞바람에）

表示原因或根據。

> 전쟁 통에 가족이 헤어졌어요.
> 因為戰爭關係，家人失散了。

> 북새 통에 서류를 놓고 왔어요.
> 慌亂之中，文件沒帶就來了。

20. 후

(1)名詞후에

表示「在……之後」的意思。

> ➤ 식사 후에 다시 전화하도록 하지요.
> 吃過飯再行打電話吧。

> ➤ 잠시 후에 다시 뵙겠어요.
> 待會兒再見。

(2) 語幹＋(으)ㄴ 후에

表示「在……之後」的意思。

> ➤ 계획을 세운 후에 실천에 옮기세요.
> 計畫訂好之後，請付諸實施。

> ➤ 수술을 받은 후부터 몸이 건강해졌어요.
> 開刀後身體變健康了。

(3) 表示「在……之前」用-기 전에表示

> ➤ 나는 외출하기 전에 점심을 먹겠어요.
> 我要先吃午飯再外出。

> ➤ 약을 먹기 전에 먼저 진찰을 받으세요.
> 服藥之前請先接受診察。

壹、品詞篇

貳、語尾篇

參、述語及接辭篇

肆、韓檢預備篇（考古題）

伍、韓檢預備篇（模擬試題）

四、代名詞

（一）人稱代名詞

人稱代名詞的尊卑用法：

尊卑稱	一人稱	二人稱	三人稱			未知稱	不定稱
			近稱	中稱	遠稱		
極尊稱		당신 어른 어르신	(이 어른)	(그 어른)	(저 어른)	어느어른 어느분	아무어른 아무 분
尊稱		당신 그대	이 이이 이분	그 그이 그분	저 저이 저분	어느분 어떤분 어떤이	아무 분
卑稱	나 우리	자네	(이 사람)	(그 사람)	(저 사람)	누구 어느 사람	아무
極卑稱	저 저희	너 너희	이애	그애	저애	어느 애 어떤 애 누구	아무 애 아무

※近稱、中稱、遠稱是按說話者與聽話者的距離來算的。

1. **나與너加主格助詞가時變成내가、네가、加-네、-들、-네들皆為複數形**

우리為我們或我們的，有時也作我、我的，如：

우리집	我家	우리 어머니	我母親
우리 나라	我國	우리 삼촌	我叔叔

> 제가 그 친구를 만났어요.
> 我見到了那個朋友。

> 그는 사무실에 갔어요.
> 他去了辦公室。

> 우리가 직접 일을 해요.
> 我們親自工作。

> 그들이 저에게 길을 물었어요.
> 他們向我問了路。

2. 당신（當身）的用法

尊稱的「您」	● 당신이 읽던 책이 어디 있어요?	您看的那本書在哪兒？（第二人稱）
尊稱的「他自己」	● 할아버지 당신께서 손수 지으신 집이에요.	是祖父他自己親手蓋的房子。（＝그 어른 자신，第三人稱）
夫婦間的「你」	● 부부가 서로 상대방을 당신이라고 해요.	夫婦互稱對方為당신。（＝現代語자기）
尊稱的「他」	● 아버님께서 서울로 떠나시면서 당신께서 직접 나한테 이것을 맡기셨어요.	父親在臨去首爾之前，他親自把這東西交我保管的。
吵架時輕視的「你」	● 당신이 뭔데 참견이야?	你算老幾，也來干預嗎？

壹、品詞篇

貳、語尾篇

參、述語及接辭篇

肆、韓檢預備篇（考古題）

伍、韓檢預備篇（模擬試題）

（二）指示代名詞

指示代名詞的遠近稱呼：

	近稱	中稱	遠稱	未知稱	不定稱
事物	이、이것	그、그것	저、저것	무엇 어느 것 어떤 것	아무 것
場所	여기	거기	저기	어디 어떤 데	아무 데

指示代名詞的減縮型態：

이것이＝이게	이것을＝이걸	이것은＝이건
그것이＝그게	그것을＝그걸	그것은＝그건
저것이＝저게	저것을＝저걸	저것은＝저건
여기는＝여긴	여기를＝여길	
거기는＝거긴	거기를＝거길	
저기는＝저긴	저기를＝저길	

> ➤ 이게 내 가방입니다.
> 這是我的包包。

> ➤ 그건 무엇이지요?
> 那是什麼？

> ➤ 여긴 서울역이에요.
> 這兒是首爾車站。

> ➤ 저길 어떻게 올라가요?
> 那兒要怎麼上去？

（三）疑問代名詞

基本上未知稱、不定稱中的누구、무엇、어디、아무等都是表疑問

的代名詞，按對象來分，分別如下：

　　人物：누구（誰）

　　事物：무엇（什麼）

　　場所：어디（哪裡）

　　一般：아무（某、任何）

　　　　　아무도（一個人也＋否定）

　　時間：언제（何時）

　　數量：얼마（多少），몇（幾）

※누구加主格助詞時為누가。

> ➤ 누구의 책입니까?
> 是誰的書？

> ➤ 안에 무엇이 있어요?
> 裡面有什麼？

> ➤ 어디서 왔어요?
> （你）從哪裡來？

> ➤ 누가 왔습니까?
> 誰來了？

壹、品詞篇

貳、語尾篇

參、述語及接辭篇

肆、韓檢預備篇（考古題）

伍、韓檢預備篇（模擬試題）

五、數詞

　　習慣上韓語數詞有2套不同的用法，韓語中會同時保存並使用這2套數字。漢字語是阿拉伯數字的漢字音，是借用的，使用已久且方便。固有詞是韓語中本來有的數字語彙，習慣上該用韓語固有詞的地方一定要牢記。

（一）基數

基數的「漢字語」與「韓語固有詞」的用法：

	漢字語	韓語固有詞
1	일	하나
2	이	둘
3	삼	셋
4	사	넷
5	오	다섯
6	육	여섯
7	칠	일곱
8	팔	여덟
9	구	아홉
10	십	열
11	십일	열 하나
12	십이	열 둘
13	십삼	열 셋
14	십사	열 넷

15	십오	열 다섯
16	십육[심뉵]	열 여섯
17	십칠	열 일곱
18	십팔	열 여덟
19	십구	열 아홉
20	이십	스물
30	삼십	서른
40	사십	마흔
50	오십	쉰
60	육십	예순
70	칠십	일흔
80	팔십	여든
90	구십	아흔
99	구십구	아흔 아홉
100	백(百)	백

※100以上使用漢字語數詞，천（千）、만（萬）、억（億）、조（兆）、경（京）、百位以下則兩者皆可用。

1. 數字

234	이백삼십사／이백 서른 넷	305	삼백오／삼백 다섯
168	백육십팔[뱅뉵십팔]	1808	천팔백팔
1.68	일 점 육팔	$\frac{1}{4}$	사분의 일
$1\frac{2}{5}$	일과 오분의 이	[ ]表發音	

2. 比數

11：0	십일대 영

3. 電話

02-3456-1987	공이(에) 삼사오육 일구팔칠

4. 數字＋量詞

1個麵包	빵 한 개 ＝ 빵 하나
20個蘋果	사과 스무 개 ＝ 사과 스물
2名學生	학생 두 명 ＝ 학생 둘
3瓶酒	술 세 병
4隻小狗	개 새끼 네 마리

（二）序數

1. **韓語量數詞＋번째，但하나、둘、셋、넷，變為첫、두、세、네。第5 至第9的「번」可省略，10以上則不省略「번」**

첫 번째　→　첫째，第1

두 번째　→　둘째，第2

세 번째　→　셋째，第3

네 번째　→　넷째，第4

다섯 (번)째　→　　　第5

여섯 (번)째　→　　　第6

열 번째、열한 번째、열 두 번째…第10、第11、第12……

> 그분이 첫 번째 손님이에요.
他是第一位客人。

> 두 번째 골목으로 들어 오세요.
請從第二條巷子進來。

> 우리 집은 여기서 세 번째 집입니다.
我們家是從這兒算起第三家。

> 그 마라톤 선수가 넷째로 들어왔어요.
那個馬拉松選手第四個進來。

2. **漢字語序數詞用第一、第二、第三、第四……第十……第一百一十二**

(1) 제일、제이、제삼、제사…제십…제백십이（第一、第二、第三、第四……第十……第一百一十二）

(2) 제일 등（第一名）、제이 호（第二號）、제삼 회（第三回）、제사 번（第四次）時「제」可省略，變成일등、이호、삼회、사번

> 제일차 시험에는 합격했어요.
第一次考試及格了。

> 우리가 떠들지 말고 제삼자의 말을 들어봅시다.
我們別吵，來聽聽第三者的說法吧。

> 제육과를 펴 보세요.
請翻開第六課。

> 제십회 UN총회가 열리고 있어요.
> 第十回聯合國總會正在揭開。

> 이 번 경기에 제가 일등을 했어요.
> 這次比賽我得了第一。

> 친선 제일, 경기 제이.
> 友誼第一，比賽第二（其次）。

> 오늘 두 번째 회의가 열린다.
> 今天開第二次會議。

> 어제 제삼회 국제학술대회를 거행했어요.
> 昨天舉行了第三回國際學術大會。

（三）基數＋量詞

1. **表數量單位的名詞叫名數詞，也叫量詞，在韓語量詞前面，只能用韓語數詞**

하나：한 마리（1隻）、한 대（1台）、한 알（1粒）、한 개（1個）、
　　　한 장（1張）、한 권（1本）한 통（1封）、한 갑（1盒）、한 컵
　　　（1杯）、한 송이（1朵）、한 다발（1束）、한 그루（1棵）

둘：두 마리（2隻）、두 대（2台）、두 알（2粒）、두 개（2個）、
　　두 사람（2人）

셋：세 알（3粒）、세 개（3個）、세 사람（3人）、세 치（3寸）

但：석단（3捆）、석자（3尺）、서되（3升）、서말（3斗）

넷：네 알（4粒）、네 개（4個）、네 사람（4人）

但：넉 단（4捆）、넉 자（4尺）、너 되（4升）、너 말（4斗）

스물：스무 마리（20隻）、스무 대（20台）、스무 알（20粒）、스무 개（20個）、스무 사람（20人）、스무 단（20捆）、스무 자（20尺）、스무 되（20升）、스무 말（20斗）

➤ 지금 한시 몇 분이에요?
　現在是一點幾分？

➤ 교실에 학생 두 명밖에 없어요.
　教室裡只有二名學生。

➤ 혼자서 술 세 병을 마셨어요.
　獨自喝了三瓶酒。

➤ 우리집 개가 새끼 네 마리를 낳았어요.
　我們家的狗生了四隻小狗。

소 4마리	소 네 마리	4頭牛
옷 3벌	옷 세 벌	3套衣服
붓 2자루	붓 두 자루	2管毛筆
신 1켤레	신 한 켤레	1雙鞋
양말 2켤레	양말 두 켤레	2雙襪
명주 3필	명주 세 필	絹3疋
배 한척（1隻船）	차 한대（1輛車）	종이 한 장（紙1張）
집 한채（1棟屋）	밥 한 그릇（飯1碗）	반찬 한 접시（菜1盤）

壹、品詞篇

貳、語尾篇

參、述語及接辭篇

肆、韓檢預備篇（考古題）

伍、韓檢預備篇（模擬試題）

2. 概數（大約量）

> 커피 한두 잔.
> 咖啡1、2杯。

> 소설 두세 권.
> 小說2、3本。

> 연필 서너 자루.
> 鉛筆3、4枝。

> 사과 너댓 개.
> 蘋果4、5個。

> 국수 대여섯 그릇.
> 麵5、6碗。

> 선생님 예닐곱 분.
> 老師6、7位。

（四）表示時間、年月日、年齡、星期的數詞

1. 時、分、秒

時（點鐘）用固有數詞表示，分、秒則用漢字數詞。

時：한시、두시、세시、네시…열두시

分：일분、이분、삼분、사분…십이분、삼십분、육십분

秒：일초、이초、삼초、사초…십이초、삼십초、육십초

※ 4點27分5秒：네시 이십칠분 오초。

2. 年、月、日

(1) 年

일년（1年）、이년（2年）、삼년（3年）、십년（10年）、
이십년（20年）。

※固有語用法：한해（1年）、두해（2年）、세해（3年）、열해（10年）、
　스무해（20年）。

(2) 月

> 只用漢字數詞，但6月是유월，10月是시월。일월（1月）、이월（2月）、삼월（3月）、사월（4月）…유월（6月）…시월（10月）、십일월（11月）、십이월（12月）。
>
> 習慣上，1月叫정월（正月），11月叫동지달（冬至月），12月叫섣달（臘月）。
>
> 算月數時可用2種數詞：
>
> ①일개월（1個月）、이개월、삼개월、사개월、오개월…십개월、이십개월
>
> ②한달（1個月）、두달、석달、넉달、다섯달…열달、스물달

(3) 日

> 算日數也可用2種數詞：
>
> ①일일（1日）、이일、삼일、사일、오일、육일、칠일、팔일、구일、십일、십일일、십이일、십삼일…이십일、이십일일、이십구일、삼십일、삼십일일
>
> ※31日只用삼십일일，不用서른하루，也不用그믐하루。
>
> ②純韓語：

1日 하루(초하루)	10日 열흘
2日 이틀	11日 열 하루
3日 사흘	12日 열 이틀
4日 나흘	15日 열 닷새
5日 닷새	20日 스무 날

6日　엿새	21日　스무 하루
7日　이레	22日　스무 이틀
8日　여드레	29日　스무 아흐레
9日　아흐레	30日　그믐

※스무아흐레是29日，그믐是30日或月底，그믐是「晦日」的意思，說「天數」30天是서른날或삼십일동안。初一是초하루，15日又稱보름是「望日」的意思，也是15天的意思。

> 오늘은 6월 초하루에요.
> 今天是6月初一。

> 서울에 가서 사흘 있을 거에요.
> （我）要去首爾待三天。

> 정월 보름은 대보름이라고 해요.
> 正月十五日叫做大滿月。

> 내일이 그믐인데 저금이 얼마 남아 있어요?
> 明天是月底，（你）存款還剩多少？

3. 年齡

年齡也可以用2種數詞。

(1) 일세（1歲）、이세、삼세、사세、오세…십세（10歲）、이십세、삼십세、사십세、오십세、육십세、칠십세、팔십세、구시세、백세

(2) 한살（1歲）、두살、세살、네살、다섯살…열살（10歲）、스무살、서른살、마흔살、쉰살、예순살、일흔살、여든살、

아흔살…아흔 아홉살（99歲）

※百歲以上用漢字語。

> 그분의 연세는 어떻게 되시니?
>
> 那位年紀多大了？

> 1969(천구백육십구)년에 태어났으니 금년 45(사십오)세야.
>
> 1969年生，所以今年45歲。

> 네 여동생 나이는 몇 살이니?
>
> 你妹妹年齡是幾歲？

> 12(열두)살이고 지금 중학생이야.
>
> 12歲，現在是中學生。

4. 星期

用日、月、火、水、木、金、土加曜日（요일）。

星期日　일요일	星期四　목요일
星期一　월요일	星期五　금요일
星期二　화요일	星期六　토요일
星期三　수요일	

※年、月、日，錢數或外來語則使用漢字語量數詞，例：2014年5月15日：이천십사년 오월 십오일。

5. 鐘點時分

時數用固有語，分秒用漢字語。

한 시 10분＝1點10分	일곱 시 5분전＝7點差5分（5分前）
두 시 20분＝2點20分	여덟 시 15분＝8點15分
세 시 30분＝3點30分	아홉 시 15분전＝9點差15分
네 시 반＝4點半	열 시45분＝10點45分
다섯 시 50분＝50點50分	열한 시 11분＝11點11分
여섯 시 55분＝6點55分	열두 시 12분 30초＝12點12分30秒

6. 其他

만 이천 삼백 오십원＝12,350元	초읽기 倒數讀秒
43쪽：사십삼쪽＝43頁	한(두、세、네)시간 ＝1（2、3、4）個小時
3、4개월：삼、사개월＝3、4個月	오인분＝5人份
육백 그램(g)＝600克	오 미터＝5公尺
이천 킬로미터(km)＝2000公里	삼십 리터＝30公升

· 檢測一下（2）

一、請依提示，填入適當的詞形

1. 제주도에 (　　　　) 일이 없어요. (가 보다)

2. 아 공장에 일거리가 작년에 비해서 (　　　　) 셈이지요. (많다)

3. 많은 사람 앞에 (　　　　) 때 제일 긴장해요. (나가서다)

4. 늘 일찍 오시죠? 아니, 늦게 (　　　　) 일도 있어요. (오다)

5. 지금 사무실에 (　　　　) 길입니다. (가다)

6. 바닷가는 (　　　　) 무렵에 제일 아름답지요. (해가 지다)

7. 아랫 사람을 잘못 (　　　　) 탓이니 사업이 실패했어요. (채용하다)

8. 그 회사에서는 대우를 (　　　　) 만큼 잘 해주어요. (일하다)

9. 여기에 (　　　　)지 5년이 되었어요. (오다)

10. 영어를 하기는 하지만 (　　　　) 줄 모릅니다. (가르치다)

二、將適當的文句連結起來

①그분을 만난 일이 없어서

②실수하는 일도 있으니까

③집에 돌아오는 길에

④그냥 주는 셈치고

⑤이번 여름 방학 때

⑥피아노는 칠 수 있으나

⑦내가 전화할 거니까

⑧그분이 나를 찾아온 것은

1. (　) 여행가려고 해요.

2. (　) 빌려 주세요.

3. (　) 조심하세요.

4. (　) 과일 좀 사오세요.

5. (　) 어느 분인지 모릅니다.

6. (　) 입어 보지 않았어요.

7. (　) 많이 들었어요.

8. (　) 집에 있어.

⑨나에게 맞을 것 같지 않아서　　　　　9. (　) 부탁이 있어서입니다.

⑩그 사람을 만난 적은 없지만　　　　　10. (　) 노래는 부를 수 없어요.

三、填入適當的詞

누구、몇、무슨、무엇、어느、언제、어떤、왜、얼마

1. 그 수박은 ＿＿＿＿에 샀어요?

2. 여기는 현대회사인데 ＿＿＿＿를 찾으십니까?

3. ＿＿＿＿이 그렇게 어렵습니까?

4. 이것은 ＿＿＿＿ 음료수입니까?

5. 그 선생님은 ＿＿＿＿ 과목을 가르치십니까?

6. 손님이 모두 ＿＿＿＿ 분이 오셨어요?

7. ＿＿＿＿ 고향으로 돌아가시겠어요?

8. ＿＿＿＿ 종류의 직업을 구하고 있어요?

9. 그분은 ＿＿＿＿ 나라에서 오셨어요?

10. ＿＿＿＿ 회답을 하지 않았어요?

四、寫出韓語的基數詞

〈例〉1 하나、2 둘

1.

12	67
22	78
33	89
44	90
55	92

2. 일일(　　　)에 몇 시간 공부합니까?

3. 학교에서 4(　　　)시간 집에서 2(　　　)시간 모두 6(　　　)시간 공부해요.

4. 저는 3(　　　)일 동안 아무것도 먹지 못했어요.

5. 술 3, 4(　　　)잔 마시고 취했습니다.

6. 8(　　　)시 30(　　　)분에 시작하기로 했어요.

7. 19(　　　)살인데 시집가래요.

8. 3(　　　)달 전에 서울에 갔다왔어요.

9. 6(　　　)월 16(　　　)일경에 떠날 거에요.

10. 저 모퉁이에서 왼쪽으로 1(　　　)째 집은 우리집이에요.

壹、品詞篇

貳、語尾篇

參、述語及接辭篇

肆、韓檢預備篇（考古題）

伍、韓檢預備篇（模擬試題）

‧檢測一下（2）解答

一、填入適當的詞形

1. 가 본

2. 많은

3. 나가설(때)

4. 오는

5. 가는

6. 해가 질(무렵)

7. 채용한

8. 일하는

9. 온(지)

10. 가르칠

二、將適當的文句連結起來

1. ⑤　2. ④　3. ②　4. ③　5. ①

6. ⑨　7. ⑩　8. ⑦　9. ⑧　10. ⑥

三、填入適當的詞

1. 얼마　2. 누구　3. 무엇　4. 무슨　5. 무슨

6. 몇　7. 언제　8. 어떤　9. 어느　10. 왜

四、寫出韓語的基數詞

1.

열둘	예순일곱
스물둘	일흔여덟
서른넷	여든아홉
마흔네	아흔
쉰다섯	아흔둘

2. 하루

3. 네、두、여섯

4. 사흘

5. 서、너

6. 여덟、삼십

7. 열아홉

8. 석

9. 유、십륙

10. 첫

壹、品詞篇

貳、語尾篇

參、述語及接辭篇

肆、韓檢預備篇（考古題）

伍、韓檢預備篇（模擬試題）

（一）動詞的概念

1. 動詞的定義

　　凡表示人、事、物的動作或作用之詞稱為「動詞」，它是動作、行為、有變化之詞，如가다（去）、먹（吃）。同時它也包括表示事物狀態或性質的變化，還有生理態度的詞，如자다（睡）、살다（活）。表示性質狀態，如익다（熟）、썩다（腐）。表示心理態度，如사랑하다（愛）、싫어하다（討厭）。不論具象、抽象，只要是表達人、事、物的行動、作用都是「動詞」。此外，韓語將形容詞視為「狀態動詞」。

2. 語幹與語尾

　　動詞、形容詞統合稱之為「用言」，它在句子中是作「敘述語」用的，它包括「語幹」和「語尾」2部分，「語幹」是固定不變而有實質意義的，「語尾」則在活用時有很多變化，但是僅具文法意義。

語幹	語尾
가	-다、-(아)、-고、-지、-게、-(아)서、-니、-면
먹	-다、-(어)、-고、-지、-게、-어서、-으니、-으면

3. 動詞的原形

　　字典上所列出的的單語屬於動詞、形容詞者只有原形（基本形），如가다、먹다，其他如가(아)、가고、가지、가게⋯⋯等等都是它的活用形，所以若是知道活用形是由哪個基本形變來的話，就可以在字典上查到。

基本形的變化：

變化	基本形	中文
무거운←	부겁다	（重）
들어가다←	들다＋가다	（進入）
들어주다←	들다＋주다	（聽我說）
갈라주다←	가르다＋주다	（給分開）
들어왔다←	들다＋오(았)다	（進來）
폈다←	피(었)다	（開）
퍼주었다←	푸다＋주(었)다	（盛給）
우짖는구나←	우짖다＋는＋구나	（在叫啊）
갈아타다←	갈다＋타다	（換乘）
지으신 글←	짓다＋으시＋ㄴ 글	（作的文章）

（二）動詞種類

動詞分類表：

分類基準	類別	性質	例
1. 語意上 可否獨立	自主動詞 （基本動詞）	具獨立性， 能表達完整意義	가다（去） 보다（看）
	依存動詞 （補助動詞）	具文法意義， 補助基本動詞	-어 가다（繼續） -어 보다（試試看）
2. 動作有無 對象	自動詞 （不及物）	動作無需對象	피다（花）開 흐르다（水）流
	他動詞 （及物）	動作及於對象	마시다（喝） 먹다（吃）

3. 活用形態 規則與否	規則動詞	語尾變化規則化	받다（受） 얻다（得）
	不規則動詞	語尾變化不規則	굽다（烤） 돕다（助）
4. 活用形態 完全與否	完全動詞	語尾活用形態完全	입다（穿） 웃다（笑）
	不具動詞	語尾活用形態不完全	가로다（曰） 달라다（要求）
5. 功能上	主動詞	以自力動作	보다（看） 먹다（吃）
	被動詞	受他力影響而動作	보이다（被看） 먹히다（被吃）
	使役動詞	主語不直接動作而使他人（物）做動作	먹이다（使吃） 녹이다（使融化）

說明如下：

1. 語意上可否獨立

| 自主動詞 | ➤ 난 지금 간다. | 我現在要走了。 |
| 依存動詞 | ➤ 불이 꺼져 간다. | 火在熄滅下去。 |

2. 動作有無對象

| 自動詞 | ➤ 꽃이 핀다. | 花開。 |
| 他動詞 | ➤ 밥을 먹는다. | 吃飯。 |

※但有些動詞可以兩用。

➤ 잘 놀다. (自動)	➤ 윷놀이를 놀다. (他動)
➤ 아이가 잔다. (自動)	➤ 낮잠을 잔다. (他動)
➤ 그가 웃는다. (自動)	➤ 웃음을 웃는다. (他動)
➤ 서울에 간다. (自動)	➤ 밤길을 간다. (他動)

3. 活用形型態規則與否

規則動詞	먹다 (吃) : 먹는다、먹고、먹어서、먹어라、먹으면
	받다 (受) : 받는다、받고、받아서、받아라、받으면
不規則動詞	걷다 (走) : 걷는다、걷고、걸어서、걸어라、걸으면
	짓다 (造) : 짓는다、짓고、지어서、지어라、지으면

4. 活用形態完全與否

完全動詞	입다 (穿) : 입는다、입고、입어서、입어라、입으면
	웃다 (笑) : 웃는다、웃고、웃어서、웃어라、웃으면
不完全動詞 (不具動詞)	가로다 (曰) : 가로되、가라시되、가론
	달라다 (要求) : 달라 、다오

5. 功能上

主動詞	➤ 내가 산을 본다. 我看山。
被動詞	➤ 산이 나에게 보인다. 山被我看。
使役動詞	➤ 어머니가 아기에게 젖을 먹이었다. 媽媽給孩子餵了奶。
	➤ 햇볕이 얼음을 녹이었다. 陽光使冰融化了

壹、品詞篇

貳、語尾篇

參、述語及接辭篇

肆、韓檢預備篇（考古題）

伍、韓檢預備篇（模擬試題）

（三）動詞的活用

　　語幹加上不同的語尾可變化出各種不同的句子，這就稱為「活用」。

用言活用表：

基本型		가다 （動詞）	좋다 （形容詞）	이다 （指定詞）	있다 （存在詞）
終結語尾	敘述形	가 -ㄴ다	좋 -다	이 -다	있다
	疑問形	가 -(느)냐	좋 -(으)냐	이 -냐	있느냐
	命令形	가 -(아)라			있어라
	請誘形	가 -자			있자
	感嘆形	가 -는구나	좋 -구나	이 -구나	있구나
連結語尾	對等	가 -고	좋 -으며	이 -며	있고
	從屬	가 -면	좋 -으면	이 -면	있으면
	補助	가 -고 있다	좋 -지 않다	이다	있지 않다
轉成語尾	名詞形	가 -ㅁ	좋 -음	이 -ㅁ	있음
	冠形詞形	가 -는	좋 -은	이 -ㄴ	있는

※詳細語尾變化請參閱「語尾篇」，指定詞「이다」在學校文法中稱之為「敘述格助詞」。

（四）不規則動詞

　　語幹與語尾結合的過程中，形態有變化的動詞稱之為不規則動詞，其語幹後的部分或更換或脫落。

不規則用言表：

不規則動詞	變化方式	動詞〈例〉	形容詞〈例〉	規則動詞
ㄷ動詞	語幹末音ㄷ 在母音之前變為ㄹ 例）듣＋어→들어	걷다 긷다 듣다 묻다 싣다 깨닫다		닫다 묻다 믿다 받다 얻다 쏟다
르動詞	語幹末音으脫落， 同時添加一個ㄹ 例）부르＋어→불러	고르다 나르다 누르다 다루다 부르다 오르다 흐르다 서두르다	다르다、빠르다 서투르다 이르다	들르다 치르다
ㅂ動詞	語幹末音ㅂ 在母音之前變為 오／우 例）돕＋아→도와	깁다 눕다 돕다 줍다 집다	가볍다、고맙다 곱다、무겁다 덥다、반갑다 맵다、춥다 아름답다	입다 잡다 접다 뽑다 씹다
ㅅ動詞	語幹末音ㅅ 在母音之前脫落 例）짓＋어→지어	긋다 붓다 잇다 젓다 짓다	낫다	벗다 빗다 솟다 웃다 빼앗다 씻다
ㅎ動詞	語幹末音ㅎ 在母音之前脫落， 語尾아(어、여)變 為애，은變ㄴ		그렇다、까맣다 노랗다、빨갛다 파랗다	낳다 놓다 좋다

※ㄹ動詞在活用時，當ㄹ接ㄴ、ㅂ、ㅅ時ㄹ脫落，視為脫落現象。

壹、品詞篇　貳、語尾篇　參、述語及接辭篇　肆、韓檢預備篇（考古題）　伍、韓檢預備篇（模擬試題）

1. ㄷ不規則動詞

ㄷ不規則動詞的語幹終聲ㄷ在母音前變為ㄹ。

常用的ㄷ不規則動詞：

動詞	-어(아、여)요	-(으)면
걷다（走）	걸어요	걸으면
긷다（汲）	길어요	길으면
듣다（聽）	들어요	들으면
묻다（問）	물어요	물으면
싣다（載）	실어요	실으면
깨닫다（認識）	깨달아요	깨달으면

> 집에서 학교까지 걸어와요.
> 從家到學校走路來。

> 그는 우물로 물 길러 갔다.
> 他到井邊打水去了。

> 들은 대로 이야기해 보세요.
> 請按你所聽到的說說看。

> 내가 물으면 대답하세요.
> 我問的話，請回答我。

> 차에 짐을 많이 실었어요.
> 車上載了許多行李。

> 잘못을 깨달을 때까지 아무 말도 하지 마세요.
> 認錯之前，請什麼話都別說。

※但規則動詞不變化：

닫다（關）	묻다（埋）	믿다（信）
받다（受）	얻다（得）	쏟다（붓다）（倒）

> 문을 닫으면 먼지가 안 들어와요.
> 若關上門的話，灰塵就進不來。

> 쓰레기를 땅에 묻어 주세요.
> 請把垃圾埋在地裡。

> 내 말을 좀 믿어 주세요.
> 請相信我的話。

> 생일날에 선물을 받았어요?
> 生日那天（你）收到禮物了嗎？

> 일주일의 휴가를 얻었다.
> 得到了1個禮拜的休假。

> 설거지 물을 쏟아 버렸어요.
> 把洗鍋碗的水倒掉了。

壹、品詞篇

貳、語尾篇

參、述語及接辭篇

肆、韓檢預備篇（考古題）

伍、韓檢預備篇（模擬試題）

2. 르不規則動詞

　　르不規則動詞的語幹終聲ㅡ在母音前脫落，但增加一個ㄹ，因此-아요變成-라요，-어요變成-러요。

常用的르不規則動詞：

動詞	-아(어、여)요
고르다（選）	골라요
나르다（搬）	날라요
누르다（壓）	눌러요
다르다（異）	달라요
부르다（吹）	불러요
오르다（上）	올라요
흐르다（流）	흘러요
서두르다（急）	서둘러요

> 물건을 <u>골라</u>서 삽니다.
> 東西挑一挑再買。

> 동양과 서양은 생활습관이 <u>달라</u>요.
> 東方跟西方的生活習慣不同。

> 아무리 <u>불러</u>도 대답이 없군요.
> 不管怎麼叫都沒有回答耶！

> 그녀의 생일이 언제인지 <u>몰랐</u>어요.
> 不知道她的生日是何時。

> 눈물이 그녀의 뺨을 흘러내렸어요
> 眼淚滑落了她的臉頰。

> 우리는 늦지 않도록 서둘렀어요.
> 我們趕緊走以免遲到。

3. ㅂ不規則動詞

ㅂ不規則動詞的語幹終聲ㅂ在母音前脫落，變為오／우。

常用的ㅂ不規則動詞：

動詞	-아(어, 여)요	-(으)면
고맙다（感謝）	고마워요	고마우면
곱다（美、善）	고와요	고우면
돕다（助）	도와요	도우면
맵다（辣）	매워요	매우면
반갑다（高興）	반가워요	반가우면
아름답다（漂亮）	아름다워요	아름다우면
춥다（冷）	추워요	추우면

> 지난번에는 참 고마웠어요.
> 上次太感謝你了。

> 마당을 곱게 쓸었어요.
> 把院子打掃得乾乾淨淨。

> 아이들이 잘 도와 줘요.
> 孩子們很幫忙。

> 매운 음식은 싫어요.
> 我不喜歡辣的食物。

> 너무 반가우면 눈물이 나요.
> 太高興的話會流淚。

> 저 아름다운 하늘을 보세요.
> 請看那美麗的天空。

> 날씨가 추워졌어요.
> 天氣變冷了。

※但規則動詞不變化：

입다（穿）	잡다（抓住）	뽑다（選）
씹다（嚼）	업다（揹）	집다（夾）

> 옷을 따뜻하게 입어요.
> 衣服穿得暖些。

> 주도권을 잡으세요.
> 請掌握主導權吧。

> 그분을 대통령으로 뽑았어요.
> 選了他當總統。

> 교실에서 껌을 씹으면 안 돼요.
> 不可以在教室裡嚼口香糖。

> 애기를 업어서 재웁니다.
> 揹著孩子哄她睡。

> 젓가락으로 반찬을 집어요.
> 用筷子夾菜啊。

4. ㅅ不規則動詞

ㅅ不規則動詞的語幹終聲ㅅ在母音前脫落。

常用的ㅅ不規則動詞：

動詞	-아(어、여)요	-(으)면
긋다（劃）	그어요	그으면
낫다（好、痊癒）	나아요	나으면
붓다（倒）	부어요	부으면
잇다（連接）	이어요	이으면
젓다（搖）	저어요	저으면
짓다（建立）	지어요	지으면

> 금을 똑바로 그으면 보기가 좋아요.
> 把線畫得直直的才好看。

> 잔에 술을 가득히 부었어요.
> 杯子裡斟滿了酒。

壹、品詞篇

貳、語尾篇

參、述語及接辭篇

肆、韓檢預備篇（考古題）

伍、韓檢預備篇（模擬試題）

> 이 줄을 <u>이어</u>서 씁시다.
> 我們接著這一行字寫吧！

> 그는 우리에게 잔디밭으로 들어가지 말라고 손을 <u>저었다</u>.
> 他向我們搖手要我們不要進入草地。

> 집을 <u>지어</u>보면, 얼마나 어려운 일인지 알게 돼요.
> 試建了房子才知道有多難。

> 이제 감기가 다 <u>나았어요</u>.
> 現在感冒已痊癒了。

※但規則動詞不變化：

빼앗다（奪、搶）	벗다（脫）	빗다（梳（髮））
씻다（洗）	솟다（升起、湧出）	웃다（笑）

> 동생한테서 <u>빼앗</u>은 게 뭐에요?
> （你）從弟弟那兒搶奪的是什麼？

> 안경을 <u>벗으</u>면 딴 사람같이 보입니다.
> 脫掉眼鏡，看起來像是另一人。

> 오늘 머리를 예쁘게 <u>빗었</u>네.
> 今天（你）頭髮梳得好漂亮。

> 손을 깨끗이 <u>씻으</u>면 좋겠는데.
> 把手洗乾淨才好。

> 해가 동쪽에서 솟아오르다.
> 太陽從東方升起。

> 너무 웃어서 배가 다 아파요.
> 笑得太厲害，肚子都痛了。

5. ㅎ不規則動詞

　　ㅎ不規則動詞的語幹終聲ㅎ在母音前脫落，語幹아（어、여）變為애，只發生在狀態動詞（形容詞）。

常用的ㅎ不規則動詞：

動詞	-(으)ㄴ	-(으)면	-(으)ㄹ까요	-(으)세요	-아(어、여)요
그렇다（那樣）	그런	그러면	그럴까요	그러세요	그래요
까맣다（黑）	까만	까마면	까말까요		까매요
노랗다（黃）	노란	노라면	노랄까요		노래요
빨갛다（紅）	빨간	빨가면	빨갈까요		빨래요
어떻다（怎樣）	어떤	어떠면	어떨까요	어떠세요	어때요
이렇다（這樣）	이런	이러면	이럴까요	이러세요	이래요
저렇다（那樣）	저런	저러면	저럴까요	저러세요	저래요
파랗다（綠、藍）	파란	파라면	파랄까요		파래요
하얗다（白）	하얀	하야면	하얄까요		하얘요

> 이것이 어떨까요?
> 這個如何？

> 그러면 우리 어디로 갈까요?
  那麼我們往何處去？

> 어떤 색을 좋아하세요?
  （你）喜歡什麼顏色？

> 빨간 옷이 노란 옷보다 더 예뻐요.
  紅衣比黃衣更美。

> 그러시면 언제 또 만날까요?
  那麼（我們）何時再見？

※但規則動詞不變化：

낳다（生（產））	넣다（放入）	많다（多）
괜찮다（不錯的）	좋다（好）	싫다（討厭）

> 그의 부인이 어제 아들을 낳았어요.
  他夫人昨天生了個兒子。

> 책을 가방에 넣었어요.
  把書放進包包裡。

> 많은 사람이 초대를 받았어요.
  許多人受到了招待。

> 그 사람은 괜찮은 사람이에요.
  他是個不錯的人。

> 좀 더 <u>좋은</u> 생각은 없나요?
>
> 沒有更好的主意嗎？

> <u>싫어</u>도 싫은 척은 하지 않는군요.
>
> 即使討厭，（他）也不假裝呢！

6. ㄹ脫落現象

　　ㄹ脫落現象的語幹終聲ㄹ在ㄴ、ㅂ、ㅅ前脫落。

常用的ㄹ脫落動詞：

動詞	-는	-ㅂ／습니다	-세요
놀다（玩）	노는	놉니다	노세요
들다（中意）	드는	듭니다	드세요
만들다（做）	만드는	만듭니다	만드세요
살다（活）	사는	삽니다	사세요
쓸다（掃）	쓰는	씁니다	쓰세요
알다（知道）	아는	압니다	아세요
열다（開）	여는	엽니다	여세요
울다（哭）	우는	웁니다	우세요
팔다（賣）	파는	팝니다	파세요

> 아이들이 밖에서 <u>놉니다</u>.
>
> 孩子們在外面玩。

> 집에서 빵을 <u>만드</u>십니까?
>
> （您）在家裡做麵包嗎？

壹、品詞篇

貳、語尾篇

參、述語及接辭篇

肆、韓檢預備篇（考古題）

伍、韓檢預備篇（模擬試題）

> <u>아는</u> 사람을 만났어요.
> 見到認識的人了。

> 사과를 <u>파는</u> 아줌마가 예뻐요.
> 賣蘋果的大嬸漂亮。

> 조그만한 곤란에 <u>울지</u> 말고 좀 대담하게 해봐라.
> 不要因一點兒困難就叫苦，大膽地幹吧！

（五）補助動詞

　　亦稱「依存動詞」，喪失或減弱了原來所包含的具體意思的動詞，在句子中不能單獨構成句子成分，必須和特定之連結語尾結合才能形成句子成分，相當於中文的「寫著」、「寫下去」、「倒出來」、「倒掉了」中的「著」、「下去」、「出來」、「掉了」。

1. 進行補助動詞

　(1) 가다：-어／아 가다

　　表示某事由目前向未來發展。

> 불이 <u>꺼져 간다</u>.
> 火在熄滅中。

　(2) 오다：-어／아 오다

　　表示事情由過去某一時刻發展至今。

> 그때부터 이 일을 <u>보아 왔소</u>.
> 從那時開始這件工作一直是我在做。

(3) 있다：-어／아 있다

表示動作完成且持續著。

> 그는 지금 새 옷을 입어 있다.
> 現在他穿著新衣。

2. 終結補助動詞

(1) 나다：-고 나다

表示「完結」。

> 실컷 울고 나니 후련하다.
> 痛哭一場之後舒暢了。

(2) 내다：-어／아 내다

表示「完成」。

> 끝내 그 고통을 겪어 냈다.
> 最後終於克服痛苦。

(3) 버리다：-어／아 버리다

表示「釋去精神負擔」或「事與願違」之意。

> 기차를 놓쳐 버렸다.
> 錯過了火車。

3. 奉仕補助動詞

(1) 주다：-어／아 주다

表示「施惠」。

> 좀 가 봐줄래?
> （你）幫忙去看一看好嗎？

壹、品詞篇

貳、語尾篇

參、述語及接辭篇

肆、韓檢預備篇（考古題）

伍、韓檢預備篇（模擬試題）

(2) 드리다：-어／아 드리다

表示服務、奉獻之意。

> 어머니를 거들어 드린다.
> 幫媽媽的忙。

(3) 바치다：-어／아 바치다

表示服務、奉獻之意。

> 일러 바친다.
> 稟告。

4. 體驗（試行）補助動詞

(1) 보다：-어 보다

表示「試試看」之意。

> 나도 한 번 만져 보자.
> 讓我也摸一下看看。

5. 強勢補助動詞

(1) 쌓다：-어 쌓다

表示動作到了厲害的程度。

> 개가 짖어 쌓는다.
> 狗在狂吠。

(2) 대다：-어 대다

> 떠들어 댔다.
> 在亂吵。

6. 保有補助動詞

(1) 놓다：-아 놓다

表示保持動作結束的狀態。

> 논을 갈아 놓았다.
> 把田耕好了。

(2) 두다：-어 두다

> 잘 들어 두어라.
> 好好聽著。

(3) 가지다：-어 가지고

> 책을 읽어 가지고 와.
> 把書讀好了來。

7. 決心補助動詞

(1) 말다：-고 (야) 말았다

表示「終於實現」，「-고(야) 말겠다」表示「決心將它實現」。

> 그 일을 해내고 말았다.
> 終於把那件工作做完了。

8. 失機補助動詞

(1) 뻔하다：-ㄹ 뻔하다

表示幾乎要如何之意，只能用過去式。

> 하마터면 죽을 뻔했다.
> 差一點就沒命了。

9. 使動補助動詞

(1) 하다：-게 하다

表示「使、令、讓」之意

> ➤ 아무라도 보게 한다.
> 令任何人看到。

(2) 만들다：-게 만들다

> ➤ 아이를 살게 만든다.
> 把孩子救活。

※-게 하다／만들다表示使他人或事物動作之意。

10. 被動補助動詞

(1) 지다：-어／아 지다

表示「被動」，某事自然形成或某事因受外力影響而變為可能之意。

> ➤ 법이 잘 안 지켜진다.
> 法律沒被好好遵守。

11. 當為補助動詞

(1) 하다：-어야 하다

表示「應該……」。

> ➤ 이제 우리는 크게 반성하고 다시는 이런 실패를 되풀이하지 말아야 한다.
> 現在我們該大大反省，不要再重蹈覆轍。

(2) 되다：-어야 되다

表示「必須……才行」。

> 사람은 성실해야 된다.
> 人必須誠實才行。

12. 是認補助動詞

(1) 하다：-기는／-기도 하다

表示「承認」所說事實，也表「強調」

> 나도 가기는 한다.
> 我也是要去的。

13. 假飾補助動詞

(1) 체하다：-ㄴ／는 체하다

表示「假裝……」。

> 그는 일을 하는 체한다.
> 他假裝在工作。

(2) 양하다：-ㄴ／는 양하다

> 놀고도 일한 양한다.
> 他在玩卻假裝在工作。

(3) 척하다：-ㄴ／는 척하다

> 책을 읽는 척하는구나.
> 原來（你）假裝在讀書啊！

壹、品詞篇

貳、語尾篇

參、述語及接辭篇

肆、韓檢預備篇（考古題）

伍、韓檢預備篇（模擬試題）

14. 反覆補助動詞

(1) 하다：오락가락 하다

表示「反反覆覆」。

> ➤ 비가 종일 <u>오락가락 한다</u>.
> 整日裡雨下下又停停。

15. 意圖補助動詞

(1) 하다：-(으)려고／-고자 하다

表示「意願」、「慾望」。

> ➤ 내일 <u>떠나려(고) 합니다</u>.
> 明天想要出發（離開）。

16. 同等補助動詞

(1) 하다：-듯 하다

表示「好像」、「如同……一般」。

> ➤ 돈을 물을 <u>쓰듯 한다</u>.
> 花錢如同用水一般。

17. 否定補助動詞

(1) 아니하다：-지 않다

表主觀意志上之不為。

> ➤ 그는 <u>가지 않다</u>.
> 他不去。

(2) 못하다：-지 못하다

表行為者之能力無法行動或受外力而「不能」做。

> 그를 만나지 못한다.
> 沒能見到他。

(3) 말다：-지 말다

表示「禁止」、「勿做」之意。

> 그러지 말아요.
> 別那樣。

※3者皆使用在「語幹＋지」之後表否定。

18. 習慣補助動詞

(1) 버릇하다：-어 버릇하다

表示「習慣於……」。

> 저것은 내가 늘 보아 버릇하던 산이다.
> 那是我經常看慣了的山。

19. 俗語強勢補助動詞

(1) 먹다：-어 먹었다

表「完全」、「全然」之意。

> 잊어 먹었다.
> 忘得一乾二淨。

壹、品詞篇

貳、語尾篇

參、述語及接辭篇

肆、韓檢預備篇（考古題）

伍、韓檢預備篇（模擬試題）

(2) 죽겠다 : -어 죽겠다

表示「要死」、「要命」之意。

> 분하**여 죽겠다**.
> 氣得要死。

> 보고 싶**어 죽겠다**.
> 想念得要命。

七、形容詞

（一）形容詞的概念

1. 形容詞的定義

　　用來表示人、事、物的性質與狀態之詞稱為「形容詞」，與動詞一併歸類為「用言」，在句中作「敘述語」用，以語尾變化表示各種文法作用與意義。

2. 形容詞的原形

　　「語幹＋다」為其原形，這點與動詞相同，但形容詞的活用形態較動詞少，譬如-ㄴ다／는다等現在式終結語尾，形容詞是沒有的。

動詞：

> ➤ 여행을 <u>간다</u>.
> 去旅行。

> ➤ 라면을 먹<u>는다</u>.
> 吃拉麵（泡麵）。

形容詞：

> ➤ 날씨가 좋<u>다</u>.
> 天氣好。

> ➤ 용희가 예쁘<u>다</u>.
> 容姬漂亮。

（二）形容詞的種類

形容詞分類表：

分類基準	類別	性質	例
1. 語意上 可否獨立	自立形容詞 （基本形容詞）	具自主性，能表 達實質意義	크다（大） 높다（高）
	依存形容詞 （補助形容詞）	具文法意義，補 助基本形容詞	-지 않다（不） -고 싶다（想）
2. 活用形態上 規則與否	規則形容詞	語尾變化規則化	좁다（窄） 좋다（好）
	不規則形容詞	語尾變化不規則	낫다（勝過） 착하다（乖）
3. 活用機能 完全與否	完全形容詞	可獨自完成敘述 機能	곱다（美） 가볍다（輕）
	不完全形容詞	需加補語才具完 全敘述之機能	아니다（不是） 비슷하다（似）
4. 表達意義上	性狀形容詞	表達人事物性質 或狀態	덥다（熱） 멀다（遠）
	存在形容詞	表達人事物之有 無	있다（有） 없다（沒有）
	比較形容詞	表達互相比較	같다（同） 다르다（異）
	數量形容詞	表達人事物之數 量	많다（多） 적다（少）
	指示形容詞	表示指示如何 ……	이러하다（這樣） 어떻다（如何）

1. 基本形容詞和依存形容詞

　　形容詞裡有獨立的說明能力，能獨自成為句子的敘述語，時而和「依存形容詞」相附出現的叫「基本形容詞」（自立形容詞）。沒有獨立性，使用範圍狹小的叫「依存形容詞」（補助形容詞）。

　(1) 基本形容詞用法

　　①獨立敘述語

> ➤ 우리 젊은이는 모두 씩씩하다.
> 我們年輕人都很勇敢。

　　②-지＋依存形容詞

> ➤ 저 젊은이는 씩씩하지 못하다.
> 那個年輕人不勇敢。

　　③-게＋助動詞

> ➤ 저 젊은이는 씩씩하게 보인다.
> 那個年輕人看起來勇敢。

　(2) 依存形容詞有下列特性

　　①不能單獨使用，須用於其他的用言或敘述格之後，而幫助其意義的表現。

　　②原意起變化或變弱。

　　③即使有2個以上的連結，也一定是幫助前面的用言使其完成敘述，它們只用於「-아、-게、-지、-고」，「-(으)ㅁ、-기」，「-는、-(이)ㄹ」，「-ㄴ가、-는가、-ㄹ까」等語尾之後。

範例如下：

前行用言的語尾	依存形容詞	意義
-고 副詞形	싶다	希望
-이고 敍述格助詞	싶다	希望

> 나도 가고 싶다.
> 我也想走。

> 그는 군인이고 싶었다.
> 他想當軍人。

-지 副詞形	아니하다	否定
-지 副詞形	못하다	否定

> 물이 차지 아니하다.(않다)
> 水不冷。

> 말을 잘 하지 못한다.
> 不能好好說話。

-(으)ㄹ 冠形詞形	듯하다	推測
-인가 敍述格助詞	보다	推測
-ㄴ가 敍述格助詞	보다	推測
-는가 連接語尾	보다	推測
-ㄹ까 連接語尾	보다	意圖

> 물이 맑을 듯하다.
> 水可能會清。

> 그가 선생인가 보다.
> 他好像是位老師。

> 저게 샌가 보다.
> 那個可能是鳥。

> 그가 가는가 보다.
> 他可能去。

> 먼저 갈까 보다.
> 我要先去。

-기(기는、기도) 名詞形＋助詞	하다	承認
-이기는 敘述格助詞	하다	承認

> 자네 말이 옳기는 하네.
> 你的話很對。

> 그도 장군이기는 하다.
> 他也是將軍。

-(으)ㄹ 冠形詞形	만하다	價值

> 그곳이 가 볼 만하네.
> 那個地方很值得去。

-아(어) 副詞形	있다	狀態
-고 副詞形	있다	進行狀態

> 설비가 잘 되어 있다.
> 設備很好。

> 공을 차고 있다.
> 正在踢球。

2. 存在形容詞和否定形容詞

　　形容詞中以「있다(계시다)、없다」來表示某種事物的存在與否。其語尾的變化（即活用）是在於動詞和形容詞的中間位置。

活用比較表──文體法、해라體的語尾：

	平敘法	疑問法	感嘆法	命令法	共同法
있다（有）	있다	있느냐	있구나	있어라	있자
없다（沒有）	없다	없느냐	없구나		
먹다（吃）	먹는다	먹느냐	먹는구나	먹어라	먹자
맑다（清）	맑다	맑으냐	맑구나		

冠形詞形語尾：

		-는	-은
있다（有）		있는	
없다（沒有）		없는	
먹다（吃）		먹는	먹은
맑다（清）			맑은

3. 不完全形容詞

　　表示否定前面話語意思的「아니다」和體言的敘述格助詞的「이다」兩者稱之為指定詞。「이다」的語尾變化和動詞類似，「아니다」語尾變化或時態和形容詞一樣。

不完全形容詞	語幹　語尾	例
아니다（不）	아니 -ㅂ니다	➤ 그는 제 동생이 아닙니다. 他不是我弟弟。
	아니 -ㅂ니까	➤ 이 선생이 아닙니까? 不是李先生嗎？
	아니 -ㄹ까	➤ 김 선생이 아닐까? 也許是金先生吧？
	아니 -에요	➤ 그분이 의사가 아니에요. 那位不是醫生。
	아니 -었다	➤ 그날은 내 생일이 아니었다. 那天不是我生日。
	아니 -구나	➤ 나쁜 사람이 아니구나! 原來不是壞人啊！

아니다 （不）	아니 -고	➤	이것은 소설도 <u>아니고</u> 잡지책도 아니다. 這本既不是小說也不是雜誌。
	아니 -면	➤	술이 <u>아니면</u> 괜찮아요. 不是酒的話就沒關係。
	아니 -지만	➤	술이 <u>아니지만</u> 냄새가 나요. 雖然不是酒卻有酒味。
	아니 -ㄴ	➤	교사가 <u>아닌</u> 사람. 不是教師的人。
	아니 -ㄹ	➤	그것이 <u>아닐</u> 거예요. 應該不是那個才對。

（三）形容詞的活用

1. 形容詞的終結語尾

(1) 文體法

形容詞的文體法和體言的敘述格助詞一樣，不出下列幾種用法。

形容詞的文體法：

平敘（說明）法	➤ 물이 맑다. 水清澈。
疑問法	➤ 물이 맑으냐? 水清澈嗎？
感嘆法	➤ 물이 맑구나! 水（這麼）清澈啊！

壹、品詞篇

貳、語尾篇

參、述語及接辭篇

肆、韓檢預備篇（考古題）

伍、韓檢預備篇（模擬試題）

(2) 尊卑法

形容詞的尊卑法：

尊卑 句法	極卑稱 下稱 해라型	卑稱 等稱 하게型	尊稱 中稱 하오型	極尊稱 上稱 합쇼型
平敘法	짜다（鹹）	짜네、짜이	짜오	짭니다
疑問法	짜냐?	짠가?	짜오?	짭니까?
感嘆法	짜구나	짜네그려	짭니다그려	
			짜구로	

※形容詞亦有아(어)、아(어)요、이(어)지、아(어)지요諸型：

	아(어)型	이(어)요型	아(어)지型	아(어)지요型
平敘法	맑아（清）	맑아요	맑지	맑지요
疑問法	맑아?	맑아요?	맑지?	맑지요?

2. 形容詞的連接語尾

(1) 對等連接語尾

● 連接句子（對等連接、羅列形）

①-고

> 하늘은 맑<u>고</u> 들은 넓다.
> 晴天曠野。

②-(으)며

> 산도 설<u>으며</u> 물도 설다.
> 山也淒涼水也淒涼。

③-(으)면서

> 밥이 짜면서 맛도 없다.(나쁘다)
> 飯太鹹，一點都不好吃。

● 連接語幹（各自對立）

①-(으)락…-(으)락

> 붉으락 푸르락.
> 紅紅藍藍。

②-거나…-거나

> 너그럽거나 까다롭거나.
> 厚道或挑剔。

③-다가…다가

> 맑다가 흐리다가.
> 一會兒晴，一會兒陰。

④-든지…-든지

> 짜든지 싱겁든지.
> 無論鹹或淡。

(2) 從屬連接語尾

　● 連接句子

①-(으)ㄴ데　說明

> 달이 밝은데 산보나 합시다.
> 月亮好亮，我們去散步吧！

壹、品詞篇

貳、語尾篇

參、述語及接辭篇

肆、韓檢預備篇（考古題）

伍、韓檢預備篇（模擬試題）

②-더니　說明、回想

> 돈이 많더니 다 어디 썼지?
> 那麼多錢都用到哪兒去了？

③-(으)니　原因

> 날씨가 차니 집에 있어라.
> 天氣很冷，待在家裡！（命令）

④-(으)므로　原因

> 물이 흐리므로 발을 씻지 않았다.
> 水很髒所以沒有洗腳。

⑤-아(어)서　原因

> 감기가 들어서 가지 못했다.
> 感冒了，所以沒法去。

⑥-(으)면　假定

> 책값이 비싸면 어떻게 하지?
> 書太貴的話，怎麼辦？

⑦-거든　假定、條件

> 분하거든 더 열심히 일하여라.
> 如果不服氣，就更努力工作。

⑧-던들　假定（過去）

> 좋았던들 나도 샀을 것이다.
> 如果東西好，我也早就買了。

⑨-아(어)도　轉折

> 아무리 추워도 참아!
> 無論怎麼冷都要忍耐！

⑩-더라도　即使、縱然

> 약이면 쓰더라도 먹겠다.
> 如果是藥，即使苦也要吃。

⑪-(으)ㄹ지라도　不管……也……

> 아무리 기쁠지라도 너무 떠들지 마.
> 不管怎麼開心，也不要太喧鬧。

⑫-(으)나　對立、轉折

> 공기는 맑으나 시끄럽다.
> 雖然空氣新鮮，但很吵。

⑬-다마는　轉折

> 네 말이 옳다마는 긍정은 못하겠다.
> 雖然你的話不錯，但我無法肯定。

⑭-지마는　轉折 (=지만)

> 바람은 차지마는 기분은 상쾌하다.
> 雖然風涼，但我感覺很舒服。

⑮-거니와　先肯定前面一個事實，進一步肯定後面一個事實

> 이것도 좋거니와 그것도 좋다.
> 這個也不錯，那個也很好。

⑯-(으)려나와　不僅……而且……

> 마음도 젊<u>으려니와</u> 몸도 젊다.
> 不但心理年輕，身體也年輕。

⑰-(으)ㄴ들　即使……也……

> 아무리 분<u>한들</u> 이를 갈다니!
> 再怎麼生氣，也不能咬牙切齒！

⑱-(으)ㄹ지언정　假定的條件

> 아무리 고지식<u>할지언정</u> 그런 실수를 하다니?
> 再怎麼固執，怎能犯這種錯誤？

⑲-(으)ㄹ망정　讓步

> 아무리 배가 고<u>플망정</u> 도적질을 하랴?
> 肚子再怎麼餓也不能當小偷。

⑳-도록　到及

> 숨이 차<u>도록</u> 뛰었다.
> 我跑得上氣不接下氣。

㉑-(으)ㄹ수록　益甚

> 몸이 작<u>을수록</u> 포부는 크다.
> 身材越小抱負越大。

㉒-(으)ㄹ뿐더러　益甚

> 물건값이 비<u>쌀뿐더러</u> 좋지도 않다.
> 不但價錢貴而且品質又不好。

㉓-다시피　同一、亦是

> 아시<u>다시피</u>, 그분은 유명한 학자다.
> 如眾所知，他是位有名的學者。

㉔-듯이　同一、亦是

> 꽃이 시들<u>듯이</u> 젊음도 간다.
> 青春逝去猶如花謝。

㉕-(아)(어)야　必要、應該

> 사람은 좀 어리석<u>어야</u> 한다.
> 人應該笨一點。

㉖-ㄹ지　懷疑、推測

> 좀 빠<u>를지</u> 모르겠다.
> 也許快了一點。

※附於動詞的語幹之後表示動作的持續，完了等的連接語尾-아(어)、-아
(어)서、-고(서)、-는지等，不能用為形容詞語尾。

● 連接單語（其後可接補助動詞）

①-아(어)야　必要

> 사람은 마음이 참되<u>어야</u> 한다.
> 為人必須居心善良。

※形容詞中，沒有表示意圖、目的的-(으)려、-고자、-(으)려고等語尾。

壹、品詞篇

貳、語尾篇

參、述語及接辭篇

肆、韓檢預備篇（考古題）

伍、韓檢預備篇（模擬試題）

3. 形容詞的轉成語尾

(1) 名詞形

① -(으)ㅁ

> ➤ 얼굴이 아름다움이 꽃과 같다.
> 臉蛋美如花。

② -기

> ➤ 날씨가 따뜻하기가 봄과 같다.
> 天氣溫暖如春。

(2) 冠形詞形

① -ㄴ、은　現在

> ➤ 그는 참으로 착한 학생이다.
> 他真是乖學生。

> ➤ 그 붉은 꽃을 꺾어 와라.
> 去把那紅花摘來。

② -던　過去

> ➤ 그 아름답던 강산은 어디 가느냐?
> 昔日的美麗江山何在?

③ -ㄹ、을　未來、推測

> ➤ 내일은 날씨가 찰 걸.
> 明天可能會冷。

> 내일은 맑을 것이다.
> 明天可能是晴天。

④-았(었)을　過去、推測

> 그 사람 마음도 같았을 것이다.
> 他的想法也大致相同吧。

> 꽤 바빴을 것이다.
> 一定很忙。

⑤-았(었)던　過去、回想

> 그 집이 꽤 넓었던 모양이다.
> 那棟房子似乎很寬。

> 바람이 꽤 찼던 것 같다.
> 那時風好像怪冷的。

⑥-ㄹ(을)　表示不定時態

> 사람이 한참 바쁠 때 찾아오는 손님은 도리를 모르는 이다.
> 專找人家很忙的時候才上門的客人是不懂道理的人。

(3) 副詞形

①-아(어)　敘述的連接詞尾

> 그 옷이 추워 보인다.
> 那件衣服看起來冷冷的。

壹、品詞篇

貳、語尾篇

參、述語及接辭篇

肆、韓檢預備篇（考古題）

伍、韓檢預備篇（模擬試題）

②-게　狀態

> 그가 바쁘게 되었다.
> 他很忙。

③-지　否定

> 그는 나쁘지 않다.
> 他不壞。

※-고的副詞形語尾-고 싶다、-고 있다等之後應出現補助用言（補助動詞、依存形容詞）。

4. 變則（不規則）形容詞

(1) 變則形容詞的種類

● 語幹的尾音脫落

①語幹尾音消失

如：「ㄹ、ㅅ、ㅎ、으」變則

②語幹尾音發生變化

如：「ㅂ」變則

● 語尾脫落

如：「여、러」變則

● 語幹和語尾脫落

如：「르」的變則

(2) 變則形容詞的變化規則

●「ㄹ」變則：「ㄹ」在「ㄴ、ㅂ、ㅅ、오」之前脫落

가늘다（細）	가늘＋ㄴ＋실	가느＋ㄴ＋실→가는 실
달다（甜）	달＋ㅂ니다	다＋ㅂ니다→답니다
길다（長）	길＋시（尊敬）＋다	기＋시＋다→기시다
멀다（遠）	멀＋오	머＋오→머오

※ㄹ為尾音的形容詞皆屬於ㄹ變則，有時在ㄷ、ㅈ之前也脫落。

달다（甜）—基本形	멀다（遠）—基本形
달더라	멀더라
다더라	머더라
달지	멀지
다지	머지

● 「ㅅ」變則：在母音之前，尾音ㅅ脫落

| 낫다（勝） | 낫＋아서 | 나＋아서＝나아서 |

※ㅅ變則形容詞僅有낫다一個。

● 「ㅎ」變則：在ㄴ、ㄹ、ㅁ、ㅂ、ㅅ之前，尾音ㅎ脫落

하얗다（白）	하얗＋ㄴ＋얼굴	아야＋ㄴ→하얀 얼굴
누렇다（黃）	누렇＋ㄹ＋꽃	누러＋ㄹ→누럴 꽃
말갛다（清）	말갛＋면	말가＋면→말가면
까맣다（黑）	까맣＋ㅂ니다	까마＋ㅂ니다→까맙니다
거멓다（黑）	거멓＋서	거머＋서→거머서
하얗다（白）—基本形ㅎ音維持，하얗다、하얗지		

壹、品詞篇

貳、語尾篇

參、述語及接辭篇

肆、韓檢預備篇（考古題）

伍、韓檢預備篇（模擬試題）

● 「으」變則：在아(어)母音之前，尾音으脫落

크다（大）	크＋어	ㅋ＋어→커
아프다（痛）	아프＋아	아ㅍ＋아→아파
바쁘다（忙）	바쁘＋아	바ㅃ＋아→바빠

● 「ㅂ」變則：在母音之前，尾音ㅂ→오、우，語尾어→워、아→와、으→우

基本型	곱다（美、善）	춥다（冷）	굽다（彎曲）
ㅂ音維持	곱고	춥고	굽고
	곱지	춥지	굽지
	곱게	춥게	굽게
ㅂ音脫落	곱＋아→고와	춥＋어→추워	굽어
	곱＋은→고운	춥＋은→추운	굽은(나무)

● 「여」變則：하다類的用言，語尾아→여、았→였

착하다（善）	착하＋아서	착하＋여서→착하여서
씩씩하다（勇敢）	씩싹하다	씩씩하＋여→씩씩하여
쓸쓸하다（寂寞）	쓸쓸하＋았다	쓸쓸하＋였＋다→쓸쓸하였다

● 「러」變則：在母音之前，語尾어→러、었→렀，此變則僅有프르다、누르다2個

푸르다（青）	푸르＋어 푸르＋러→푸르러
누르다（黃）	누르＋었 누르＋렀＋다→누르렀다

● 「르」變則：在아(어)母音之前，語幹尾音節르→ㄹ語尾，
  아(어)→라(러)、았(었)→랐(렀)

形容詞中，語幹尾音是「르」，除푸르다、누르다外，都屬於此變則。

이르다（早）	이르＋어	이르＋러→일러
빠르다（快）	빠르＋아	빠르＋라→빨라
그르다（不正）	그르＋었다	그르＋렀다→글렀다

（五）補助形容詞

1. 希望補助形容詞싶다

(1) -고 싶다

表示「想要」。

> 한국으로 유학을 가고 싶어요.
> 想要去韓國留學。

> 불고기를 먹고 싶어요.
> 想吃韓國烤肉。

> 커피 마시고 싶지 않니?
> 你想喝咖啡嗎？

(2) -고 싶어하다

第三人稱主語用。

> 그들이 일찍 집에 가고 싶어해요.
> 他們想早點回家。

(3) -었으면 싶다＝-었으면 좋겠다

表示「希望」，「如果……就好了」。

> 그 사람을 만날 수 있었으면 싶다.
> 希望能見到他就好了。

(4) -나 싶다

表示「對未證實之事的推測」。

> 손님들이 오나 싶어서 밖에 나가 봤어요.
> 客人可能要到了，所以我去外面看看。

(5) -ㄹ 듯 싶다

表示「話者的推測或對事實之判斷」。

> 비가 올 듯 싶어서 우산을 준비했어요.
> 我想也許會下雨，所以準備了雨傘。

2. 狀態補助形容詞

(1) 지다 : -어(아、여)지다

表示「變得……」。

> 이젠 날씨가 점점 더워집니다.
> 現在天氣漸漸變熱了。

> 배우면 배울수록 어려워지는군요.
> 學習時越學越變得困難了耶。

(2) 하다：-어(아、여)하다

表示「話者的感情敘述或判斷」。

> 어렸을 때는 동물을 싫어했어요.
> 小時候我討厭動物。

> 그는 운동을 아주 좋아해요.
> 他很喜歡運動。

3. 否定補助形容詞

(1) 아니하다(않다)：-지 않다

表否定「不」的意思。

> 그 일이 쉽지 않다.
> 那工作不簡單。

> 건강이 좋지 않아서 일을 그만 두었어요.
> 身體不好，所以工作辭掉了。

(2) 못하다：-지 못하다

表示「不能」；만 못하다表示「不如、不及」。

> 그런 생각은 옳지 못하다.
> 那種想法不對。

> 그 애는 공부가 이애만 못해요.
> 那孩子讀書不如這孩子。

壹、品詞篇

貳、語尾篇

參、述語及接辭篇

肆、韓檢預備篇（考古題）

伍、韓檢預備篇（模擬試題）

4. 是認補助形容詞

(1) 하다：-기는／기도 하다

表示「承認事實或強調」。

> ➤ 그것이 좋기는 한데 값이 너무 비싸요.
> 那東西好是好，可是價格太貴。

(2) -아(어、여)하긴 하지만

表示「承認是……，然而卻……」。

> ➤ 그를 좋아하긴 하지만 그냥 친구 관계일 뿐이다.
> 雖然是喜歡她，然而卻只是普通朋友關係。

檢測一下（3）

一、填入適當的助動詞

> 아(어、여)가다/오다、(으)러 가다/오다、어 내다、어 버리다、
>
> 고 말다、아 주다/드리다、아 보다、나보다/ㄴ가 보다、아 대다

1. 그 일은 이제 거의 다 ＿＿＿＿＿＿. (끝나다)

2. 사장님을 ＿＿＿＿＿＿ 는데 안 계십니다. (뵙다)

3. 금년 안에 내 꿈을 꼭 ＿＿＿＿＿＿. (실현하다)

4. 한국 풍속에 관한 책을 ＿＿＿＿＿＿ 도서관에 갔습니다. (빌리다)

5. 다른 사람이 하지 못하는 일을 영철은 다 ＿＿＿＿＿＿. (하다)

6. 이 책을 ＿＿＿＿＿＿ 는데 참 좋았습니다. (읽어 보다)

7. 두 사람은 서로 사랑하는 ＿＿＿＿＿＿. (사이이다)

8. 잘 ＿＿＿＿＿＿ 고 대답해 주세요. (생각하다)

9. 오랫만에 새 옷을 입었더니 어떻게나 ＿＿＿＿＿＿ 는지 혼났어. (놀리다)

10. 전화를 받지 않는 걸 보니 아무도 ＿＿＿＿＿＿. (없다)

二、填入適當的連接詞或語尾

> 아 놓다、아 두다、아 있다、고 싶다、나 싶다、아 가지다、
>
> 려고/고자 하다、곤 하다、는가 하다、-ㄹ까 하다、도록 하다

1. 그이가 ＿＿＿＿＿＿ 어 밖에 나가 보았어요. (오다)

2. 돈을 ＿＿＿＿＿＿ 고 장가 가려고 합니다. (벌다)

3. 그 친구는 나와 같이 음악회에 ＿＿＿＿＿＿＿. (가다)

4. 이런 것을 ＿＿＿＿＿＿＿ 면 언제든지 필요해요. (알다)

5. 저 구석에 ＿＿＿＿＿＿＿ 는 사람이 누구지요? (서다)

6. 아들이 밤 12시가 ＿＿＿＿＿＿＿ 집에 돌아오지 않았어요. (되다)

7. 집안이 너무 조용해서 아무도 안 ＿＿＿＿＿＿＿. (계시다)

8. 그 사람은 놀기만 하고 ＿＿＿＿＿＿＿ 지 않습니다. (일하다)

9. 너무 머리가 아파서 아플 때마다 약을 ＿＿＿＿＿＿＿. (먹다)

10. 약속 시간에 ＿＿＿＿＿＿＿ 십시오. (늦지 않다)

・檢測一下（3）解答

一、填入適當的助動詞

1. 끝나 갑니다

2. 뵈러 갔(는데)

3. 실현하고 말겠습니다

4. 빌리러

5. 해냈습니다

6. 읽어 보았(는데)

7. 사이인가 봅니다

8. 생각해 보(고)

9. 놀려 대(는지)

10. 없나 봅니다

二、填入適當的連接詞或語尾

1. 오나 싶(어)

2. 벌어 가지

3. 가고 싶어합니다

4. 알아 두(면)

5. 서 있는

6. 되도록

7. 계시는가 했습니다

壹、品詞篇

貳、語尾篇

參、述語及接辭篇

肆、韓檢預備篇（考古題）

伍、韓檢預備篇（模擬試題）

8.　일하려고 하

9.　먹곤 했습니다

10. 늦지 않도록 하

八、冠形詞

冠形詞是修飾體言用的一種詞類，置於體言之前，它不能獨立使用，沒有活用形態，也不附加格助詞。

冠形詞分類表：

類別	性質	例
指示冠形詞	指示對象位置之遠近或其性質如何或詢問或未指稱。	이、그、저、이런、그런、저런、어느、어떤、무슨、아무…
性狀冠形詞	表示事物之性質、狀態。	새、헌、각、매…
數冠形詞	表示事物之數量或順序，有可數或不可數的或概數的。	한、두、세、서너、대여섯、모든、전

（一）指示冠形詞

> 이 버스가 남대문에 가요.
> 這巴士開往南大門。

> 그 아이는 제 동생입니다.
> 那小孩是我弟弟。

指示冠形詞：

이（這）	그（那）	저（遠稱；那、彼）
이런（這樣的）	그런（那樣的）	저런（那樣的）
다른（別的）	딴（另外的）	어떤（怎樣的、某個）
어느（那一個）	무슨（什麼）	웬（何、怎麼的）
아무（任何的）		

漢字語：

귀（貴）대학 （貴校）	당（當）열차 （本列車）	동（同）회사 （同公司）
모（某）교수 （某教授）	본（本）교회 （本教會）	전（前）대통령 （前任總統）
타（他）향 （他鄉）	폐（敝）교 （敝校）	해（該）인물 （該人物）

（二）性狀冠形詞

➤ <u>새</u> 자가용을 샀어요. 買了新汽車。	➤ <u>구</u> 시청은 고적으로 남아 있다. 舊市府當作古蹟保留下來。

性狀冠形詞：

갖은（各種、一切）	거짓（假的）	딴（別的、其他的）
뒤（後）	맨（最）	뭇（眾）
맞은（對面的）	새（新的）	온（全、整個的）
여러（數、各種）	옛（老的、以前的）	오른（右的）
외（獨、孤）	외딴（孤零的）	왼（左邊的）
윗（上面的）	참（真）	첫（初、第一）
한（大約）	헌（舊的）	헛（虛的、空的）

漢字語：

각（各）	고（故）	구（舊）
단（單）	성（聖）	연（延、總共）

만（滿）	매（每）	미적（美的）
순（純）	전（全）	별（特別的、見外的、不怎麼的）
사회적（社會的）	자연적（自然的）	예술적（藝術的）

※「별」的例：

> 별 문제
> 特殊的問題

> 별 사이
> 特別的關係

> 별 말씀
> 見外的話

> 별 부담도 （없다）
> 沒什麼負擔

※漢字語詞後的「的적」字，表示有「某種性質的」意思，若其後不加助詞，直接修飾名詞者為冠形詞，其後有助詞者為名詞。

冠形詞：

과학적 산품	종교적 정신	창조적 예술
（科學的產品）	（宗教的精神）	（創造的藝術）

名詞：

과학적으로	종교적인	창조적이다
（科學上……）	（宗教性的……）	（具創造性的……）

（三）數冠形詞

> 맥주 세 병을 마셨어요.
> 喝了三瓶啤酒了。

> 개 다섯 마리를 키운다.
> 養五隻狗。

壹、品詞篇　貳、語尾篇　參、述語及接辭篇　肆、韓檢預備篇（考古題）　伍、韓檢預備篇（模擬試題）

1. 數詞與冠形詞的區別

(1) 後接助詞者的為數詞，在單位名詞前作修飾用者即為數冠形詞

①數詞

> ▶ 둘에 셋을 더하면 다섯이다.
> 二加三是五。

> ▶ 다섯까지는 필요 없는데 하나면 된다.
> 不用到五個，一個就夠了。

②冠形詞

> ▶ 배 두개하고 사과 네개 주세요.
> 請給我二個梨和四個蘋果。

> ▶ 그 애는 올해 스무 살이 되었다.
> 那孩子今年二十歲了。

(2) 數詞中的하나、둘、셋、넷、스물在數冠形詞是한、두、세、네、스무的形態才能作修飾用詞，但21歲是스물한 살.

(3) 漢字語的單位名詞前用漢字語的數冠形詞

오 층（5樓）	육 학년（6年級）	칠 세（7歲）	십분（10分鐘）
백일（百日）	천년（千年）	만원（1萬元）	

(4) 概數的冠形詞，表示不確定的數量

한두（一二）	두어（二個多）	두세（二三）
서너（三四）	너덧（四個多）	너더댓（四或五）

대여섯 （五六）	예닐곱 （六七）	일여덟 （七八）
아홉 （八九）	여남은 （十餘）	스무 나믄 （二十多）
서르나믄 （三十餘）		
몇 （幾）	여러 （數個）	모든　全部
갖은 （一切）	옷갖 （所有的）	

〈漢字語〉

일이 （1、2）	삼사 （3、4）	사오 （4、5）
오륙 （5、6）	육칠 （6、7）	칠팔 （7、8）
팔구 （8、9）		

（四）表示順序的序數也稱數冠形詞

1. 韓語序數

첫 （初、第1）、첫째 （第1）、둘째(두째) （第2）、세째 （第3）、
네째 （第4）、다섯째 （第5）、열째 （第10）、스무째 （第20）…

2. 漢語序數

제일 （第一）、제이 （第二）、제삼 （第三）、제사 （第四）、
제오 （第五）、제십 （第十）、제이십 （第二十）…

3. 概述序數1

한두째 （第1、2）、두세째 （第2、3）、서너째 （第3、4）、네댓째
（第4、5）…

4. 概述序數2

몇째 （第幾）、여러째 （許多）…

▶ 신호등을 지나 오른쪽 <u>첫째</u> 골목에 들어가세요.
過了紅綠燈請走右邊第一個巷子進去。

▶ <u>제50회</u> 마라톤 대회에 참석하세요.
請參加第50回馬拉松大賽。

九、副詞

（一）副詞的特性與分類

　　副詞是用來修飾用言的詞，它也可以用來修飾冠形詞、副詞、代名詞、數詞和整個句子。置於被修飾語詞前面，其後除了補助助詞（如는、도、만）之外，不能附加其他成分（如格助詞）。

> 늦을 것 같으니 빨리 떠나자.
> 可能會遲到，趕快出發吧。（修飾動詞）

> 남쪽에는 날씨가 아주 더워요.
> 南方天氣很熱。（修飾形容詞）

> 바로 옆집에 살고 있어요.
> 就住在隔壁。（修飾冠形詞）

> 가장 일찍 온 학생이 누구에요?
> 最早到的學生是誰？（修飾副詞）

> 그건 바로 너 때문이야.
> 那就是因為你的緣故。（修飾代名詞）

> 오직 하나 바라는 것이 있어요.
> 只有一件希望的事。（修飾數詞）

> 부디 몸건강 주의하세요.
> 務必請注意身體健康。（修飾全句）

壹、品詞篇

貳、語尾篇

參、述語及接辭篇

肆、韓檢預備篇（考古題）

伍、韓檢預備篇（模擬試題）

副詞分類表：

分類基準	類別	性質	例
修飾對象	一般副詞	修飾其後的詞語	모두、함께、서로、겨우…
	句副詞	修飾整個句子	과연、설마、제발、다행히…
修飾方式	性狀副詞	表示性質、狀態、程度等	잘、고루、멀리、매우…
	指示副詞	表示時間、場所或方向	오늘、아까、여기、그리…
	疑問否定副詞	表示疑問或否定	안、못、왜、언제…
	接續副詞	連接單語、片語、句子、或段落	또、그리고、그러나、그래도…
形成方式	基本副詞	語源上原本就有副詞機能者	꼭、늘、다만、다시…
	疊語副詞	象徵事物之模樣、態度、動作、聲音之擬聲擬態語	졸졸、껄껄、아장아장、데굴데굴…
	轉成副詞	由其他詞類轉變而來者，亦稱衍生副詞	깊이、속히、빨리、참으로…

（二）例句

1. 句副詞

> 과연 그들이 훌륭한 일을 해 놓았구나! （表確定）
> 果然他們做了很多了不起的事。

> 만약 제때에 가지 못하게 되면 전화로 알리겠습니다. （表假設）
> 如果不能按時去的話就打電話告訴你。

> 아마 내일쯤이면 도착할 것이에요. （表推測）
> 大概明天左右會到達。

> 제발 제고집만 부리지 말고 선생님의 의견을 귀담아 들어라.
> （表要求、希望）
> 千萬不要固執，要虛心聽取老師的意見。

> 오직 그 방법밖에 없습니다. （表限制）
> 唯有那個辦法而已了。

> 이번에 반드시 성공될 것이라고 믿습니다. （表應當、必須）
> 相信這次一定會成功。

2. 性狀副詞─即修飾行動、性質、狀態的副詞

(1) 表示行動的樣式或方式

> 날씨가 갑자기 흐리더니 소낙비가 퍼부었다.
> 天突然陰了下來，接著就下起了陣雨。

壹、品詞篇

貳、語尾篇

參、述語及接辭篇

肆、韓檢預備篇（考古題）

伍、韓檢預備篇（模擬試題）

➤ 우리는 실패한 원인을 찾고 다시 실험을 거듭하였다.
　　我們找出失敗的原因之後，又反覆進行了實驗。

➤ 그후 그들은 서로 자주 만났다.
　　後來，他們之間就時常見面了。

➤ 기다리고 기다리던 그 전우가 끝내 오고야말았다.
　　盼望已久的這位戰友終於來到了。

➤ 너는 번히 알면서도 왜 말하지 않았니?
　　你明明知道，為什麼不講呢？

➤ 나는 내가 할 일을 곰곰히 생각해보았다.
　　我仔細地想了想自己要做的事情。

➤ 빌려왔던 책을 도서관에 도로 돌려주었다.
　　把借來的書又還給了圖書館。

➤ 저와 같이 갑시다.
　　請和我一起去吧。

➤ 그는 자기가 보고들은 사실을 동무들에게 낱낱이 이야기하였다.
　　他把自己耳聞目睹的事實一一講給朋友們聽。

➤ 광범한 인민대중이 우리 육해공군을 지성껏 원호해주었습니다.
　　廣大的人民群眾竭誠盡力支持我們陸海空軍。

➤ 그는 선생님의 가르치심을 가슴속 깊이 간직했습니다.
　　他把老師的教導深深牢記在心中。

(2) 表示程度或者性質的程度

> 그것은 대단히 좋은 생각입니다.
> 那是個很好的想法。

> 그분은 스케트를 매우 잘 탑니다.
> 他十分擅長於滑冰。

> 우리 고향에는 이런 약초가 아주 많습니다.
> 我們家鄉這種藥草相當多。

> 저는 퍽 오랫동안 고향에 가지 못했습니다.
> 我已經有相當久的時間無法回去家鄉。

> 김선생은 영어를 꽤 잘합니다.
> 金先生很會説英語。

> 겨울은 가을보다 훨씬 더 춥습니다.
> 冬天比秋天更冷多了。

(3) 表示範圍

> 동매는 할머니의 곁에 가까이 앉았다.
> 冬梅靠近奶奶坐了下來。

> 그 소문은 삽시에 널리 퍼졌다.
> 那消息很快就傳開了。

> 그들 가운데는 학생들도 더러 있었다.
> 他們之中也有一些學生。

壹、品詞篇

貳、語尾篇

參、述語及接辭篇

肆、韓檢預備篇（考古題）

伍、韓檢預備篇（模擬試題）

3. 指示副詞

(1) 表示時間

> ➤ <u>아까</u> 누군지 형님을 찾아왔습니다.
> 剛才有人來找哥哥。

> ➤ 저는 <u>금방</u> 차에서 내리는 길입니다.
> 我剛剛下車。

> ➤ 여기서 좀 기다려주십시요. <u>지금</u> 회의중입니다.
> 現在正在開會，請你在這裡稍等一下。

> ➤ 고향을 떠난 지 <u>벌써</u> 1년이 지났습니다.
> 自離開故鄉後已經過了1年了。

> ➤ <u>지금</u>은 일곱 시 오 분 전입니다.
> 現在離七點還有五分鐘。

> ➤ 그 많은 일은 <u>어느새</u> 다 했습니까?
> 那麼多事情，不一會就都做完了啊？

(2) 指出某種行動場所或方向

> ➤ 왜 <u>이리</u> 늦게 왔습니까?
> 為什麼來得這麼晚？

> ➤ 오늘은 <u>이만</u> 끝내고 돌아갑시다.
> 今天就做到這裡，回去吧！

> 밤도 늦었는데 그만 쓰고 주무십시오.
> 夜深了，就寫到這裡為止，快睡覺吧。

> 친부모인들 이다지 살뜰하게 돌봐줄 수 있으랴.
> 即使是親爹娘也不能照顧得這樣詳細周到。

> 귀중한 날들을 그럭저럭 보내려 해서는 안 됩니다.
> 不能那樣糊裡糊塗地虛度年華。

4. 疑問、否定副詞

> 생활이 날로 좋아지는데 어찌 기쁘지 않겠습니까?
> 生活一天比一天好起來了，怎麼能不高興呢？

> 철수는 어째서 아직도 오지 않습니까?
> 喆洙為什麼還不來呢？

> 편지를 썼는데 왜 회답이 없을까?
> 寫了信，為什麼還沒有回信呢？

> 저는 오늘 안 가겠습니다.
> 今天我不去。

> 저는 안 갔었어요.
> 我沒有去。

> 바쁘니까 못 가요.
> 因為忙而不能去。

壹、品詞篇

貳、語尾篇

參、述語及接辭篇

肆、韓檢預備篇（考古題）

伍、韓檢預備篇（模擬試題）

5. 接續副詞

在詞和詞，句子和句子之間起連接作用

> 형님은 나에게 연필과 학습장 <u>그리고</u> 교과서까지 마련 해주셨다.
> （그리고 和）
> 哥哥為我準備好了鉛筆、筆記本還有課本。

> 오늘은 10월10일입니다. <u>즉</u> 우리 나라의 국경절입니다. （즉 即）
> 今天是10月10日，是我國的國慶日。

> 우리는 배우고 배우고 <u>또</u> 배워야 합니다. （또 又、再）
> 我們要學習、學習再學習。

> 오늘 떠나거나 <u>또는</u> 내일 떠나는 것이 좋겠습니다. （또는 或）
> 最好今天或明天去。

> 저도 <u>역시</u> 그렇게 생각합니다. （역시 也是）
> 我也那樣想。

> 그 방법은 <u>오히려</u> 이 방법보다 못합니다. （오히려 反而）
> 那方法反而不如這方法好。

> 비가 온 뒤에 길이 미끄러운데 <u>더우기나</u> 무거운 짐까지 지니 여간 힘
> 들지 않았습니다. （더우기나 加上、尤其）
> 雨後路很滑，加上背著沉重的東西，走起來真是夠累的。

> 그는 자기를 동정할뿐 아니라 <u>지어</u> 생명까지 구원해준 사람을 만났
> 습니다. （지어 甚至）
> 他遇見了一個不僅同情自己，甚至救了自己生命的人。

➤ 어른들도 어려운데 하물며 아이들이야. （하물며 何況）
連大人都感到困難，何況是小孩子呢。

➤ 네가 가려고 하면 도리어 그가 가지 않는다. （도리어 反而）
你要去，他反而不去。

➤ 년간총화와 아울러 새해계획을 작성했습니다. （아울러 同時、並且）
在進行年終總結的同時，訂了新年度計劃。

➤ 그여자는 얼굴이 밉습니다. 그러나 마음이 곱습니다.
（그러나 ＝ 그렇지만 但是）
那女子臉是醜，但心地善良。

➤ 벌써 밤 12시입니다. 그렇지만 아직 할 일이 많습니다. （그렇지만 但是）
已經晚上12點了，但還有很多工作要做。

➤ 8시30분입니다. 그러면 출근해야겠어요. （그러면 那麼）
8點30分了，那該去上班了。

➤ 값이 비싸요. 그래서 안 샀어요. （그래서 所以、因此）
價格貴所以沒買。

➤ 비가 와요. 그런데 우산이 없군요. （그런데 可是）
下雨了，可是沒傘啊！

➤ 김치는 아주 매워요. 그래도 잘 먹어요. （그래도 還是、仍然）
泡菜很辣（我）還是很會吃。

> 내일 결승전이 있어요. <u>그러니까</u> 일찍 자야 해요.
> （그러니까　因此、所以）
> 明天有決賽，因此得早睡。

> 일이 너무 힘들다고 합니다. <u>그러면서</u> 쉬게 해 달라고 합니다.
> （그러면서　同時、一面……一面……）
> 一面說工作太費力，一面要求休息。

> 김 선생이 계세요?
> 어서 오세요. <u>그러지 않아도</u> 한 번 뵙고 싶었어요.
> （그러지 않아도　就算沒……也……）
> 金先生在嗎?
> 請進，就算你沒來，我也想跟你見一面。

6. 疊語副詞（擬聲擬態副詞）

(1) 擬聲副詞模仿事務或動作的聲音來表明這些事物或動作

잘각잘각 （滴答滴答（鐘擺聲））	출렁（撲通（跳入水中聲））
둥둥（咚咚（打鼓聲））	땅땅（啪啪（開槍聲））

(2) 擬態副詞是形容動作或狀態的詞

푸릇푸릇 （綠油油，形容草茂盛）	파릇파릇 （青青，形容初生嫩綠的草）
반들반들（光滑，形容平滑貌）	반짝반짝（閃閃，形容發光貌）
너울너울（翩翩，形容跳舞貌）	

(3) 擬聲擬態副詞使形容詞和副詞更加生動

　　韓語的擬聲擬態副詞豐富，它能表示事物現象的細微區別，還可以增強一些形容詞或副詞的語言形象，使之更加生動。

　　● 比較

> 바람이 세차게 분다.
風颳得很猛。

> 바람이 윙윙 분다.
風嗚嗚地颳著。

※前句是用形容詞세차다（猛）來表示風勢很厲害，後句是以擬聲副詞윙윙來代替세차다更形象地表示風勢很厲害。

　　● 再比較

> 일이 순조로이 되어간다.
事情進行得很順利。

> 일이 척척 되어간다.
事情幹得十分俐落順暢。

※前句是用副詞순조로이（順利）表示事情進行順利，後句是用擬聲擬態副詞척척來表示事情進行得很順利，帶有俐落感。

(4) 擬聲擬態副詞在使用上，有細微的區別

　　● 就其聲音或狀態出現的次數來看

①只出現一次的聲音、動作或狀態時，用1個或2個音節，不重複。

　　如：땅（啪—槍聲）、뿡（叭—汽車喇叭聲）、반짝（一閃）

②連續幾次出現同樣的聲音、動作或者狀態時，用1個或者2個音節重複一次。

　　如：졸졸（潺潺）、반짝반짝（一閃一閃）、중얼중얼（喃喃自語）

③同時出現相似的聲音、動作或狀態時，用具有不同輔音的2個

以上的音節。

如：울긋불긋（花花綠綠）、들락날락（進進出出）、울뚝불뚝（高低不平）

● 以語音變化來表現豐富的語言色彩

①韓語的擬聲擬態副詞具有一定的規律性，如：陽性母音아、오和陰性母音어、우之間有一定的區別，陽性母音表現出「小」、「明朗」、「輕」的色彩，同時帶有輕鬆的語氣，陰性母音表現出「大」、「陰鬱」、「沉重」的色彩，同時帶有堅定的語氣。

반짝반짝（螢火蟲的光）

번쩍번쩍（閃電的光）

동동（小鼓聲）

둥둥（大鼓聲）

꼬불꼬불（彎彎曲曲的小東西）

꾸불꾸불（彎彎曲曲的大東西）

②輔音的交替也表現出語言色彩的區別。以平音—濃音—氣音的順序，表現出聲音、動作、狀態一個比一個更緊迫、更甚、更強。

덜걱—덜꺽—덜컥（卡噠）

뱅글뱅글—뺑글뺑글—팽글팽글（滴溜溜旋轉貌）

반들반들—빤들빤들（光滑貌）

쟁쟁—쨍쨍—챙챙（鏘鏘）

（三）副詞的轉成

　　有些副詞它本身原本就是副詞，如겨우、먼저、벌써……等等，但也有不少副詞是由其他詞類轉變而來。

1. 可以替換成副詞的形容詞

　　任何形容詞都可以在語幹後加게以形成副詞，這是形容詞語尾變化的一種形態，但加이、리、히以形成副詞的情形並非全然如此，只限於某些常用語，而它們已變為完全的副詞了。

形容詞	副詞形	副詞
가깝다（近的）	까깝게	가까이
멀다（遠的）	멀게	멀리
크디（大的）	크게	
작다（小的）	작게	작히
많다（多的）	많게	많이
적다（少的）	적게	적이
너르다（寬的）	너르게	널리
좁다（窄的）	좁게	
곱다（漂亮的）	곱게	고이
흉하다（醜的）	흉하게	
깊다（深的）	깊게	깊이
얕다（淺的）	얕게	얕이
바쁘다（忙的）	바쁘게	바삐
한가하다（閒的）	한가하게	한가히
슬프다（悲傷的）	슬프게	슬피

壹、品詞篇

貳、語尾篇

參、述語及接辭篇

肆、韓檢預備篇（考古題）

伍、韓檢預備篇（模擬試題）

形容詞	副詞形	副詞
기쁘다（快樂的）	기쁘게	
조용하다（安靜的）	조용하게	조용히
시끄럽다（吵的）	시끄럽게	시끄러이
맵다（辣的）	맵게	
짜다（鹹的）	짜게	
길다（長的）	길게	길이
둥글다（圓的）	둥글게	
없다（沒有）	없게	없이
있다（有）	있게	
같다（相同的）	같게	같이
다르다（不同的）	다르게	달리
비슷하다（相似的）	비슷하게	비슷이
않다（不是）	않게	

※用言的副詞形-게和轉成副詞-이、-히、-리有時可互相交替使用，但-게一般來說是對客觀的、外界的事實加以修飾，而-이、-히、-리是對主觀的、心理上的事實加以修飾的，此類形容詞轉成為副詞的例子還有：높이（高高地）、굳이（硬、堅決）、반가이（高興地）、간절히（懇切地）、고요히（靜靜地）、영원히（永遠地）、똑똑히（清楚地）、열렬히（熱烈地）、용감히（勇敢地）。

2. 名詞轉成副詞

(1) 名詞直接變成副詞

如：정말（真正地）、사실（事實上、的確）、대체（大體上）、도합（總共、一共）

(2) 名詞＋(으)로／에

如：앞으로（將來）、정말로（真正地）、진심으로（真心地）、진실로（真正地）、참으로（真正地）、단숨에（一下子、一口氣）、당초에（當初）、주로（主要地）、때때로（有時、間或）、별로（特別）

(3) 名詞껏，變為副詞，有「盡一切」、「能做到的程度」的意思

如：정성껏（誠心誠意）、성의껏（盡心）、마음껏（盡情）、기껏（盡量）、힘껏（盡力）

(4) 名詞（數詞）的重疊。有些再加後綴이、내等

如：군데군데（處處）、조심조심（小心翼翼）、번번이（一次次）、끝끝내（終於）、집집이（家家戶戶）、일일이（一一地、事事）

3. 由其他詞類變化而來

如：더욱더（更加）、살살（悄悄地）、살랑살랑（輕輕地）、우물쭈물（猶豫不決貌）

> 풀을 낫으로 벤다.
用鐮刀割草。

> 그 책이 내년에 출판될 것입니다.
那本書將在明年出版。

> 저는 지금 원주로 가는 길입니다.
我現在正要去原州。

> 어제 나는 병으로 결근했어요.
我昨天因病未上班。

> 나는 기차를 <u>타고</u> 왔습니다.
> 我搭火車來。

> 그 일은 <u>못하게</u> 되었다네.
> 據說那件事已無法進行。

> 말을 <u>적이</u> 놓아다.
> 把話稍微擱置（少說）。

> 꽃이 <u>아름답게</u> 피었다.
> 花開得很美。

> 두 사람이 <u>즐겁게</u> 놀던 곳입니다.
> 過去兩人玩得很高興的地方。

（四）副詞的位置及與其他詞的呼應關係

　　副詞放置於用言之前，其主要功用是限定用言的意義，副詞的用途較廣，不像冠形詞只修飾名詞。

1. 在句中的位置

　　(1) 副詞限定用言之意義

> 아이가 밥을 <u>많이</u> <u>먹는다</u>.
> 　　　　　　 副詞　 動詞
> 小孩子吃好多飯。

> 꽃이 <u>매우</u> <u>예쁘다</u>.
> 　　　 副詞　 形容詞
> 花很美。

(2) 限定附加敘述格助詞的體言所敘述的內容

> 그 학생이 늘 우등생이다.
>   副詞　　體言
> 他一向是優等生。

(3) 有時也限定體言的意義（體言＋助詞＝副詞）

> 바로 이웃에 사장이 산다.
>   副詞　名詞
> 總經理就住在隔壁。

> 바로 너만 좋아한다.
>   副詞 代名詞
> 我就是喜歡你。

> 꼭 하나만 먹어라.
>   副詞 數詞
> 一定只吃一個。

(4) 限定本身以外的副詞、冠形詞、冠形子句、副詞子句、用言子
　　句、句子的意思

> 글을 꽤 잘 읽는다.
>   副詞
> 文章唸得非常好。

> 이 것은 아주 새 양복이다.
>   冠形詞
> 這是很新的西裝。

> 겨우 하루이틀의 고생이 아닙니다.
>   冠形子句
> 不只是一兩天的辛苦。

2. 與其他詞的呼應關係

在句子中，副詞經常和其他表現形式相呼應，大多是和意義相近的語尾呼應，這種情況大體有以下幾種：

(1) 表示時間的副詞이미、벌써和過去時制았(었、였)的呼應，이미、벌써表示已過去的事，因此時常和過去的時制語尾相呼應

> 그들은 생산과업을 이미 다 완수하였다.
> 他們已完成了全部生產任務。

> 그애가 벌써 중학교를 졸업했는가?
> 那孩子已經中學畢業了嗎？

※這2句中的이미和벌써可以互相代替使用，但是當벌써表示「早就」的意思時，就不能用이미來替換它了。

> 장 선생은 벌써부터 와서 너를 기다리고 있다.
> 張先生早就來等你了。

※此句벌써含著「比估計更早」的意思，而이미就沒有這種意義，因此不能互相替換。另外，벌써有時也不必和過去時制語尾相呼應。

> 벌써 일을 끝내고 오느냐?
> 已經做完工作而來的嗎？

(2) 表示疑問的副詞왜、어찌、어째、어째서和表示疑問的終結語尾 -ㄴ(은)가、-느냐、-ㅂ니까……等相呼應

> 그들이 그처럼 기다리고 있는데 우리가 어찌 안가겠습니까?
> 他們那樣地等待我們，我們怎能不去呢？

> 어머니는 <u>왜</u> 아직도 오시지 않<u>는가</u>?
>
> 媽媽為什麼還不來呢？

> 너는 <u>어째서</u> 기어이 가려고 합<u>니까</u>?
>
> 你為什麼一定要去呢？

(3) 表示假定的副詞만일、만약……等和表示假定的連接語尾면、
거든相呼應

> <u>만일</u> 원쑤들이 우리 조국을 침범한<u>다면</u> 우리는 놈들을 깡그리
> 소멸할 것이다.
>
> 如果敵人侵犯我們的祖國，我們就把他們消滅乾淨。

> <u>만약</u> 내일 날씨가 춥<u>거든</u> 가지 말아라.
>
> 如果明天天冷的話，就別走了。

※表示假定的가령、설사常和表示讓步的ㄴ(은)다 하여도及連接語尾더라도相呼應。

> <u>가령</u> 불의의 침공을 받<u>더라도</u> 그것을 막아낼 준비가 되어있<u>다면</u>
> 우리는 원쑤를 단매에 쳐부실 수 있습니다.
>
> 我們如果有了防禦的準備，即使遭到敵人突然襲擊也能一舉消
> 滅他們。

> <u>설사</u> 그들이 못 온다 해도 우리는 자체로 이일을 해나가야 한다.
>
> 即使他們不能來，我們自己也一定要把這件工作做下去。

※表示讓步的副詞비록常和讓步的連接語尾ㄹ지라도、더라도、ㄹ망정、相呼
應。

> 비록 키는 작을망정 힘은 세요.
> 雖然個子小，力氣倒很大。

> 비록 우리들이 못가게 된다 하더라도 너희들만은 꼭 가게
> 하겠소.
> 即使我們去不了，也一定要讓你們去。

(4) 表示推測的副詞아마、아마도與表示推測的ㄹ 것이다、ㄹ것 같다、
리라、겠、等表現形式相呼應

> 아마 내일은 날이 개일것 같습니다.
> 大概明天會晴。

> 아마도 오교수님은 7월에나 도착하리라 봅니다.
> 看來吳教授要7月左右才會到。

> 아마 이번에 그분도 같이 가게 되겠지요?
> 大概他這次也能一起去吧？

(5) 表示堅決語氣的副詞결코必須與表示否定的-ㄹ 수 없다、-지 않다
(못하다)、-이(가) 아니다等表現形式相呼應

> 우리 앞에는 극복하지 못할 난관이란 결코 있을 수 없다.
> 在我們面前，絕沒有克服不了的困難。

> 혁명의 길은 간고하지만 결코 중도에서 물러설 우리가 아니다.
> 革命的道路雖然艱難，但我們絕不中途退却。

(6) 表示祈求的副詞부디、제발、어서、아무쪼록與請誘形、命令形的終結語尾相呼應

> 부디 안녕히·가십시오.
> 祝你一路順風。

> 제발 떠들지 말아라!
> 可別吵鬧啦！

> 어서 들어오십시오!
> 請快進來吧！

> 어서 가자!
> 快走吧！

> 아무쪼록 맡은바 과업을 잘 완수하고 돌아오십시오.
> 無論如何，請務必要好好完成任務回來。

(7) 表示限制意義的副詞다만、단지、오직常和表示限制意義的不完全名詞따름、뿐及添意語尾만相呼應

> 계급적원쑤들의 음모책동은 다만 인민들의 분노를 불러일으킬 따름이다.
> 階級敵人的陰謀詭計，只能引起人民的憤怒。

> 나에게는 다만 소설책이 있을 뿐이고 시집은 없습니다.
> 我只有小説，沒有詩集。

壹、品詞篇

貳、語尾篇

參、述語及接辭篇

肆、韓檢預備篇（考古題）

伍、韓檢預備篇（模擬試題）

(8) 表示應當、必須的副詞마땅히、응당、반드시、모름지기、기어이、기어코、꼭與表示同樣概念的連接語尾아야(어야、여야) 相呼應

> 우리는 마땅히 나라를 위해 힘을 다해야 한다.
我們應當為國家盡力。

> 학생이라면 학교의 규율을 꼭 지켜야 한다.
作為學生一定要遵守學校的紀律。

※這些副詞中，表示「必須」、「一定」意義的副詞，除了與아야(어야、여야) 相呼應外，還常和-ㄹ것이다、겠다、리라、고야 말 것이다等表示意願的表現形式相呼應。尤其是기어코、기어이基本上是和這些表現形式相呼應的。

> 한국인민은 기어이(기어코) 자기의 조국을 통일하고야 말 것이다.
韓國人民一定要實現祖國的統一。

> 나는 커서 꼭 조국의 하늘을 지키는 비행사가 되겠다.
我長大了一定要當一個保衛祖國領空的飛行員。

> 다른 사람은 몰라도 그분은 반드시 올 것입니다.
別人我不知道，他可一定會來的。

(9) 表示似乎的副詞마치常和表示同類概念的添意語尾처럼、양和連接語尾듯、듯이、같다等相呼應

> 나에게는 그가 마치 영웅처럼 보였다.
在我看來他彷彿是一位英雄。

▶ 그는 마치 자는듯이 누워서 무엇인가 생각하고 있었다.
他彷彿睡覺似的躺著在想什麼。

▶ 그분은 아침에 있은 일을 어찌도 생동하게 이야기하는지 마치 눈앞에 보는것만 같았습니다.
他把早晨的事情講得十分生動，就好像事情發生在眼前似的。

檢測一下（4）

一、填入適當的冠形詞

어떤、어느、몇、무슨、아무、아무나、언제、헌、새

1. 김선생은 (   ) 사람을 사귀고 싶어요?

2. (   ) 집이 선생님 댁입니까?

3. (   ) 일로 오셨어요?

4. 서울에서 부산까지 (   ) 시간 걸립니까?

5. 일주일 중에 제일 피곤한 날은 (   ) 요일이에요?

6. 쉬는 날은 (   ) 나 놀러 오세요.

7. 성질이 좋은 여자이면 (   ) 만나고 싶어요.

8. 자동차가 있어서 (   ) 데나 갈수 있어요.

9. 이 집을 지은지 얼마 안 되어서 (   ) 집과 같아요.

10. 이건 입던 옷이니 (   ) 옷이 아니라 (   ) 옷입니다.

二、填入適當的副詞

1. 시간이 없으니까, (   ) 서두르세요.

2. 생각할수록 그 일이 (   ) 이상하군요.

3. 비가 왔으니 들과 산이 전보다 (   ) 아름답지요?

4. 내일은 늦지 말고 (   ) 오도록 하세요.

5. (   ) 고향 색각이 나곤 해요.

三、選擇適當的後行句

1. 이번 약속은 절대로 　　　　　(1) 어기세요.

　　　　　　　　　　　　　　(2) 어겨도 됩니다.

　　　　　　　　　　　　　　(3) 어기지 마세요.

2. 그 친구를 만난지 여간 오래 되지 　(1) 않았어요.

　　　　　　　　　　　　　　(2) 되었어요.

　　　　　　　　　　　　　　(3) 많이 지났어요.

3. 그 일이 결코 　　　　　　　(1) 어렵습니다.

　　　　　　　　　　　　　　(2) 쉽습니다.

　　　　　　　　　　　　　　(3) 쉽지 않습니다.

4. 그 여자가 결론할 줄은 전혀 　(1) 알았어요.

　　　　　　　　　　　　　　(2) 몰랐어요.

　　　　　　　　　　　　　　(3) 알 수 있어요.

5. 오늘 날씨가 별로 　　　　　(1) 덥습니다.

　　　　　　　　　　　　　　(2) 덥지 않아요.

　　　　　　　　　　　　　　(3) 춥습니다.

壹、品詞篇

貳、語尾篇

參、述語及接辭篇

肆、韓檢預備篇（考古題）

伍、韓檢預備篇（模擬試題）

檢測一下（4）解答

一、填入適當的冠形詞

1. 어떤 2. 어느   3. 무슨 4. 몇 5. 어느／무슨

6. 언제 7. 아무나 8. 아무 9. 새   10. 새, 헌

二、填入適當的副詞

1. 어서 2. 점점 3. 훨씬 4. 일찍   5. 때때로

三、選擇適當的後行句

1. (3)   2. (1)   3. (3)   4. (2)   5. (2)

十、感嘆詞

（一）感嘆詞的特性與分類

1. 感嘆詞是表示感情、稱呼或回答的詞類，它不能活用，也不能附加助詞，在句中位置比較自由，屬於獨立語

感嘆詞分類表：

類別	性質	例
1. 情緒感嘆詞	表示自己本能性的驚訝、悲傷、喜悅或感嘆等情緒	어머나、뭐、아니、아이、와、흥、오!…
2. 意志感嘆詞	表示努力、決心、督勵、勸誘等意志	좋아、자、글쎄…
3. 呼應感嘆詞	表示稱呼或回答	여러분、여보게、예、야…
4. 口頭禪、連接用感嘆詞	一種習慣性的口頭禪，是調節語氣或語調用詞	저、어、말이야、말이지…

2. 例句

(1) 表情緒

> 어머나, 벌써 퇴근 때가 되었네요.
>
> 唉唷！已經是下班時間啦。

> 뭐, 사고가 났다고?
>
> 什麼！發生事故了嗎？

壹、品詞篇

貳、語尾篇

參、述語及接辭篇

肆、韓檢預備篇（考古題）

伍、韓檢預備篇（模擬試題）

> 오! 하나님, 감사합니다.
> 喔，老天爺啊，感謝您！

> 아니, 누가 그런 말을 해요?
> 嗯！誰說那種話啊？

> 아이, 깜짝이야!
> 啊唷，嚇我一跳！

> 와, 경치가 참 좋구나!
> 哇！風景真美好！

> 야, 하늘에 별들이 반짝반짝 빛나네요.
> 哇！天上繁星閃爍。

> 흥, 자기는 뭘 그렇게 부지런하다구?
> 哼！説自己那麼勤勉的做什麼來著？

(2) 表意志

> 좋아, 한번 가보자!
> 好，去一趟看看吧！

> 자, 같이 해볼까?
> 來，一塊兒做看看好嗎？

> 그래, 그렇게 해야지요.
> 對，應當那麼做才對。

> 글쎄, 어찌 할는지 모르겠소.
> 是啊，不知道該如何做。

(3) 表稱呼或回答

> 여러분, 나를 믿어 보세요.
> 各位！請相信我。

> 여보게, 잠깐 만나세.
> 喂！來見個面吧。

> 야, 네 이름이 영철이 맞지?
> 呀！你的名字叫英哲對吧？

> 예, 오늘 오후 회의에 갈 거에요.
> 是啊，今天下午我會去開會。

> 아니요, 아직 가지 못했어요.
> 不，還沒能去。

(4) 口頭禪

> 저 분을 어디서 만났더라. 어! 생각이 안 나는데요.
> 在哪裡見過他。咦！怎麼想不起來。

> 저, 이 일은 내일 해도 늦지 않겠죠?
> 那個，這件事明天做也不遲吧？

> 이렇게 하면 어때? 음, 다음 주에 다시 의논하자!
> 這麼做如何？嗯，下週再説吧。

壹、品詞篇

貳、語尾篇

參、述語及接辭篇

肆、韓檢預備篇（考古題）

伍、韓檢預備篇（模擬試題）

> ➤ 저 자식 <u>말이지</u>, 전부터 잘 알고 있어.
> 那小子嘛，老早就認識了。

檢測一下（5）

一、填入適當的接續詞：

> 그리고、그러나、그러면、그런데、그래도、그래서、그러니까、그러면서

1. 그는 못 생겼습니다. (　　　　　) 마음은 곱습니다.

2. 요즘 감기가 유행이에요. (　　　　) 조심하세요.

3. 이번 시험은 어려웠던 것 같습니다. (　　　　　) 선생님의 생각은 어떻습니까?

4. 밖의 날씨가 아주 춥습니다. (　　　　) 오늘 출발해야 합니까?

5. 저는 외국에서 태어났어요. (　　　　) 우리 나라 말을 모릅니다.

6. 점심에는 한식을 먹었어요. (　　　　) 저녁에는 일식을 먹었습니다.

7. 졸업을 축하한다고 했어요. (　　　　) 이 책을 주었습니다.

8. 그는 아무말도 하지 않았어요. (　　　　) 떠났어요.

9. 어제 친구집을 방문했어요. (　　　　) 거기서 중학교 때 선생님을 뵈었어요.

10. 그 회의에 박 선생님도 참석하십니까? (　　　　) 저도 참석하겠습니다.

二、依照提示，完成感嘆句

1. 오래 동안 기다렸죠? (그는 약속을 잊었나 보다)

   _____ 군.

2. 주말이 되니까, (좀 쉬어야겠지요)?

   예, _____ 군요.

3. 시간이 많이 늦었는데, 빨리 가시지요. (서둘러야겠다)

   _____ 구나.

4. 오늘은 날씨가 덥지요? (참 덥다)

　　예, ＿＿＿＿＿＿＿＿＿ 군요.

5. 이젠 안경을 끼어니까, 어때요? (아주 잘 보이다)

　　＿＿＿＿＿＿＿＿＿ 는군요.

6. 이기문 선생이시죠? (잘 기억하신다)

　　＿＿＿＿＿＿＿＿＿ 는군요.

7. 여기 꽃들이 참 예쁘지요? (이젠 봄이 다 됐다)

　　＿＿＿＿＿＿＿＿＿ 군요.

8. (일을 참 잘 하십니다.)

　　＿＿＿＿＿＿＿＿＿ 는군요.

9. (요즘은 날씨가 매일 흐려요.)

　　＿＿＿＿＿＿＿＿＿ 군요.

10. (비가 오는 걸 보니 내일은 추울 거예요.)

　　＿＿＿＿＿＿＿＿＿ 겠구나.

·檢測一下（5）解答

一、填入適當的接續詞

1. 그러나／그런데

2. 그러니까

3. 그런데

4. 그래도

5. 그리고、그래서

6. 그러나／그런데

7. 그러면서

8. 그리고

9. 그런데

10. 그러면

二、依照提示，完成感嘆句

1. 그는 약속을 잊었나 보

2. 좀 쉬어야겠

3. 서둘러야겠

4. 참 덥

5. 아주 잘 보이

6. 잘 기억하시

7. 이젠 봄이 다 됐

8. 일을 참 잘 하시

9. 요즘은 날씨가 매일 흐리

10. 비가 오는 걸 보니 내일은 춥

貳、語尾篇

一、語尾的分類

先語末語尾的形態與變化：

類別	機能		形態	基本形	語幹＋語尾變化
先語末語尾	尊敬		(으)시	가다 받다	가시다、가시었다(가셨다) 받으시다、받으시었다 (받으셨다)
	時態	現在 過去 未來 過去完成 過去推測 過去回想	-는／-ㄴ -았／-었 -겠 -았었 -았겠 -더	보다	보는다 보았다 보겠다 봤었다 봤겠다 보더라
	強勢		-치 -뜨리	닫다 깨다	닫치다 깨뜨리다

語末語尾與非終結語的形態與變化：

類別	機能	形態	語幹＋語尾變化			
語末語尾	終結	基本形	가다	좋다	이다	있다
		敘述形	가-ㄴ다	좋-다	이-다	있-다
		疑問形	가-(느)냐	좋-(으)냐	이-냐	있-(느)냐
		命令形	가-(아)라			있-어라
		請勸形	-자			있-자
		感嘆形	가-는구나	좋-구나	이-구나	있-구나
非終結語尾	連結	對等形	가-고	좋-으며	이-며	있-고
		從屬形	가-면	좋-으면	이-면	있-으면
		補助形	가-고 있다	좋-지 않다	이-다	있-지 않다
	轉成	名詞形	가-ㅁ	좋-음	이-ㅁ	있-음
			가-기	좋-기	이-기	있-기
		冠形詞形	가-는	좋-은	이-ㄴ	있-는

壹、品詞篇

貳、語尾篇

參、述語及接辭篇

肆、韓檢預備篇（考古題）

伍、韓檢預備篇（模擬試題）

二、先語末語尾

　　「先語末語尾」亦稱「補助語幹」，但現代韓語文法書中皆用「先語末語尾」這個名稱，它放在語末語尾之前用來表達其文法機能，如가다→가시다、갑니다→가십니다，若表示時態的語尾也同時出現時，則表尊敬之-(으)시要在表時態的語尾之前，如가다→가시었다(가셨다)、갑니다→가셨습니다，其中-다、-ㅂ니다為語末語尾，시、었為先語末語尾。

　　先語末語尾除上述「先語末語尾的形態與變化」表格中所列之外，還有一種「謙讓先語末語尾」-오、-옵、-답、-사오、-사옵、-자옵，如가겠사오니、있사옵니다等表現，在現代語口語中已式微，但在書信、祈禱文等文語中仍存在。

（一）尊敬先語末語尾시

　　語幹後加시表尊敬，再加었表過去時態，다是語末語尾。

하다（做）하시다／하시었다(하셨다)	살다（住）사시다／사셨다
쓰다（寫）쓰시다／쓰시었다(쓰셨다)	읽다（讀）읽으시다／읽으셨다

（二）時態先語末語尾

1. -ㄴ／-는（現在）、-았／-었／-였（過去）、-겠（未來）、-았었／-었었／-였었（過去完成）、-았겠／-었겠／-였겠（過去推測）

　　➤ 학생이 학교 간다.
　　學生上學。

> 아이가 지금 밥을 <u>먹는</u>다.
> 孩子現在在吃飯。

> 어제 비가 <u>왔</u>어요.
> 昨天下了雨。

> 그 사람은 어제 부산에 <u>갔</u>어요.
> 他昨天到釜山去了。

> 김 선생이 어제 여기에 <u>왔었</u>어요.
> 金先生昨天來過這裡。

> 나는 작녁에 한국에 <u>갔었</u>어요.
> 我去年去過韓國。

2. 加더表示回想，表示話者將過去經驗或將之傳達給聽者，終結語尾以-던데요、-더군요、-더라來表示

> 어제는 날씨가 꽤 춥<u>더군요</u>.
> 昨天天氣很冷耶。

> 김 선생은 어제 고향 집에 가<u>더라</u>.
> 金先生昨天回家鄉去了。

> 철수가 영어를 잘하<u>던데요</u>.
> 哲洙英語說得很好唷。

> 영희가 많이 변했<u>던데요</u>.
> 英姬改變了很多哦。

壹、品詞篇

貳、語尾篇

參、述語及接解篇

肆、韓檢預備篇（考古題）

伍、韓檢預備篇（模擬試題）

3. -겠或-ㄹ 것、-ㄹ 거에요表單純未來，-겠除了表示未來還表示話者的意志或推測

> 내일은 집에 있을 거에요.
> （我）明天會在家。

> 이 좋은 음식을 맛있게 먹겠어요.
> 這佳餚我會吃得津津有味。

> 내일은 꼭 그 일을 끝내겠어요.
> 明天一定要把那件工作完成。

> 내일은 비가 오겠군요.
> 明天（大概）會下雨喔。

4. -았／었／였和겠連用表示過去推測

> 그 때 그들은 왜 밤마다 그렇게 걸었겠는가?
> 那當時他們為何每晚那樣走路呢？

（三）強勢先語末語尾

　　語幹加치或加뜨리成為強勢語。

1. -치、뜨리

닫다（關）	닫치다（大力關、傷）
놓다（放）	놓치다（錯過）
부딪다（敲）	부딪치다（大力敲、撞）
뻗다（伸）	뻗치다（伸出）

깨다（醒、破）	깨뜨리다（使覺醒、打破）

※要注意與被動態有差別。

닫히다（被關）	문이 닫히다.（門被關。）
부딪히다（被撞）	머리가 부딪히다.（頭被撞。）
머리를 부딪다.（撞（碰觸）頭。）	

壹、品詞篇

貳、語尾篇

參、述語及接辭篇

肆、韓檢預備篇（考古題）

伍、韓檢預備篇（模擬試題）

三、終結語尾

　　用言用來當作句子中的述語使用，而可以當作句子終結的語尾稱為「終結語尾」。它具有傳達給對方話語即將結束的功能，分類時要按說話者的「語態」（mood）來區分。終結語尾一般分為「敘述形」、「疑問形」、「命令形」、「勸誘形」、「感嘆形」等5種，而韓語中的時態與待遇法也用終結語尾來表現。

（一）動詞終結語尾

敘述形	간다（去）	먹는다（吃）
疑問形	가(ㄴ)냐?（去嗎？） 가니?	먹(ㄴ)냐?（吃嗎？） 먹니?
命令形	가(거)라（去）	먹어라（吃）
勸誘形	가자（去吧）	먹자（吃吧）
感嘆形	가는구나!（去啊！）	먹는구나!（吃啊！）

（二）形容詞終結語尾

敘述形	희다（白）	밝다（亮）
疑問形	희냐?（白嗎？）	밝으냐?（亮嗎？）
感嘆形	희구나!（白啊！）	밝구나!（亮啊！）

（三）體言（名詞等）終結語尾

敘述形	소다（牛）	사람이다（人）
疑問形	소냐?（牛嗎？）	사람이냐?（人嗎？）
感嘆形	소(로)구나!（牛啊！）	사람이(으로)구나!（人啊！）

（四）待遇法之尊卑稱

　　韓語在運用時會依說話者與聽話者之間的輩分、社會地位、年齡、性別的不同，而使用不同的終結語尾以及不同的語彙來表現對待的禮節；若不能把握階稱關係（極尊稱—합쇼體，尊稱—하오體，卑稱—하게體，極卑稱—해라體）就會造成失禮或不合禮節，產生不良影響。

1. 上待終結語尾

(1) 極尊稱（합쇼體）

　　極尊稱（합쇼體）用於表示尊敬、客氣的場合，一般演說、報告、講課、廣播時都會用到，是尊重的語氣。

敘述形	-ㅂ니다	-습니다	➤ 서울에 갑니다. ➤ 날씨가 좋습니다.	去首爾。 天氣好。
疑問形	-ㅂ니까	-습니까	➤ 비가 옵니까? ➤ 그것이 좋습니까?	下雨嗎？ 那東西好嗎？
命令形	-십시오	-십시오 -으십시오	➤ 먼저 가십시오.	請先去。
勸誘形	-ㅂ시다	-습시다	➤ 빨리 탑시다.	我們趕快上車吧。

(2) 尊稱（하오體）

尊稱（하오體）用於親近的平輩之間或長輩對晚輩表示客氣親切的口語場合。

敘述形	-오	-으오	-소	➤ 여보, 애가 자오. 太太，孩子睡了。
疑問形	-오	-으오	-소	➤ 애가 자오? 孩子睡啦？
命令形	-오	-으오		➤ 빨리들 가오. 大家快走！
勸誘形	-ㅂ시다	-읍시다		➤ 우리 어서 갑시다. 我們快點走吧。

2. 下待終結語尾

(1) 卑稱（하게體）

卑稱（하게體）用於上對下的場合，老年人常用。

敘述形	-네	➤ 비가 오네. 下雨了。
疑問形	-나?／-ㄴ가?	➤ 비가 오나? 下雨嗎？
命令形	-게	➤ 빨리 오게! 快來！
勸誘形	-세	➤ 같이 가세. 我們一起走吧。

(2) 極卑稱（해라體）

極卑稱（해라體）用於平輩之間，或長輩對晚輩的口語場合。

敘述形	-ㄴ다／-는다	➤ 누가 지나간다. 有人經過。
疑問形	-(느)냐?／니?	➤ 누가 지나가느냐? 誰經過？
命令形	-아라 -어라 -여라 -거라	➤ 천천히 먹어라. （你）慢慢吃。
勸誘形	-자	➤ 어서 가자! 我們快走吧。

3. 半語終結語尾

　　半語在口語中用得很多，一般相同年齡層、同階層的同級同學、同伴、同事之間都可使用，特別是小孩子在未學尊待法時都說半語，它也有親切的味道。

　　半語的「敘述」、「疑問」、「命令」、「勸誘」4種句型的終結語尾都是-아(-어、여)或-지，靠語調來區分，如「봐.」、「읽어?」、「앉아!」、「가지∨」。

　　半語加요即為口語的敬語體，稱為해요體，如「봐요.」、「읽어요?」、「앉아요!」、「가지요(가죠)」。

　　有許多終結語尾表示說話者對事實的感覺或判斷、以及有詢問聽話者的意向等的特殊功能。

壹、品詞篇

貳、語尾篇

參、述語及接辭篇

肆、韓檢預備篇（考古題）

伍、韓檢預備篇（模擬試題）

(1) -(으)ㄹ까(요)?

①主語為第一人稱單數時，表示詢問聽話者意向

> 제가 먼저 제 이름을 소개할까요?
> 要不要我先介紹自己的名字？

> 내가 그 학생을 도와 줄까?
> 要不要我來幫助那個學生？

②主語為第一人稱複數時，是表示說話者的意圖，要求聽話者許諾的意思

> 우리 같이 한 잔 할까?
> 我們一起喝一杯如何？

> 우리 운전을 배워 볼까요?
> 我們去學駕駛如何？

③主語為客觀化的第一或第二人稱時，表示說話者的推測

> 한 시간이면 도착할 수 있을까요?
> 一個鐘頭可以到達嗎？

> 너희들이 제 시간에 올까?
> 你們會準時來嗎？

④主語為第三人稱時，表示說話者對主語行動或狀態的推測

> 철수가 그 점수로 대학에 합격할 수 있을까?
> 哲洙以那個分數可以進得了大學嗎？

> 내일쯤 그 분이 서울에 도착하실까?
> 大約明天他該到達首爾了吧？

(2) -(으)ㄹ까 말까

表示「說話者對行動無法做出決定而猶豫」的意思。

> 너한테 이 비밀을 얘기할까 말까…
> （我猶豫）要不要對你說這個秘密……

> 외국 유학을 갈까 말까 망설이고 있어요.
> 正在猶豫去不去外國留學。

(3) -(으)ㄹ까 하다／해서／하고／해도／하니까

表示「對未來將發生的行動或動作的推測或計畫」。

> 비가 올까 해서 우산을 가져 왔어요.
> 怕會下雨，所以帶了雨傘來。

> 이번 주말에는 집에서 쉴까 합니다.
> 這個週末打算在家休息。

(4) -(으)ㄴ／는／(으)ㄹ걸(요)

表示對「已發生、正在進行中或習慣性的事、未來事的推測或斷定」。

> 방학이지만 도서관은 계속해서 여는 걸요.
> 雖是暑假，圖書館仍繼續開著。

> 신호등을 보지 않고 건너면 위험한 걸요.
> 不看紅綠燈就穿越過去的話很危險。

壹、品詞篇

貳、語尾篇

參、述語及接辭篇

肆、韓檢預備篇（考古題）

伍、韓檢預備篇（模擬試題）

(5) -(으)ㄹ걸(그랬다)

表示「對某事未做而後悔或可惜」的意思。

> 친구들이 오는 줄 알았으면, 외출하지 않을걸.
> 早知道朋友們要來的話就不會出門了。

> 오늘부터 연휴인 줄 알았더라면, 여행이라도 갈걸.
> 若早知道今天起是連休的話就該去旅行的。

(6) -던걸 ＝ -던것을

表示「一面回想過去，一面得知了新的事實，或有惋惜」的想法。

> 그 애가 그림을 제법 잘 그리던걸.
> 那孩子過去畫的相當好唉。

> 그 학생이 저녁에는 학원에 다니던걸요.
> 那學生晚上在上補習班呢。

(7) -ㄹ게(요)

表示「說話者確認並決心要做」的意思。

> 오늘은 집에 일찍 들어올게.
> 今天（我）會早點回家。

> 내가 그 일을 할게.
> 我來做那件事。

(8) -었(았、였)구나／-(는)군／-(는)구나／-겠구나

為感嘆形語尾，接於表時態之先語末語尾之後，-는군＋요是尊

敬形，-구나不加요。

> 한국말을 공부하시는군요.
> 您在學韓語啊。

> 넌 옛날부터 공부를 잘 했구나!
> 你從以前就會念書啊。

(9) -나(요)?／-(으)ㄴ／는가(요)?

為委婉形疑問語尾，加요表尊敬聽話者。

> 제가 그 서류에 서명해야 하나요?
> 我應該在那文件上簽名嗎？

> 이걸 신문에 내도 괜찮은가?
> 這個在報紙上刊載也沒關係嗎？

(10) -나 보다／-는가 보다

為猜測形，動詞接用，形容詞用-(으)ㄴ가 보다。

> 그 친구는 내일쯤 출장을 떠난가 봐요.
> 那個朋友大概明天去出差。

> 오늘 손님이 많이 오는가 봐.
> 今天客人大概來得很多。

> 한국말 배우기가 어려운가 봐요.
> 學習韓語大概不容易吧。

> 밖에 날씨가 꽤 추운가 봐요.
> 外面天氣好像相當冷吧。

(11) -던가(요)?

表回想過去或詢問聽話者的疑問語尾，加過去時態었時表動作完了。

> 그가 떠날 때 우리가 왜 붙잡지 않았<u>던가</u>?
> 他離開時我們為什麼沒挽留呢？

> 어제 본 영화가 재미있<u>던가요</u>?
> 昨天看的電影有趣嗎？

(12) -(ㄴ／는)담

為-(ㄴ／는)단 말인가或-(이)란 말인가的略語，動詞接-ㄴ／는 담，形容詞接-담，名詞接-(이)람，是一種獨白體，表輕輕吐露說話者對某事的不平、不滿。

> 무슨 음식을 그렇게 소리 내어 먹<u>는담</u>.
> 什麼食物吃得那麼大聲？

> 뭘 그렇게 꾸물거<u>린담</u>.
> 搞什麼那麼慢吞吞的呢？

> 저런 사람이 무슨 양반<u>이람</u>.
> 那種人算是什麼紳士。

(13) -데(요)

為回想或將經歷過的事告訴對方時用的終結語尾。要注意別跟-대요混淆。

> 산 꼭대기에서는 남산이 잘 보이<u>데</u>.
> 在山頂上南山可以看得很清楚。

> 그 친구 벌써 머리가 벗어졌데.
>
> 那朋友頭髮已經脫落變禿。

(14) -ㄹ라

為警戒形語尾，表示「擔心」，要聽話者小心的意思。

> 나무에서 떨어질라.
>
> 小心會從樹上跌下來。

> 과속하다가 사고날라.
>
> 小心超速會發生事故。

(15) -(으)ㄹ락 말락(하다)

表示「動作像完成又沒完成」的意思。

> 아침부터 비가 올락 말락하는군요.
>
> 從早晨起，雨就要下不下的啊。

> 애기가 잠이 들락 말락할 때 손님이 와서 깼어요.
>
> 孩子要入睡沒睡著時，客人一來就醒了。

(16) -(으)ㄹ래(요)

主語為第一人稱時，表示「說話者的意志」，第二人稱時表示「詢問聽話者的感覺、想法」。

> 난 불고기를 먹을래.
>
> 我要吃烤肉。

> 넌 졸업 후에 뭐 할래?
>
> 你畢業後想做什麼？

壹、品詞篇

貳、語尾篇

參、述語及接辭篇

肆、韓檢預備篇（考古題）

伍、韓檢預備篇（模擬試題）

(17) -(으)랴?

為反問形終結語尾，表示「詢問對方的意思或推理時的反問」。

> 생일선물로 뭘 사 주랴?
> 要買什麼給你當生日禮物呢？

> 이제 후회한들 무슨 소용이 있으랴?
> 現在即使後悔又有什麼用呢？

(18) -(으)려무나／(으)렴

為允諾形語尾，允許手下人按自己意思去做，「你可以……」的意思。

> 먹고 싶으면 먹어 보려무나.
> 想吃的話，你可以嚐嚐看

> 너무 늦었으니 이제 그만 가렴.
> 太晚了，你現在可以走了。

(19) -(으)리라

表示「推測或對未來事件的意志」。

> 시간이 주어지면 세계여행을 떠나리라.
> 時間允許的話，（我）會去環遊世界旅行。

> 객지에서 살다보면 외로우리라.
> 在異鄉生活，會孤獨的。

(20) -(으)셔라

為-시＋어라的感嘆形語尾，大都與形容詞或이다合用。

> 아유, 부지런도 하셔라.
> 哎喲，你也真勤快！

> 아이고, 인정도 많으셔라.
> 哎喲，人情也真多啊！

(21) -지(요)／-지요＝죠

表示要求對方同意的語尾，此時對方應都知道所說的事。

> 한국에 처음 오신 게 아니지요?
> 你不是初到韓國的吧？

> 저 좀 도와 주실 수 있으시죠?
> 可以幫我一下吧？

壹、品詞篇

貳、語尾篇

參、述語及接辭篇

肆、韓檢預備篇（考古題）

伍、韓檢預備篇（模擬試題）

四、連結語尾

　　具有連結2個以上的句子、單語或語幹之功能的語尾稱為「連結語尾」，依它在句子中的功能，可分為「對等的連結」、「從屬的連結」及「補助的連結」語尾。

（一）對等的連結語尾：連結2個以上對等的句子用

1. 羅列形

　　表示「時間的、空間的羅列」。

　（1）-(으)며、-(으)면서

　　同時進行2個動作，表示「一面……，一面……」或「又……又……」。

> ➤ 밥을 먹으며 신문을 읽다.
> 一面吃飯，一面讀報。

> ➤ 일하면서 노래해요.
> 一面工作，一面唱歌。

> ➤ 글씨도 쓰며 그림도 그린다.
> 又寫字又畫畫。

(2) -고、-(이)요、-고서、-아(서)／-(어)서／-여서

　　有順序地說明動作或敘述事物。

> 먹고 가자.
> 吃了之後走吧。

> 가서 먹자.
> 去那兒吃吧。

> 하늘은 푸르고, 구른은 희다.
> 天藍，雲白。

> 이것은 붓이고, 저것은 먹이다.
> 這是毛筆，那是墨。

> 이것은 먹이요, 저것은 붓이다.
> 這是墨，而那是毛筆。

> 기차를 타고 왔어요.
> 搭火車來的。

> 주사를 맞고서 갔다,
> 來打了針，走了。

> 일이 많아서 일찍 갔네.
> 因為事情多，早走了。

> 공부하여서 남 주나?
> 讀書是為了別人嗎？

壹、品詞篇

貳、語尾篇

參、述語及接辭篇

肆、韓檢預備篇（考古題）

伍、韓檢預備篇（模擬試題）

2. 對立形

(1) -아도／-어도／-여도

表示對立，「雖是……也……」的意思。

> ➤ 씨를 심<u>어</u>도 싹이 트지 않다.
> 雖播了種也不發芽。

> ➤ 일을 열심히 하<u>여</u>도 부자가 못 되오.
> 雖努力工作也未能致富。

(2) -지만、-이지만、-건만

同樣表示對立，「雖是……卻……」的意思。

> ➤ 키가 크<u>지만</u> 몸이 약하다.
> 雖然個子大，卻身子弱。

> ➤ 그는 훌륭한 사람<u>이지만</u> 시대를 잘 못 만났다.
> 他雖然了不起，卻未逢時。

(3) -(으)나、-(으)나마

表示「雖然……但（卻）……」的意思。

> ➤ 경치는 좋<u>으나</u> 먹을 것이 없구나.
> 景緻雖好，卻沒吃的。

> ➤ 먹기는 먹<u>으나마</u> 체하지 않을지요?
> 吃是吃了，不會消化不良吧！

(4) -거니와

表示「而且」。

> 경치도 좋거니와 공기도 맑다.
> 景緻好而且空氣清新。

> 얼굴도 곱거니와 아음씨도 곱다.
> 臉蛋也美，心地也善良。

（二）從屬的連接語尾：連接1個主要句與1個從屬句

1. 拘束形

(1) -아야、-어야

表示「必須、應該」。

> 오늘 가야 해.
> 今天得去。

> 이 책을 읽어야 해요.
> 這書應該唸。

> 그 사람을 만나야만 되겠소.
> 必須見到他才行。

(2) -(으)면、-거든、-(더)ㄴ들

表示「假定」。

> 바람이 불면 춥겠다.
> 颱風的話就會冷。

> 춥거든 불을 쬐어라.
> 冷的話烤烤火。

> 그 책을 읽었던들 재미가 있었을 텐데.
> 要是念念那本書一定很有趣。

(3) 表示「說明、事實、理由」

①-아서／-어서／-여서

> 꽃이 좋아서 다시 왔네.
> 因為喜歡花所以又來了。

> 밥을 먹어서 배가 부르다.
> 吃了飯肚子就飽了。

> 공부를 잘 하여서 착하다.
> 你很用功，真乖。

②-(으)니(까)

> 봄이 오니 꽃이 핀다.
> 春到花開。

> 꽃이 피니까 참 아름답다.
> 花開了真美。

③-(으)ㄴ즉

> 그걸 먹은즉 배가 아프다.
> 一吃了那東西肚子就痛。

> 이미 늦었은즉 그냥 자겠소.
> 因為已經遲了，就那麼睡了。

> 거기가 좋은 곳인즉 그리로 가겠다.
> 既然那裏是好地方，就往那裡去囉。

④-(으)매、-(으)므로、-는지라、-(으)ㄴ지라、-거늘

> 비가 오매／오므로 가지 않았어요.
> 因為下雨就不去了。

> 차가 잘 구르는지라 빨리 왔다.
> 車子走的好，所以很快來到。

> 이 책이 좋은지라 다시 읽었다.
> 因為這書好所以又讀了。

> 그가 떠나거늘 나는 돌아왔어.
> 因為他離開了所以我就回來了。

⑤-기에、-길래

> 그가 가기에 나도 갔다.
> 因為他去所以我也去了。

> 그가 가길래 나도 갔다.
> 因為他去所以我也去了。

壹、品詞篇

貳、語尾篇

參、述語及接辭篇

肆、韓檢預備篇（考古題）

伍、韓檢預備篇（模擬試題）

⑥-건대、-거든

> 듣건대, 곧 미국에 가신다지요?
> 聽說你就要去美國了是嗎？

> 내가 그 책을 읽는 것은, 그것이 내용이 좋거든.
> 我讀那本書，因為它內容好。

2. 放任形

(1) 더라도、-(으)ㄹ지라도、-(으)ㄴ들

表示「即使……也……」。

> 내일 떠나더라도 늦지는 않다.
> 即使明天出發也不遲。

> 책을 빨리 읽을지라도 내용을 잘 알아야 해요.
> 就算快讀也應該知道內容。

> 이제 간들 무슨 소용이 있겠느냐?
> 即使現在去，又有什麼用呢？

(2) -(으)망정、-(으)ㄹ지언정

表示「讓步」,「縱然……也要……」。

> 가난할망정 마음은 곧으오.
> 縱然窮，心要正直。

> 차라리 못 살지언정 비겁해지지는 말아야겠지.
> 寧可死也不要變卑屈。

(3) -려니와、-(으)련마는(-련만)

表示推測（對未來的事），「要是……然而……」、「可能會……但是……」的意思。

> 너는 가려니와 나는 무엇을 할까?
> 你要走了我要做什麼呢？

> 그 곳에 가면 그를 만나련마는 시간이 없구나!
> 到那兒去雖然可以見到他，可是沒時間。

3. 比喻形

(1) -듯(이)

表示「比喻」。

> 낙수물이 비오듯 쫙쫙 흘러 내렸다.
> 屋簷水像下雨般刷刷地流下。

> 땀이 비오듯이 흐른다.
> 汗如雨下。

4. 選擇形

(1) -거나、-든지、-(으)나

表示「不管、無論」，至少要選擇其中之一。

> 가거나 말거나 마음대로 하시오.
> 要去不去隨你便。

> 개거나 말이거나 다 사와라.
> 不管是狗是馬都買來。

壹、品詞篇

貳、語尾篇

參、述語及接辭篇

肆、韓檢預備篇（考古題）

伍、韓檢預備篇（模擬試題）

> 오든지 가든지 태도를 분명히 하시오.
> 來也好去也好，請態度要分明。

> 소든지 돼지든지 다 팔아라.
> 牛也好豬也好都賣了吧。

> 앉으나 서나 그 일만 생각해요.
> 無論站啊坐啊，只想著那件事。

> 이것이나 저것이나 얼른 고르시오.
> 這個或那個請趕快選一個。

5. 比較形

(1) -거든

表示「連……都、更何況……、更別說……」。

> 사람이 은혜를 모르거든 하물며 동물이랴?
> 連人都不懂恩惠，何況是動物？

> 네가 그토록 공부해야 하거든 하물며 내랴?
> 連你都必須用功到那程度，更何況我呢？

> 내 안 잊었거든 넌들 설마 잊었겠느냐?
> 連我都沒忘記，難道你會忘記不成？

6. 連續形

(1) -자、-자마자

表示「一……就……」。

> 꽃이 피자 나비가 온다.
> 花一開蝴蝶就來。

> 문에 들어서자마자 종이 울렸다.
> 一進門鐘就響了。

7. 中斷形

(1) -다가、-다

表示「動作中斷後做另一件事」。

> 신문을 읽다가 밖을 보았다.
> 讀了一會兒報看看外面。

> 글씨를 쓰다 두었다.
> 字寫了一半放下了。

8. 說明形

(1) -는데、-ㄴ데、-인데

> 밥을 먹는데 친구가 왔다.
> 正吃著飯，朋友來了。

> 하늘은 푸른데 구름은 희다.
> 天藍雲白。

壹、品詞篇

貳、語尾篇

參、述語及接辭篇

肆、韓檢預備篇（考古題）

伍、韓檢預備篇（模擬試題）

> ➤ 저 애가 내 동생<u>인데</u> 공부를 잘 한다.
> 那孩子是我弟弟，功課好。

(2) -되

> ➤ 책을 읽<u>되</u>, 조금 읽어도 정신을 집중시켜서 읽어야 한다.
> 讀書嘛，即使讀一點也得集中精神去讀才好。

> ➤ 비가 오<u>되</u> 참 많이 온다.
> 下雨了，下得真多。

(3) -니、더니

表示「理由或原因」，加더表回想。

> ➤ 그가 공부 잘 하<u>니</u> 기쁩니다.
> 他功課好，我真高興。

> ➤ 그 애가 우등이라 하<u>니</u> 마음을 놓았다.
> 說那孩子是優等我就放心了。

> ➤ 비가 오<u>더니</u> 날이 개었다.
> 本來下雨，卻天晴了。

> ➤ 바람이 불<u>더니</u> 비가 온다.
> 本來颳風，卻下雨了。

> ➤ 그전에는 이 곳이 연못이<u>더니</u>.
> 以前這地方本來是荷花池塘。

9. 意圖形

(1) -(으)려(고)、-고자

表示「想要、為了」。

> 책을 읽<u>으려고</u> 도서관에 왔다.
> 為了想讀書，來了圖書館。

> 미국<u>으로</u> 가<u>고자</u> 인천 공항을 떠났다.
> 離開了仁川機場，往美國去。

10. 目的形

(1) -(으)러

表示「來去動作的直接目的」。

> 공부를 하<u>러</u> 도서관에 갔어요.
> 為了讀書，去了圖書館。

> 친구를 만나<u>러</u> 공항에 나왔다.
> 為了見朋友，來到機場。

11. 到及形

(1) -도록

表示「到達……程度」。

> 눈물이 나<u>도록</u> 웃었다.
> 笑得眼淚都掉下了。

> 나는 밤이 새<u>도록</u> 공부를 하였습니다.
> 我熬了整夜用功。

壹、品詞篇

貳、語尾篇

參、述語及接辭篇

肆、韓檢預備篇（考古題）

伍、韓檢預備篇（模擬試題）

12. 甚益形

(1) -(으)ㄹ수록

表示「越……越……」。

> 볼수록 아름답구나!
> 越看越美啊！

> 이 책은 읽을수록 재미있다.
> 這書越讀越有趣。

13. 添加形

(1) -(으)ㄹ 뿐더러

表示「不僅……而且……」或「既……又……」。

> 머리도 좋을 뿐더러 공부도 잘 한다.
> 不僅腦筋好，書也讀得好。

> 그는 영어를 말할 뿐더러 불어도 한다.
> 他不僅會說英語，也會說法語。

> 그분은 시인일 뿐더러 화가이기도 합니다.
> 那位不僅是詩人，也是畫家。

14. 反覆形

(1) -(으)락

表示「相對的動作或狀態輪流出現」。

> 길 위를 사람들이 오락가락합니다.
> 路上行人來來往往。

> 얼굴이 붉으락푸르락한다.
> 臉色忽青忽紅。

15. 強勢形

(1) -나、-디、-고

表示「強調事物形態或狀態的程度」。

> 기나긴 밤을 어떻게 새울까?
> 如何熬過長又長的夜？

> 차디찬 방에 혼자 누웠다.
> 獨自臥在冷冷的房裡。

> 길고긴 한강물이 동쪽으로 흘러간다.
> 長又長的漢江水流向東方。

> 크나큰 건물이 여기저기 있다.
> 高又高的建築物到處都是。

（三）補助連結語尾：連接主用言與補助用言

1. 表進行

(1) -고 (있다)

表示「正在」。

> 일을 하고 있다.
> 正在工作。

> ➤ 밥을 먹고 있어요.
> （我）正在吃飯。

2. 表持續、完成

(1) -아／어 (있다)

表示「正……」。

> ➤ 한국에 여행을 가(아) 있다.
> 正到韓國旅遊。

> ➤ 창문이 열려 있어요.
> 窗戶正開著。

3. 表使役

(1) -게 (하다)

表示「使動狀態」，「使之……、讓……」的意思。

> ➤ 학생들을 공부하게 한다.
> 使學生讀書（用功）。

> ➤ 아기에게 젖을 먹게 한다.
> 讓小孩吃奶。

4. 表被動

(1) -게 (되다)

表示「被決定或允許」。

> ➤ 나도 가게 되었다.
> 我也能去了。

> ➤ 내가 대표로 참석하게 됐다.
> 我（被決定）以代表身分出席。

5. 表否定

(1) -지 않다／아니하다

表示「不……」。

> ➤ 일요일은 회사에 가지 않아요.
> 星期日不去公司。

> ➤ 토요일은 놀지 않습니다.
> 星期六不休息。

壹、品詞篇

貳、語尾篇

參、述語及接辭篇

肆、韓檢預備篇（考古題）

伍、韓檢預備篇（模擬試題）

檢測一下（6）

一、回答問句

1. 내일 등산 갈 수 있을까요?

   예, ＿＿＿＿＿＿＿＿＿＿＿＿＿＿＿＿＿.

2. 이번 토요일에는 미스 김이 서울에 올라올까요?

   예, ＿＿＿＿＿＿＿＿＿＿＿＿＿＿＿＿＿.

3. 결혼을 하면 과연 행복할까?

   예, ＿＿＿＿＿＿＿＿＿＿＿＿＿＿＿＿＿.

4. 우리 팀이 이번 시험에 이길 수 있을까요?

   예, ＿＿＿＿＿＿＿＿＿＿＿＿＿＿＿＿＿.

5. 주소를 가지고 그 분 댁을 찾을 수 있을까요?

   예, ＿＿＿＿＿＿＿＿＿＿＿＿＿＿＿＿＿.

6. 제가 혼자서 다 먹을까요?

   예, ＿＿＿＿＿＿＿＿＿＿＿＿＿＿＿＿＿.

7. 제가 알아 듣도록 설명해 볼까요?

   예, ＿＿＿＿＿＿＿＿＿＿＿＿＿＿＿＿＿.

8. 값이 얼만지 제가 알아 볼까요?

   예, ＿＿＿＿＿＿＿＿＿＿＿＿＿＿＿＿＿.

9. 제가 좀 도와 드릴까요?

   예, ＿＿＿＿＿＿＿＿＿＿＿＿＿＿＿＿＿.

10. 제가 지금 그 집에 연락할까요?

　　예, ＿＿＿＿＿＿＿＿＿＿＿＿＿＿＿＿＿＿＿＿ .

二、用適當的連結語尾連結2個句子

-고、-지만、-(으)니까、-ㄴ／는데

1. 배가 고팠습니다. 밥을 먹지 않았습니다.

　　→ ＿＿＿＿＿＿＿＿＿＿＿＿＿＿＿＿＿＿＿＿＿＿

2. 날씨도 나쁩니다. 어디 갑니까?

　　→ ＿＿＿＿＿＿＿＿＿＿＿＿＿＿＿＿＿＿＿＿＿＿

3. 이런 일은 안 좋습니다. 다시는 하지 마십시오.

　　→ ＿＿＿＿＿＿＿＿＿＿＿＿＿＿＿＿＿＿＿＿＿＿

4. 백화점 물건은 쌉니다. 좋습니다.

　　→ ＿＿＿＿＿＿＿＿＿＿＿＿＿＿＿＿＿＿＿＿＿＿

5. 외국어를 배워 보았어요. 참 재미 있더군요.

　　→ ＿＿＿＿＿＿＿＿＿＿＿＿＿＿＿＿＿＿＿＿＿＿

6. 교통이 복잡합니다. 길조심 하세요.

　　→ ＿＿＿＿＿＿＿＿＿＿＿＿＿＿＿＿＿＿＿＿＿＿

7. 오늘은 공휴일입니다. 왜 사무실에 나가요?

　　→ ＿＿＿＿＿＿＿＿＿＿＿＿＿＿＿＿＿＿＿＿＿＿

8. 우리는 영어를 배웁니다. 그분은 한국어를 가르치십니다.

　　→ ＿＿＿＿＿＿＿＿＿＿＿＿＿＿＿＿＿＿＿＿＿＿

壹、品詞篇

貳、語尾篇

參、述語及接辭篇

肆、韓檢預備篇（考古題）

伍、韓檢預備篇（模擬試題）

9. 아침 일찍 백화점에 갔어요. 문이 닫혔더군요.

→ _____

10. 운전기사가 사고를 냈습니다. 도망 갔습니다.

→ _____

三、利用下列連結語尾完成句子

（一）用(으)면連結句子

1. 신문을 읽다. 기분이 나빠집니다.

→ _____

2. 몸이 건강하지 않다. 일은 잘 할 수 없습니다.

→ _____

3. 약속을 지키지 않다. 그분이 화를 낼 거에요.

→ _____

4. 집에 가지 않다. 만날 수 없습니다.

→ _____

5. 통일이 되다. 고향에 돌아갈 수 있을 거에요.

→ _____

（二）用-(으)러、면서、자、아(어、여)야、거든 連結句子

1. 친구를 만납니다. 다방에 갑니다.

→ _____

2. 그분이 웃습니다. 말을 합니다.

→ _____

3. 음악을 듣습니다. 콧노래를 불렀어요.

　→ _____

4. 불만이 있습니다. 언제든지 이야기하세요.

　→ _____

5. 약을 먹고 쉽니다. 감기가 나을 수 있어요.

　→ _____

四、利用下列連結語尾完成句子

（一）用冠形詞語尾連結

1. 어제 읽었어요. 소설이 재미 있었어요.

　→ _____

2. 내가 오래 전부터 생각해 왔습니다. 일입니다.

　→ _____

3. 일을 하겠어요. 사람을 찾어요.

　→ _____

4. 책상 위에 있었어요. 책이 없어졌어요.

　→ _____

5. 지난 주말에 갔어요. 다방에 갈까요?

　→ _____

（二）用기 위해서、기 때문에、기 전에連結

1. 남을 탓합니다. 내 잘못을 뉘우칩니다.

　→ _____

壹、品詞篇

貳、語尾篇

參、述語及接辭篇

肆、韓檢預備篇（考古題）

伍、韓檢預備篇（模擬試題）

2. 먹고 삽니다. 이 일을 하지는 않습니다.

    → _____

3. 더 깊이 연구합니다. 대학원에 진학하려고 합니다.

    → _____

4. 식사를 합니다. 기도하십시오.

    → _____

5. 과식을 했습니다. 배탈이 났습니다.

    → _____

檢測一下（6）解答

一、回答問句

1. 갈 수 있을 거에요

2. 올라올 거에요

3. 행복할 거에요

4. 이길 수 있을 거에요

5. 찾을 수 있을 거에요

6. 다 잡수십시오

7. 설명해 보십시오

8. 알아보십시오

9. 도와 주십시오

10. 연락하십시오

二、用適當的連結語尾連結2個句子

1. 배가 고팠지만 밥을 먹지 않았습니다.

2. 날씨도 나쁜데 어디 갑니까?

3. 이런 일은 안 좋으니까 다시는 하지 마십시오.

4. 백화점 물건은 싸고 좋습니다.

5. 외국어를 배워보니까 참 재미 있더군요.

6. 교통이 복잡한데 길조심 하세요.

7. 오늘은 공휴일인데 왜 사무실에 나가요?

8. 우리는 영어를 배우고 그분은 한국어를 가르치십니다.

9. 아침 일찍 백화점에 갔는데 문이 닫혔더군요.

10. 운전기사가 사고를 내고 도망 갔습니다.

三、利用下列連結語尾完成句子

（一）用(으)면連結句子

1. 신문을 읽으면 기분 나빠집니다.

2. 몸이 건강하지 않으면 일은 잘 할 수 없습니다.

3. 약속을 지키지 않으면 그분이 화를 낼 거에요.

4. 집에 가지 않으면 만날 수 있을 거에요.

5. 통일이 되면 고향에 돌아갈 수 있을 거에요.

（二）用-(으)러、면서、자、아(어、여)야、거든 連結句子

1. 친구를 만나러 다방에 갑니다.

2. 그분이 웃으면서 말을 합니다.

3. 음악을 들으면서 콧노래를 불렀어요.

4. 불만이 있거든 언제든지 이야기하세요.

5. 약을 먹고 쉬어야 감기가 나을 수 있어요.

四、利用下列連結語尾完成句子

（一）用冠形詞語尾連結

1. 어제 읽은 소설이 재미 있었어요.

2. 내가 오래 전부터 생각해 오던 일입니다.

3. 일을 할 사람을 찾아요.

4. 책상 위에 있던 책이 없어졌어요.

5. 지난 주말에 갔던 다방에 갈까요?

（二）用기 위해서、기 때문에、기 전에連結

1. 남을 탓하기 전에 내 잘못을 뉘우칩니다.

2. 먹고 살기 위하여 이 일을 하지는 않습니다.

3. 더 깊이 연구하기 위해서 대학원에 진학하려고 합니다.

4. 식사를 하기 전에 기도하십시오.

5. 과식을 했기 때문에 배탈이 났습니다.

壹、品詞篇

貳、語尾篇

參、述語及接辭篇

肆、韓檢預備篇（考古題）

伍、韓檢預備篇（模擬試題）

五、轉成語尾

在語幹後加上它，使該用言具有其他詞類功能的語尾稱為轉成語尾。

（一）冠形詞形語尾

1. -는

表示「現在」。

> 가는 학생.
> 現在去的學生。

> 보이는 저 것.
> 看到的那東西。

> 방에 있는 책.
> 在房間裡的書。

> 자는 동생.
> 正睡的弟弟。

2. -은

表示「過去」。

> 어제 본 책.
> 昨天看的書。

> 먹은 밥.
> 吃過的飯。

> 싸운 터.
> 打仗的戰場。

3. 形容詞用-은

表示「現在」。

> 좋은 책.
> 好書。

> 많은 사람.
> 好多人。

4. -(으)ㄹ

表示「未來」。

> ➤ 이번 주말에 여행 갈 계획을 세우고 있어요.
> 正在訂定本週末要去旅行的計畫。

> ➤ 저녁에 먹을 음식은 준비하겠어요.
> 要準備晚餐吃的食物。

5. -던

表示「回想當時的」或「持續而來的」。

> ➤ 바느질을 하던 수미씨.
> 本來在做針線活的秀美。

> ➤ 옆에 앉아 있던 친구.
> 原本坐在旁邊的朋友。

> ➤ 신문을 보고 있던 그 사나이.
> 本來在看報紙的男士。

（二）副詞形語尾

1. 아形

-아、-어、-여為接續形語尾，前一個動作加上아(어、여)後就成為接下一個動作的表現。陽性母音語幹加아，陰性母音語幹加어、하加여。

가다 : 가(아)（去）	보다 : 보아（看）
막다 : 막아（塞）	날다 : 날아（飛）
먹다 : 먹어（吃）	하다 : 하여（做）

2. 고形

為接續形語尾，加고表前面一個動作完成。

> 보<u>고</u> 간다.
> 看過就走。

> 오<u>고</u> 갔다.
> 來過走了。

> 피<u>고</u> 지고.
> 花開花謝。

3. 지形

為否定形語尾，後接否定用語。

> 하<u>지</u> 마세요.
> 請別做。

> 그렇<u>지</u> 말라.
> 別這樣。

> 사<u>지</u> 않겠다.
> 我不買。

> 여기선 담배를 피우<u>지</u> 못한다.
> 此地禁菸。

4. 게形

用言語幹加게變成副詞，用來修飾後面的動詞。

> 조용하게 합시다.
> 大家安靜

> 빠르게 하세요.
> 請快點

（三）名詞形語尾

將動詞語幹加上有體言一樣功能的語尾稱為名詞形語尾，有-(으)ㅁ和-기兩種名詞形，但彼此有不同的意味，它們表現的情況和用法也不同，-기表一般化或對期待的事表現動作或狀態，-(으)ㅁ是動作已被決定或具體化，而在現實中已經存在的意思，兩者皆可和助詞結合，不過-(으)ㅁ不像-기那麼常用，且常以-(으)ㄴ 것來代替。

1. -(으)ㅁ

(1) -(으)ㅁ이／은

加主格助詞이有主語的功能，一般常與분명하다（分明）、당연하다（當然）、옳다（正確）、확실하다（確實）等評價意味的動詞配合使用。

> 그가 외국으로 떠났음이 분명해요.
> 他分明已經去外國了。

> 죄인이 벌을 받음은 당연합니다.
> 罪人受罰是應該的。

壹、品詞篇

貳、語尾篇

參、述語及接辭篇

肆、韓檢預備篇（考古題）

伍、韓檢預備篇（模擬試題）

(2) -(으)ㅁ을

加目的格助詞-을有目的語的功能，一般常與알다（知道）、모르다（不知道）、발표하다（發表）、지적하다（指出）、깨닫다（領悟）、주장하다（主張）等動詞配合使用。

> ➤ 그 범인은 죄가 없음을 주장했어요.
> （我）認為那犯人無罪。

> ➤ 그는 사람들이 자기를 미워함을 잘 알고 있었지요.
> 他很了解人們憎惡他。

(3) -(으)ㅁ 에

加副詞格助詞-에，常與반하여（相反）、대하여（對於）、-도 불구하고（不管）等一起出現

> ➤ 열심히 노력했음에 반하여 결과는 좋지 않았어.
> 努力用功卻得不到好結果。

> ➤ 성적이 부진함에 대하여 무슨 변명이 그리 많나?
> 對於成績不進步，哪有那麼多藉口呢？

(4) 用作終結語尾

用言語幹加上-(으)ㅁ變成一個名詞的尾音。如，없음（沒有）、수여함（授予）、올림（謹上）常用於公告等文件上。

> ➤ 이곳에는 들어갈 수 없음. (공고문)
> 此地禁止進入（公告）。

> ➤ 성적이 우수하여 상장을 수여함. (상장)
> 成績優秀授予獎狀（獎狀）。

> 김철수 올림. (편지)
>
> 金哲洙上。（信件）

(5) 名詞化

動詞語幹加上-(으)ㅁ完全轉變為名詞，與-기不同的是，多半表示感情或狀態。

걷다 → 걸음（腳步）	슬프다 → 슬픔（悲）
기쁘다 → 기쁨（高興）	자다 → 잠（睡覺）
웃다 → 웃음（笑）	죽다 → 죽음（死亡）
울다 → 울음（哭）	즐겁다 → 글거움（歡喜）
아프다 → 아픔（痛）	

> 너무 오랜만에 만나서 기쁨을 감추지 못했어요.
>
> 太久不見了，見面掩不住喜悅。

> 아마 사람들은 모두 죽음을 두려워할 것입니다.
>
> 大概人們全都害怕死亡。

2. -기

雖帶有名詞機能，但卻有動作的意味，它較(으)ㅁ在使用上更多樣化，有些成為慣用表現。

(1) -기가

-기加主格助詞가，可做主語，常與좋다、편하다、쉽다、재미있다、-와／과 같다等合用。

> 외국에서 살기가 재미있을 것 같다.
>
> 在國外生活好像很有趣。

> 희기가 눈과 같아요.
> 白得像雪一般。

(2) -기가 쉽다

表示아마 그럴 것이다（大概是如此），表程度的概然性。

> 그분의 출국 일자는 연기되기가 쉽습니다.
> 他出國的日子大概延期了。

> 사장님은 해외에 나갔기가 쉬워요.
> 總經理大概已到海外去了。

(3) -기를

> 감기가 빨리 낫기를 바랍니다.
> 希望感冒趕快痊癒。

> 일하기를 좋아하는 사람도 많아요.
> 喜歡工作的人也很多。

(4) -기는

用於對照的情況，加하다成-기는 하나，或重複相同動詞，先承認前面的內容或事實。

> 질이 좋기는 하지만 너무 비싼데요.
> 質料好是好，但太貴了。

> 먹기는 먹겠지만 소화가 될지 모르겠어요.
> 吃是要吃的，但不知能不能消化。

(5) -기는 커녕

表示「別說是……、更甚者……」。

> 날씨가 좋<u>기는 커녕</u> 천둥까지 쳤어요.
> 別說好天氣了，雷聲已大作了。

> 병이 낫<u>기는 커녕</u> 더 심해졌대요.
> 別說是病好了，聽說更嚴重了。

(6) -기는(요)

用於先終結前句，表示謙讓，或與對方意見不同時使用。

> 기억력이 좋으신데요?
> 좋<u>기는요</u>. 저도 자주 잊어버려요.
>
> 你記憶很好嘛！
> 好什麼啊，我也常健忘啊。

> 김선생은 떠났습니까?
> 떠나<u>기는요</u>. 이제야 떠날 준비를 하고 있어요.
>
> 金先生出發了嗎？
> 什麼出發啊，現在才正準備著呢。

(7) -기도 하다

表示「也……」。

> 그 물건은 비싸<u>기도 하지만</u> 귀하<u>기도 해</u>.
> 那東西貴是貴，但也珍貴。

> 그는 돈 벌<u>기도</u> 잘하고 쓰<u>기도</u> 잘합니다.
> 那個人很會賺錢，也很會用錢。

(8) -기만 하다

有單獨、排他之意，「只要……」或「只做……」。

> 술을 마시<u>기만 하면</u> 배가 아픕니다.
> 只要一喝酒的話，肚子就痛。

> 그가 일을 시작하<u>기만 한다면</u> 제가 돕겠어요.
> 只要他一開工的話，我會幫忙。

(9) -기에

-기加-에成為副詞語，表示「在……」情況，亦有表示原因或理由之意，此時可用-길래代替。

> 일을 하<u>기에</u> 바빠, 누가 들어 오는지도 몰랐어요.
> 因為忙於工作，所以有人進來都不知道。

> 혼자 먹<u>기에는</u> 너무 많군요.
> 獨自一個人吃，實在太多了耶。

(10) -(ㄴ／는)다기에 = -(ㄴ／는)다고 하기에

此處에表「原因或理由」。

> 이사 <u>간다기에</u> 도우러 왔어요.
> 因為他說要搬家，我是來幫忙的。

> 한국에 왜 왔냐<u>기에</u> 공부하러 왔다고 했어요.
> 因為問我為何來韓國，我回說來念書。

(11) -기로 하다

　　表示「決定」，「決心……」的意思，後面也可接정하다（定下）、작정하다（決定）、결심하다（決心）、마음먹다（決心）等動詞。

> 술 담배는 끊기로 결심했습니다.
> 我決心要戒掉菸、酒。

> 오늘부터 규칙적인 생활을 하기로 작정했어.
> 我決定從今天起要規律地生活。

(12) -기란

　　接-(이)란表示「主題」或「說明」之對象。

> 새로운 일을 시작하기란 여간 어렵지 않아요.
> 開始一件新工作是非常困難的。

> 늘 기계적인 생활을 하기란 상당히 피곤한 일이다.
> 老過機械式的生活是相當累人的事。

(13) -기야 하다

　　表示強調動詞的意思，再接-지만表示後行文有相反的意思。

> 이 물건이 좋기야 하지만 값이 좀 비싸군요.
> 這東西好是好，但價錢稍貴啊。

> 내용을 알기야 알지만, 남에게 알리고 싶지 않아요.
> 內容知是知道的，但並不想告訴他人。

壹、品詞篇

貳、語尾篇

參、述語及接辭篇

肆、韓檢預備篇（考古題）

伍、韓檢預備篇（模擬試題）

(14) -기로서니

前面常出現아무리，表示「儘管因為……，怎麼……」的意思。

> 아무리 바쁘기로서니 편지 쓸 시간이 없단 말인가?
> 不管如何忙碌，難道說連寫信的時間都沒有嗎？

> 아무리 기분이 안 좋기로서니 남을 때려요?
> 儘管心情不好，怎麼可以揍別人呢？

(15) -기 그지없다

表示內容或狀態「了不得」或「過分」，「非常地」或「無比」的意思。

> 홀로 서 있는 나무가 쓸쓸하기 그지없어요.
> 孤樹獨影，淒涼無比。

> 타향에서의 생활은 외롭기 그지없어요.
> 異鄉的生活非常孤單。

(16) -기 짝이없다

表示內容「非常極端」、「無雙」、「無比」的意思。

> 할 말을 못해서 분하기 짝이 없어요.
> 要說的未能說，憤慨無比。

> 그 골목은 더럽기 짝이 없더군.
> 那條巷子髒得要命啊。

壹、品詞篇

貳、語尾篇

參、述語及接辭篇

肆、韓檢預備篇（考古題）

伍、韓檢預備篇（模擬試題）

(17) -기 한이 없다

強調內容或狀態程度，為「無限」、「無盡」之意。

> 다시 만나게 되어 기쁘기 한이 없어요.
> 可以再相見，欣喜無比。

> 이 가방에 무엇이 들었는지 무겁기 한이 없군요.
> 這包包裡不知裝了什麼，重的要命哪。

(18) -기(가) 일쑤(이)다

表示자주(거의 언제나) 그렇게 한다（常常，幾乎無時無刻那麼做）。

> 어린 아이들은 걷다가 넘어지기가 일쑤다.
> 年幼小孩們走路常會跌倒。

> 점심때는 찬밥 먹기가 일쑤지.
> 午飯時吃冷飯是常事吧。

(19) -기 마련이다

表示그렇게 하는 것이 당연하다（那樣做是當然的），自然的結果。

> 가을이 되면 단풍이 들기 마련이야.
> 秋天一到，楓紅（樹葉變色）是自然的。

> 사람은 누구나 죽기 마련입니다.
> 人無論誰都會死。

(20) -기名詞化

由動詞衍生為名詞。

> 쓰기는 쉬운데 말하기는 어려운 편이지요.
> 寫起來容易，說起來困難。

> 이번 내기에 져서 점심을 사게 되었어요.
> 因為這次打賭輸了，所以請吃了午飯。

(21) -기成為俗語或格言

> 누워서 떡먹기.
> 易如反掌。

> 소 잃고 외양간 고치기.
> 亡羊補牢。

> 쇠 귀에 경읽기.
> 對牛彈琴。

> 땅 짚고 헤엄치기.
> 據地習泅／折枝之易。

> 엎드려 절받기.
> 引君入甕。

(22) 慣用表現

　①-기 전에

　　表示「在……之前」。

> 식사를 하기 전에 기도합니다.
> 吃飯前先祈禱。

> 열매가 맺기 전에 꽃이 핍니다.
> 結果實之前花先開。

②-기 때문에

表示「原因」。

> 머리가 아프기 때문에 좀 쉬어야겠어요.
> 因為頭痛，所以得休息。

> 돈이 모자랐기 때문에 값을 깎아야 해요.
> 因為錢不夠，所以得殺價。

③-기 위해서／위하여

表示「為了……」顯示目的。

> 공부하기 위해서 학교에 다닙니다.
> 為了念書，所以去上學。

> 건강해지기 위해서 매일 아침 운동을 해요.
> 為了變得健康，每天早上做運動。

壹、品詞篇

貳、語尾篇

參、述語及接辭篇

肆、韓檢預備篇（考古題）

伍、韓檢預備篇（模擬試題）

參、述語及接辭篇

本篇包括述語之相關規則以及語彙形成時加在語根前後的「接頭辭」、「接尾辭」，熟讀本篇可增加對語彙的認識。

一、敬語法

韓語中的「敬語法」（亦稱做「尊待法」、「尊卑法」或「待遇法」）是反映韓國社會的位階秩序，有尊老敬長的傳統禮法與制度。在說話時，視聽話的人或論及者的年齡、地位、職稱、親疏關係的不同而使用不同的語體（或稱文體）與語彙來表現。

敬語法可分為3種：對於話中論及者有「主體敬語法」，對動作所及者有「客體敬語法」，對聽話者有「相對（聽話者）敬語法」，各敬語法中還可細分幾個等級。

（一）主體敬語法

1. 說話者談到要尊敬的長輩或老師時

說話者若談到要尊敬的長輩或老師時，要在述語中加시（有받침時加「으시」），如談到不須尊敬的弟弟時便不須加시。

> ➤ 아버님이／선생님이 오신다.
> 伯父／老師來了。

> ➤ 동생이 온다.
> 弟弟／妹妹來了。

2. 在問及小孩你爸爸何時回來時

> ➤ (너의) 아버지 언제 오니?
> （你的）爸爸什麼時候來呢？

3. 在小孩面前為了顧及小孩爸爸的體面時

當「問者是小孩爸爸的朋友、同學或前輩」，而在小孩面前為了顧及小孩爸爸的體面時亦加시。

> ➤ (너의) 아버지 언제 오시니?
> （你的）爸爸什麼時候來（駕到）呢？

4. 學生示威時

如果是學生示威要求校長下台時就不加시也不用尊敬語體。

> ➤ 총장은 물러가라!
> 校長下台！

5. 對上天、神靈時

對上天、神靈用尊待的-님，動詞加시。

> ➤ 하느님은 다 아실거야.
> 上天都會知道。

> ➤ 신령님이 노하셨나 보다.
> 看來神靈發怒了。

6. 對長輩、上官時

對長輩、上官用尊敬形主格助詞，動詞加시。

> ➤ 할아버지께서 무슨 말씀 하셨니?
> 爺爺說了什麼話呢？

> ➤ 대통령께서 입장하시겠습니다.
> 總統要進場了。

7. 對長輩、有社會地位人士時

但有特殊助詞는、도時，-께서省略反而更自然。

> ➤ 할머님(께서)은(는) 이쪽으로 오세요.
> 奶奶請往這裡來。

> ➤ 회장님(께서)도 오셨어요?
> 會長也來了嗎？

8. 在使用有敬語的語彙時

在敬語中有些語彙是含시的，如잡수시다（吃）、계시다（在）、편찮으시다（欠安）、돌아가시다（去世）等。沒有먹으시다、죽으시다的語詞，있으시다是「有」的敬語，계시다表示「在」。

> ➤ 영희는 뭘 먹니?
> 英姬吃什麼呢？

> ➤ 할아버지는 뭘 <u>잡수십니까</u>?
> 爺爺用什麼餐呢？

> ➤ 저 집 아들이 죽었어요.
> 那家的兒子死了。

> ➤ 저 집 할아버지께서 <u>돌아가셨</u>어요.
> 那家的爺爺過世了。

> ➤ 할아버지께서 지금 <u>계셔요</u>?
> 請問爺爺現在在嗎？

> 할아버지께서 돈이 많이 <u>있으시</u>지요?
>
> 請問爺爺有很多錢嗎？

> 할아버지, <u>편찮으세</u>요?
>
> 爺爺，請問（身體）不適嗎？

> 할아버지, 어느 쪽이가 <u>아프세</u>요?
>
> 爺爺，請問哪裡不舒服呢？

※當있다用作為動詞時，它的敬語是계시다，用作形容詞時，它的敬語是있으시다，當說及全身不舒服的時候敬語用편찮으시다，當談到某個部位疼痛時敬語用아프시다表示。

（二）客體敬語法

當主體的行為、動作影響到某一對象時，對於此一對象是否要用尊待的表現，若需要用尊待時，它的表現法叫「客體敬語法」，最明確的表現在「與格助詞」用께代替에게／한테，其他語彙如뵙다(보다)（看）、드리다(주다)（給）、모시다(데리다)（侍奉）、여쭙다(묻다、말하다、알려주다)（稟告）等是常用的。

> 이 선물을 할머님께 보냅시다.
>
> 我們寄這禮物給奶奶吧。

> 이 선물을 제 형에게 보냅시다.
>
> 我們寄這禮物給我哥哥吧。

> 우리 선생님 뵈러 가자.
>
> 我們去見老師吧。

> 우리 철수 보러 가자.
> 我們去看哲洙吧。

> 이 꽃을 할머님께 드려라.
> 把這花獻給奶奶吧。

> 이 연필을 철수한테 주어라.
> 給哲洙這鉛筆吧。

> 부모님을 모시고 어디 가나?
> 陪父母親去哪裡？

> 아이들을 데리고 동물원에 가요.
> 帶孩子們去動物園。

> 그 일을 선생님께 여쭈워 보아라.
> 那件事請示老師看看。

> 그 일을 나한테 물어보면 돼.
> 那件事問我就好。

（三）相對敬語法

1. 相對敬語法是說話者與聽話者之間語言相對時的敬語法

　　相對敬語法是說話者與聽話者之間語言相對時的敬語法，與話中或句中的人物沒有關係，但是如果話中主語就是聽話者時，在使用的語體也要配合主體敬語法來表現，如命令句中主語就是聽話者，而其

地位是公司裡的課長，依現代韓語6種語體。해라、해、하게、하오、해요、합쇼體來表現時：

> 이 자리에는 철수가 앉아<u>라</u>.
> 這位子哲洙坐。

> 이 자리에는 철수가 앉<u>아</u>.
> 這位子哲洙坐吧。

> 이 자리에는 철수군이 앉<u>게</u>.
> 這位子讓哲洙君坐。

> 이 자리에는 김 과장이 앉<u>으오</u>.
> 這位子請金課長坐。

> 이 자리에는 김 과장님이 앉<u>으세요</u>.(시어요)
> 這位子請金課長坐。

> 이 자리에는 과장님이 앉<u>으십시오</u>.
> 這位子請課長坐。

2.「相對敬語法」亦稱「聽話者敬語法」

　　「相對敬語法」亦稱「聽話者敬語法」，是依照說話者與聽話者之間的關係來決定使用何種終結語尾，按表現方式可分為「格式體」與「非格式體」2類，「格式體」用於「正式的場合」，是有禮儀性的，給人有生疏、距離感的表現方式，可分為「합쇼體（極尊待）」、「하오體（普通尊待）」、「하게體（普通下待）」、「해라體（極下待）」等4種。「非格式體」用於「日常私下對話」等「非正式場合」，

是較親切、溫和的表現方式，可分為「해요體（尊待）」與「해體（下待）」2種。

格式體與非格式體的表現：

文體	합쇼체	하오체	하게체	해라체	해요체	해체
敘述形	가십니다 먹습니다／ 잡수십니다	가오 먹소	가네 먹네	간다 먹는다	가요 가지요 먹어요 먹지요	가(아) 가지 먹어 먹지
疑問形	가십니까? 먹습니까?／ 잡수십니까?	가오? 먹소?	가는가? 가나? 먹는가? 먹나?	가느냐? 가니? 먹느냐? 먹니?	가요? 가지요? 먹어요? 먹지요?	가? 가지? 먹어? 먹지?
命令形	가십시오. 먹으십시오／ 잡수십시오	가시오 먹으시오／ 잡수시오	가게 먹게	가(거) 라 먹어라	가요! 가지요 먹어요! 먹지요	가! 가지! 먹어! 먹지!
勸誘形	갑시다요 (가시지요) 먹읍시다요 (먹으시지요)／ 잡수시다요	갑시다 먹읍시다	가세 먹세	가자 먹자	가요 가지요 먹어요 먹지요	가 가지 먹어 먹지

● 敬語語彙

名詞：

이（齒）→ 치아（齒牙）	생일（生日）→ 생신（生辰）

나이（年齡）→ 연세（年歲）	이름（名字）→ 성함（尊銜）
밥（飯）→ 진지（餐）	집（家）→ 댁（宅）

動詞：

말하다（說）→ 말씀하시다（說話）	있다（在）→ 계시다（在）
마시다（喝）→ 드시다（飲用）	있다（有）→ 있으시다（有）
먹다（吃）→ 잡수시다、드시다（食）	자다（睡）→ 주무시다（就寢）
죽다（死）→ 돌아가시다（逝）	

代名詞：

아버지（爸爸）→ 아버님（令尊）	누나（姊姊）→ 누님（令姊）
어머니（媽媽）→ 어머님（令堂）	아들（兒子）→ 아드님（令郎）
형（哥哥）→ 형님（令兄）	딸（女兒）→ 따님（令媛）

● **謙讓語彙**

代名詞：

나（我）→ 저（敝）	우리（我們）→ 저희（我們）

動詞：

데리다（帶）→ 모시다（陪同）	묻다（問）→ 여쭙다（請教、告知）
만나다（見面）→ 뵙다（拜見）	주다（給）→ 드리다（奉上）
말하다（說）→ 말씀드리다（報告）	

※格式體中的「하오體」是在與同輩或晚輩對話時稍加提高對方的地位時用，在現代日常對話中已很少被使用。「하게體」主要是年長者對稍有年紀及社會地位的晚輩

表示禮貌時使用，中年以上彼此熟知者之間也用，但現在日常對話中也日益少使用。

※敬語的表現方式有簡單化的趨勢，社會的改變使得一般陌生人之間因社會地位或職位關係而用敬語的意識漸趨薄弱，主要是以年齡為最優先之條件，接著因親疏關係而產生的社交形式用語正逐漸增加，男女使用的敬語也有所不同。

(1) 女性較常用的-어요形（해요體）

> 저는 기계라면 겁부터 나요.
> 我一說到機器的話就先害怕。

> 빠지기는 커녕 오히려 체중이 더 늘었어요.
> 別說瘦了，體重反而更增加了。

(2) 女同事在熟識之後對年長者改用-우形（하오體）

> 미스 박은 내일 출장을 떠나나 보우.
> 朴小姐大概明天要出差。

> 내가 체중이 지난 달보다 좀 빠졌수.
> 我體重比上個月減了些。

(3) 中年男性常用勸誘形來表現對同輩或晚輩的禮儀，是一種特殊的敬語表現的-ㅂ시다形（합쇼體）

> 실례하지만 내가 좀 지나갑시다.
> 抱歉，借過一下。

> 내 짐을 무게 좀 달아 봅시다.
> 我的行李請秤重（過磅）看看。

檢測一下（7）

一、請依指示，將합쇼體語尾改寫為해요體

1. 이 일은 내일 ＿＿＿＿＿＿. (합시다)

2. 그분이 약속을 지킬 ＿＿＿＿＿＿. (겁니다)

3. 그는 아파도 약을 먹지 ＿＿＿＿＿＿. (않습니다)

4. 그 학생은 노래 참 잘 ＿＿＿＿＿＿. (부릅니다)

5. 들어올 때는 문 좀 ＿＿＿＿＿＿. (닫으세요)

6. 오늘 오후에 시간이 ＿＿＿＿＿＿? (있습니까)

7. 하루에 두 시간씩 ＿＿＿＿＿＿. (가르칩니다)

8. 지금 집에 ＿＿＿＿＿＿? (갑니까)

9. 거기에 서 있지 말고 어서 ＿＿＿＿＿＿. (들어오세요)

10. 철수가 우리 집에 자주 ＿＿＿＿＿＿. (옵니다)

二、用半語形回答

1. 아침 진지 잡수셨습니까?

　　그래, ＿＿＿＿＿＿＿＿＿＿＿＿＿＿＿＿.

2. 지금 몇 시입니까? (12시)

　　지금 ＿＿＿＿＿＿＿＿＿＿＿＿＿＿＿＿.

3. 아저씨는 운동을 잘 합니까?

　　아니, ＿＿＿＿＿＿＿＿＿＿＿＿＿＿＿＿.

壹、品詞篇

貳、語尾篇

參、述語及接辭篇

肆、韓檢預備篇（考古題）

伍、韓檢預備篇（模擬試題）

4. 할아버지. 안녕하셨습니까?

　　응, ＿＿＿＿＿＿＿＿＿＿＿＿＿＿.

5. 어머니, 다녀 오겠습니다.

　　그래, ＿＿＿＿＿＿＿＿＿＿＿＿＿＿.

6. 아저씨, 안녕히 주무세요!

　　그래, ＿＿＿＿＿＿＿＿＿＿＿＿＿＿.

7. 선생님, 운동장에 같이 가요.

　　그래, ＿＿＿＿＿＿＿＿＿＿＿＿＿＿.

8. 이 산은 올라가기가 힘들지요?

　　그래, ＿＿＿＿＿＿＿＿＿＿＿＿＿＿.

9. 이 숙제를 좀 가르쳐 주세요.

　　그래, ＿＿＿＿＿＿＿＿＿＿＿＿＿＿.

10. 이 소설을 다 읽어보셨습니까?

　　아니, ＿＿＿＿＿＿＿＿＿＿＿＿＿＿.

檢測一下（7）解答

一、請依指示，將합쇼體語尾改寫為해요體

1. 해요　2. 거에요　3. 않아요　4. 불러요　5. 닫아요

6. 있어요　7. 가르쳐요　8. 가요　9. 들어와요　10. 와요

二、用半語形回答

1. 먹었어

2. 열두시야

3. 못해

4. 잘 있었니?／있었어?

5. 다녀 오너라／와

6. 잘 자(거라)

7. 같이 가(자)

8. 힘들어／힘들구나

9. 가르쳐 주지／줄께

10. 안 보았어

二、否定法

　　韓語的否定法，可以依照句中敘述語來區別，其形態可有「短形否定」和「長形否定」2種，分述如下。

（一）動詞

1. 敘述句，疑問句： 안-다（短形），-지 않다（長形）

　　　　　　　　　　　못-다（短形），-지 못하다（長形）

2. 命令句，勸誘句： -지 말라，-지 말자

　　(1) 敘述句的短形與長形否定

> 그는 도서관에 갔다.
> 他去了圖書館。

> 그는 도서관에 <u>안</u> 갔다.
> 他沒去圖書館。（短形）

> 그는 고서관에 <u>가지 않았다</u>.
> 他沒去圖書館。（長形）

> 그는 수박을 <u>못</u> 먹다.
> 他不能吃西瓜。（短形）

> 그는 수박을 <u>먹지 못하다</u>.
> 他沒辦法吃西瓜。（長形）

　　(2) 疑問句的短形與長形否定

> 그는 도서관에 갔어?
> 他去了圖書館嗎？

> 그는 도서관에 <u>안</u> 갔어?
> 他沒去圖書館嗎？（短形）

> 그는 도서관에 <u>가지 않았어</u>?
> 他沒去圖書館嗎？（長形）

> 그는 수박을 <u>못</u> 먹어?
> 他不能吃西瓜嗎？（短形）

> 그는 수박을 먹지 못해?
> 他沒辦法吃西瓜嗎？（短形）

(3) 命令句的否定

> 집에 가라(가거라)!
> 回家去！

> 집에 가지 말아라.
> 不要回家。（否定）

(4) 勸誘句的否定

> 집에 가자.
> 回家吧。

> 집에 가지 말자.
> 不要回家吧。（否定）

(5) 動詞알다的否定為모르다

> 그 사람은 한국말을 압니다.
> 那個人懂韓語。

> 그 사람은 한국말을 모릅니다.
> 那個人不懂韓語。（否定）

（二）形容詞

1. 敘述句，疑問句：안-다（短形），-지 않다（長形）

(1) 敘述句的短形與長形否定

> 꽃이 예쁘다.
> 花漂亮。

> 꽃이 안 예쁘다.
> 花不漂亮。（短形）

壹、品詞篇

貳、語尾篇

參、述語及接辭篇

肆、韓檢預備篇（考古題）

伍、韓檢預備篇（模擬試題）

> 꽃이 예쁘지 않다.
> 花不漂亮。（長形）

(2) 疑問句的短形與長形否定

> 이 꽃이 예쁩니까?
> 這花漂亮嗎？

> 이 꽃이 안 예쁩니까?
> 這花不漂亮嗎？（短形）

> 이 꽃이 예쁘지 않습니까?
> 這花不漂亮嗎？（長形）

（三）名詞

1. 敘述句，疑問句：-이／가 아니다， -이／가 아닌가?

(1) 敘述句的否定與疑問

> 그는 학생이다.
> 他是學生。

> 그는 학생이 아니다.
> 他不是學生。

> 그는 학생이 아닌가?
> 他不是學生嗎？

(2) 합쇼體的否定與疑問

> 그분은 선생님입니다.
> 那位是老師。

> 그분은 선생님이 아닙니다.
> 那位不是老師。

> 그분은 선생님이 아닙니까?
> 那位不是老師嗎？

（四）存在詞

1. 敘述句，疑問句：-이／가 없다、-이／가 없어？

(1) 敘述句的否定與疑問

> ➤ 책상위에 책이 있다.
> 書桌上有書。

> ➤ 책상위에 책이 없다.
> 書桌上沒有書。

> ➤ 책상위에 책이 없어?
> 書桌上沒有書嗎？

(2) 합쇼體的否定與疑問

> ➤ 그는 도서관에 있습니다.
> 他在圖書館。

> ➤ 그는 도서관에 없습니다.
> 他不在圖書館。

> ➤ 그는 도서관에 없습니까?
> 他不在圖書館嗎？

（五）否定句

　　另外，依句中前後語詞的呼應關係，有不同的句法，而其意味亦有變化。

1. 確認之否定句

　　形態上是否定疑問句，但並非帶有否定意味，而是「確認」敘述之內容。

> ➤ 이 김치가 맵지 않아?
> 這泡菜不辣嗎？

壹、品詞篇

貳、語尾篇

參、述語及接辭篇

肆、韓檢預備篇（考古題）

伍、韓檢預備篇（模擬試題）

> 너는 수박을 먹지 않았니?
> 你沒吃西瓜嗎?

> 그는 도서관에 갔지 않니?
> 他沒到圖書館去嗎?

> 제10과는 벌써 배우지 않았습니까?
> 第10課不是已經學過了嗎?

> 지난번에 제가 알려 드리지 않았어요?
> 上次我沒有告訴你嗎?

2. 意味變化之否定句

(1) 여간 -지 않다 = 아주、매우

表示「很、非常」。

> 여간 기뻐하지 않다. = 아주 기뻐하다.
> 非常開心。

> 일이 여간 많지 않다. = 일이 배우 많다.
> 事情很多。

(2) 그다지 -지 않

表示「不怎麼、有些」。

> 문제가 그다지 어렵지 않다.
> 問題不怎麼難。

> 내 짐은 그다지 무겁지 않다.
> 我的行李不怎麼重。

3. 雙重否定句

(1) -지 않은 것이 없다

表示「沒有沒……（＝全部）」。

> 과일치고 먹어 보지 않은 것이 없어요.
> 説到水果，沒有沒吃過的。

> 우리나라 명산은 가 보지 않은 것이 없습니다.
> 我國的名山，沒有沒去過的。

(2) -지 않을 수 없다

表示「不得不（＝非得）」。

> 아무리 생각해도 그렇게 하지 않을 수 없어요.
> 想來想去，還是不得不那麼做。

> 그를 보호하지 않을 수 없습니다.
> 非得保護他不可。

(3) -지 않으면 안 된다

表示「不能不」。

> 교실에 가지 않으면 안 됩니다.
> 我不能不到教室去。

壹、品詞篇

貳、語尾篇

參、述語及接辭篇

肆、韓檢預備篇（考古題）

伍、韓檢預備篇（模擬試題）

> 그를 존경하지 <u>않으면 안 되요</u>.
不能不尊敬他。

(4) -없으면 안 된다

表示「不能沒有」。

> 돈이 <u>없으면 안 됩니다</u>.
不能沒有錢。

> 사람으로서 신의가 <u>없으면 안 되요</u>.
人不能沒有信義。

(5) -도 없진 않다

表示「也不是沒有」。

> 남의 승진을 시기하는 사람<u>도 없진 않습니다</u>.
忌妒別人晉升的人也不是沒有。

> 고학하면서 남을 도와주는 학생<u>도 없진 않다</u>.
一面苦學，一面幫助他人的學生也不是沒有。

(6) -지 않음만 못하다

表示「不如不」。

> 일을 하다가 그만두면 시작하<u>지 않음만 못하다</u>.
一件工作做一下就放下的話，不如不做的好。

※-만 못하다則是表示「不如……」，有比較的意思。

·檢測一下（8）

一、用否定합쇼體回答

1. 이 음식이 맵지 않아요?

   아니오, _____ .

2. 요즘 회사에 나갑니까?

   아니오, _____ .

3. 제가 그 학생에게 전화를 걸까요?

   아니오, _____ .

4. 우리 그 사람을 만나 볼까요?

   아니오, _____ .

5. 운전을 할 수 있습니까?

   아니오, _____ .

6. 날마다 운동을 하십니까?

   아니오, 시간이 없어서 _____ .

7. 중국어를 아십니까?

   아니오, _____ .

8. 이 물건이 쌉니까?

   아니오, _____ .

9. 시계가 있습니까?

   아니오, _____ .

壹、品詞篇

貳、語尾篇

參、述語及接辭篇

肆、韓檢預備篇（考古題）

伍、韓檢預備篇（模擬試題）

10. 미안하지만, 의사 선생님입니까?

　　 아니오, ＿＿＿＿＿＿＿＿＿＿＿＿＿＿＿＿＿＿.

·檢測一下（8）解答

一、用否定합쇼體回答

1. 맵지 않습니다

2. 나가지 않습니다

3. 걸지 마십시오

4. 만나지 맙시다

5. 할 수 없습니다

6. 하지 못합니다

7. 모릅니다

8. 싸지 않습니다

9. 없습니다

10. 의사가 아닙니다

壹、品詞篇

貳、語尾篇

參、述語及接辭篇

肆、韓檢預備篇（考古題）

伍、韓檢預備篇（模擬試題）

·三、被動與使動·

被動與使動各有以下2種方法可以形成：

1. **在動詞語根加被動接尾辭-이、히、리、기形成「被動形」，在動詞語根加使動接尾辭-이、히、리、기、우、추形成「使動詞」，此種方法形成者稱為「短形」。**

2. **長形被動與長形使動有所不同，「被動」是「在動詞語根加補助連結語尾-아(어、여)지다」形成，而「使動」是「在動詞語根加補助連結語尾-게 하다」形成，長形比短形使用範圍更廣泛。**

（一）被動

1. 短形被動

短形被動式由他動詞加上被動接尾辭-이、-히、-리、-기而成，一動詞應選擇何種接尾辭是動詞個別的問題。

短形被動表：

被動接尾辭	例
-이-	꺾이다、보이다、섞이다、쌓이다、쓰이다、파이다
-히-	닫히다、먹히다、묻히다、뽑히다、얹히다、업히다、잡히다
-리-	걸리다、눌리다、들리다、뚫리다、물리다、밀리다、빨리다、열리다、풀리다
-기-	감기다、끊기다、빼앗기다、씻기다、안기다、쫓기다

> 저기 남산이 보입니다.
> 可見到那邊的南山。

> 철수가 반장으로 <u>뽑혔</u>습니다.
> 哲洙被選為班長。

> 문이 저절로 <u>열렸</u>어요.
> 門自動打開了。

> 아이가 엄마 품에 <u>안겨</u> 있습니다.
> 小孩被媽媽抱在懷裡。

> 도둑이 경찰에게 <u>잡혔</u>어요.
> 小偷被警察捉到了。

2. 長形被動

長形被動是由動作動詞加-어(아、여)지다而形成的形態，但並非所有的動詞都可加。

長形被動表：

補助連結語尾	例
-어(아、여)지다	깨어지다、밝혀지다、써지다、이루어지다、풀어지다

> 이 연필은 글씨가 잘 <u>써집</u>니다.
> 這支鉛筆很好寫。

> 아이들이 던진 공에 유리창이 <u>깨어졌</u>어요.
> 因為小孩們丟球，玻璃窗就被打破了。

> 범인이 누구인지 언젠가는 <u>밝혀지</u>겠지요.
> 犯人是誰，總有一天會被揭露出來的。

壹、品詞篇

貳、語尾篇

參、述語及接辭篇

肆、韓檢預備篇（考古題）

伍、韓檢預備篇（模擬試題）

> 잘 묶이지 않아서 매듭이 풀어졌어요.
> 因為沒有綁好，所以結就被解開了。

> 모든 사람의 소망이 이루어진다면 얼마나 좋겠어요.
> 如果大家的願望都實現的話，那該有多好。

3. 另外還有一種被動形態是「語幹＋게 되다」，可以表達3種意念

(1) 表達「……起來」、「……了」的意思

> 이 모든 건설을 다 완수하게 되면 우리의 경제는 발달될 것있다.
> 如果這些建設都完成的話，我們的經濟將會發達。

(2) 表達「可能、可以、將會」的意思

> 아저씨, 얼마나 있으면 사과를 먹게 되나요?
> 大叔，要多久可以吃到蘋果呢？

(3) 表達「被允許、被決定」的意思

> 나도 대학에 입학하게 되었어요.
> 我也（被錄取）要進大學了。

> 이선생, 이 일은 언제쯤 하게 됩니까?
> 李先生，這件工作（決定）何時進行呢？

（二）使動

1. 短形使動

短形使動是在自動詞、他動詞、狀態動詞語幹加接尾辭-이、-히、-리、-기、-우、-추形成的，隨動詞不同而接不同的接尾辭。

短形使動表：

使動接尾辭	動詞種類	例
-이-	自動詞	녹이다、붙이다、속이다、죽이다、줄이다
	他動詞	먹이다、보이다
	狀態動詞	높이다
-히-	自動詞	앉히다、익히다
	他動詞	묻히다、얽히다、입히다
	狀態動詞	넓히다、밝히다、좁히다
-리-	自動詞	날리다、놀리다、돌리다、살리다、얼리다、울리다
	他動詞	들리다、알리다、열리다、물리다
-기-	自動詞	남기다、숨기다、웃기다
	他動詞	감기다、맡기다、벗기다
-우-	自動詞	깨우다、비우다、세우다、재우다、채우다
	他動詞	새우다、지우다
-추-	自動詞	낮추다、늦추다、맞추다

> ➤ 고양이가 쥐를 <u>죽였</u>습니다.
> 貓殺死了老鼠。

> 어머니가 아이에게 예쁜 옷을 <u>입혀</u> 줍니다.
> 媽媽給孩子穿穿上漂亮的衣服。

> 음식을 남기지 말고 다 드세요.
> 別留食物，請全部吃掉。

> 철수는 그만 아기를 <u>울리고</u> 말았습니다.
> 結果哲洙就那樣把嬰兒弄哭了。

> 잠자는 사람을 <u>깨우지</u> 말아요.
> 勿叫醒睡覺的人。

2. 長形使動

　　在自動詞、他動詞、狀態動詞語幹加-게 하다則成長形使動。其使用範圍較短形使動為廣。

長形使動表：

補助連結語尾	例
-게 하다	가게 하다、먹게 하다、밝게 하다、보게 하다、슬프게 하다、쓰게 하다、읽게 하다、푸르게 하다、하게 하다

> 선생님이 그 학생을 일찍 집에 <u>가게</u> 하셨어요.
> 老師讓學生早些回家去。

> 어머니가 아이에게 예쁜 옷을 <u>입게</u> 하셨습니다.
> 媽媽讓小孩穿上漂亮的衣服。

> 그분의 죽음이 우리를 <u>슬프게</u> 합니다.
> 那人的死令我們很傷悲。

➤ 의사가 동생에게 안경을 <u>쓰게</u> 했어요.
　醫師讓弟弟戴眼鏡。

➤ 방을 너무 춥게 해서 감기가 들었어요.
　因為房間太冷，所以我感冒了。

※同一動詞可以用在短形使動和長形使動，但他們之間在意義上有差別，用「短形使動時對主體的行為是直接的」，用「長形使動時其行為是間接的」。比較下列例句可以得知。

➤ 어머니가 아이에게 예쁜 옷을 <u>입히</u>셨어요.
　媽媽幫小孩穿漂亮的衣服。

➤ 어머니가 아이에게 예쁜 옷을 <u>입게</u> 하셨어요.
　媽媽讓孩子穿漂亮的衣服。

➤ 할머니께서 동생에게 감기약을 <u>먹이</u>셨어요.
　奶奶餵弟弟吃感冒藥。

➤ 할머니께서 동생에게 감기약을 <u>먹게</u> 하셨어요.
　奶奶讓弟弟吃感冒藥。

➤ 의사가 환자를 의자에 <u>앉혔</u>습니다.
　醫師引導病人坐在椅子上。

➤ 의사가 환자를 의자에 <u>앉게</u> 하였습니다.
　醫師叫病人坐在椅子上。

➤ 선생님께서 철수에게 책을 <u>읽히</u>셨습니다.
　老師要哲洙讀書。

壹、品詞篇

貳、語尾篇

參、述語及接辭篇

肆、韓檢預備篇（考古題）

伍、韓檢預備篇（模擬試題）

> ➤ 선생님께서 철수에게 책을 <u>읽게 하</u>셨습니다.
> 老師使哲洙讀書。

> ➤ 그 친구가 우리들을 <u>웃겼</u>습니다.
> 那個朋友逗我們笑。

> ➤ 그 친구가 우리들을 <u>웃게 하</u>였습니다.
> 那個朋友讓我們發笑。

3. 另外還有一種使動形態是「하다類動詞的-하다變為시키다」

노래하다	唱歌	노래시키다	使之唱歌
입학하다	入學	입학시키다	使之入學、送入學校

> ➤ 어머니는 딸에게 <u>노래시켰다</u>.
> 媽媽讓女兒唱歌。

> ➤ 막내딸을 <u>입학시키</u>려고 한다.
> 想使么女入學。

檢測一下（9）

一、填入被動形態動詞

1. 문 좀 열어 주세요.

   저쪽의 (　　　　　) 문으로 들어오세요.

2. 박양을 우리 대표로 뽑았습니다.

   대표로 (　　　　　) 소감을 들어 볼까요?

3. 그 사람과의 교제를 끊어.

   편지 (　　　　　) 지가 오래 되었어요.

4. 양식이 먹고 싶다고 하셨지요? 많이 드세요.

   음식이 많으니까 (　　　　　) 지 않는군요.

5. 이 방송을 잘 듣고 설명해 주세요.

   잡음이 많아서 잘 (　　　　　) 지 않아요.

6. 개가 다리를 물었어요.

   (　　　　　) 다리에 약을 바르세요.

7. 아이가 너무 우는데 좀 안아 주세요.

   그 아이가 나에게 (　　　　　)지 않아요.

8. 문을 누가 닫았어요?

   바람이 불어서 저절로 (　　　　　).

9. 아이들이 돌아왔으니 마음을 놓으세요.

   예, 이젠 마음이 (　　　　　).

10. 오랫만에 산을 보니까 기분이 좋군요.

　　저기 (　　　　　　)는 저 산이 아리산입니까?

二、填入使動詞

1. 시끄러우니까 아이를 ＿＿＿＿＿ 지 마세요. (울다)

2. 졸업생은 저 앞 자리에 ＿＿＿＿＿ 세요. (앉다)

3. 그 차가 사람을 ＿＿＿＿＿ 고 도망 갔습니다. (죽다)

4. 나중에 오는 사람을 위해서 음식을 좀 ＿＿＿＿＿ 세요. (남다)

5. 집 ＿＿＿＿＿ 고 나갔다가 도둑을 맞았어요. (비다)

6. 그 아이가 졸려서 우는데 좀 ＿＿＿＿＿ 세요. (자다)

7. 길이 너무 좁아서 좀 ＿＿＿＿＿ 야 해요. (넓다)

8. 그 환자는 팔을 쓰지 못하니까 간호원이 음식을 ＿＿＿＿＿ 줍니다. (먹다)

9. 다 죽어가는 사람을 그 의사가 ＿＿＿＿＿ . (살다)

10. 무슨 일이든지 그 사람에게 ＿＿＿＿＿ 면 안심이 됩니다. (맡다)

檢測一下（9）解答

一、填入被動形態動詞

1. 열린　2. 뽑힌　3. 끊긴　4. 먹히　5. 들리

6. 물린　7. 안기　8. 닫혔습니다　9. 놓입니다　10. 돌리다

二、填入使動詞

1. 울리　2. 앉히　3. 죽이　4. 남기　5. 비우고

6. 재우　7. 넓혀　8. 먹여　9. 살렸어요　10. 맡기

壹、品詞篇

貳、語尾篇

參、述語及接辭篇

肆、韓檢預備篇（考古題）

伍、韓檢預備篇（模擬試題）

四、引述法

　　所謂引述法是指不管時空的間隔，引用別人的話語或文句來敘述或傳述一種疑問、命令或提案的語言形式與法則。可分為「直接引述法」和「間接引述法」2種。

　　「直接引述法」就是「說話者將別人說過的話或寫出的文句，一字不變的引用過來」的說法。而「間接引述法」則是「說話者站在傳述者的立場將他人的話語或文句轉變為自己的口吻來表現」的說法。

（一）直接引述法

　　其文句大多為於引號「" "」之後加「하고或라고」之後再接動詞完成。

1. 主語＋助詞＋被傳述者에게＋ "被引用文"(이)라고／하고＋敘述語

> 그는 나에게 "내일은 눈이 내릴 것이다"라고 했습니다.
> 他對我說：「明天會下雪」。

> 선생님이 우리반 학생들에게 "내일은 시험을 치겠습니다"라고 말했습니다.
> 老師對我們班同學說：「明天要考試」。

> 김 선생이 나에게 "매일 신문을 봅니까?"하고 묻더군요.
> 金先生問過我：「每天看報紙嗎？」。

> 어머님께서 동생에게 "철수야"하고 부르셨어요.
> 母親對弟弟喊：「哲洙啊！」。

> 이 형이 나에게 "어제 너도 큰 절 구경했느냐"하고 물으신다.
> 李兄問我說：「昨天你也參觀了大廟嗎？」。

2. 主語＋助詞＋表達動詞名詞形를＋ "被引用文" (이)라고／고 하다

> 그는 말하기를 "타이페이는 내 제이고향입니다"라고 하였다.
> 他說：「台北是我的第二故鄉」。

> 그는 대답하기를 "엄마가 잘 알거예요"라고 하였더라.
> 他回答說：「媽媽會知道的」。

> 부대장은 명령하기를 "앞으로 가!"라고 했어요.
> 部隊長命令了：「向前走！」。

> 그는 선생님께 보고하기를 "같이 온 동창생 한명이 바다에 빠졌어요"라고 하였는데.
> 他向老師報告說：「一起來的同學中，有一名掉到海裡了」。

> 공자님이 말씀하시기를 "먼 데서 찾아온 친구가 있으니 얼마나 기쁜 일이 아니냐?"고 하셨다.
> 子曰：「有朋自遠方來，不亦樂乎？」。

3. 把表達動詞放在句尾做敘述語，前面加하고即成。

> 그는 "아냐, 나 혼자 그렇게 한거 아니야"하고 변명하였다.
> 他辯解說：「不，不是我一個人那麼做的」。

> 그는 친구들에게 "애들아, 빨리 이쪽을로 와!"하고 외쳤다.
> 他大聲地對朋友叫道：「你們呀！趕快到這邊來！」

壹、品詞篇

貳、語尾篇

參、述語及接辭篇

肆、韓檢預備篇（考古題）

伍、韓檢預備篇（模擬試題）

> 어머니가 딸에게 "아버지를 못 봤나?"<u>하고</u> 물었다.
> 媽媽問女兒：「沒看到爸爸嗎？」

4. 把原話直接引入，不加其他任何敘述語，小說中常出現

> 점심 먹었어요?
> 吃過午餐了嗎？

> 네, 먹었어요.
> 是，吃過了。

> 언제 먹었어요?
> 什麼時候吃的？

> 한 시에 먹었어요.
> 一點吃的。

> 매일 한 시에 먹어요?
> 每天一點吃嗎？

> 보통 한 시에 먹어요.
> 平常都一點吃。

（二）間接引述法

間接引述法是說話者將別人的語句先轉變為自己的話語來轉述的引用法。

間接引用句較為複雜，可分為敘述句、疑問句、命令句、勸誘句等多種句法。

1. 平敘句的引述法

A -다고 하다／-라고 하다

B -다고 보다／-라고 보다

C -다면서 ＝ -다고 하면서

D -다니까 ＝ -다고 하니까

> 그는 동생이 학교에 <u>간답니다</u>.(=간다고 합니다.)
> 他說弟弟去上學了。

➤ 그 여자는 교환학생이래요.(=이라고 해요.)
據說她是交換學生。

➤ 이번 여름방학에는 학생들이 한국에 갈 거래요.
據說這次暑假學生們要去韓國。

➤ 이번 시험 문제가 어려우리라고 봅니다.
我想這次考試題目可能會很難。

➤ 어제 본 영화가 재미있더랍니다.
說是昨天看的電影很有趣。

➤ 서울의 가을 하늘은 굉장히 프르다니까요.
由於人們說首爾秋天天空極其蔚藍。

2. 疑問句的引述法

A　-냐／-냐고 하다／묻다

B　-는가를 하다／묻다

➤ 그는 길에서 만나자마자 어디 가느냐고 물었어요.
他在路上一見面就問要去那兒？

➤ 선생님은 학생들에게 알겠느냐고 몇 번이나 되물었습니다.
老師反覆幾次問學生懂了嗎？

➤ 인수는 철수가 도서관에 있는가를 물었다.
仁洙問說哲洙在圖書館嗎？

壹、品詞篇

貳、語尾篇

參、述語及接辭篇

肆、韓檢預備篇（考古題）

伍、韓檢預備篇（模擬試題）

> 그렇게 하면 좋을까를 어머님한테 물었다.
> 問媽媽那樣做好不好。

> 동생에게 엄마가 언제 돌아오시겠느냐를 물었다.
> 問弟弟媽媽什麼時候要回來。

3. 命令句的引述法

A -(으)라고 말했다／타일렀다

> 형이 나에게 빨리 운동장에 오라고 말했다.
> 哥哥叫我趕快到運動場來。

> 선생님은 젊은이들에게 오늘의 이 교훈을 잊지 말라고 타일렀다.
> 老師勸年輕人不要忘記今天這個教訓。

4. 勸誘句的引述法

A -자고 하다／말하다

> 그는 같이 학교에 가자고 합니다.
> 他說一起去學校吧。

> 선생님은 학생들에게 자기 앞날을 위하여 열심히 배우자고
> 말했어요.
> 老師勸學生為了自己將來一起努力學習。

（三）引用句的呼應

　　「直接引用句」轉變為「間接引用句」時，有些語詞如：人稱代名詞、指示代名詞、時間副詞等需要改變。尊卑法中加時的呈現，另

外，疑問句、命令句、勸誘句的引用也有所改變，這是引用句的呼應法。

> ➤ 과장은 "이 문제는 제가 <u>풀겠습니다</u>"라고 말했습니다.
> 課長説：「這問題我來解決」。（直接引用）

> ➤ 과장은 그 문데는 자기가 <u>풀겠다</u>고 말했습니다.
> 課長説那個問題他自己解決。（間接引用）

> ➤ 그는 "저는 어제 <u>도착했습니다</u>"라고 말했어요.
> 他説：「我昨天到的」。（直接引用）

> ➤ 그는 자기가 그 전날 <u>도착했다</u>고 말했어요.
> 他説他自己是前一天到的。（間接引用）

> ➤ 선생님께서 "내가 <u>가겠다</u>"라고 말씀하셨다.
> 老師説：「我要去」。（直接引用）

> ➤ 선생님께서 자신이 <u>가시겠다</u>고 말씀하셨다.
> 老師説他自己要去。（間接引用）

> ➤ 그는 "물 한잔 좀 <u>주십시오</u>"라고 부탁했다.
> 他拜託我説：「請給我一杯水」。（直接引用）

> ➤ 그는 물 한잔 <u>달라</u>고 부탁했다.
> 他向我要求給他一杯水。（間接引用）

> ➤ 아버지는 "오늘 신문을 <u>보여줘</u>"라고 말하셨습니다.
> 爸爸説：「今天的報紙拿給我看」。（直接引用）

壹、品詞篇

貳、語尾篇

參、述語及接辭篇

肆、韓檢預備篇（考古題）

伍、韓檢預備篇（模擬試題）

➤ 아버지가 오늘 신문을 <u>보여 달라</u>고 하셨어요.
爸爸要（我）拿今天的報紙給他看。（間接引用）

（四）間接引用還原為直接引用

➤ 그는 어머님께 신발을 <u>사달라</u>고 했습니다.
他要求媽媽買鞋子給他。

➤ 그는 "신발을 <u>사주십시오</u>"라고 어머님께 말했다.
他對媽媽說：「請買鞋子給我。」

➤ 어머니가 빨리 학교에 <u>가라</u>고 하셨어요.
媽媽說快去上學。

➤ 어머니는 "빨리 학교에 <u>가거라</u>"하고 말씀하셨다.
媽媽說：「快去上學！」

➤ 그애가 친구에게 영어를 열심히 공부하<u>자</u>고 했어요.
他對朋友說一起努力學習英語吧。

➤ 그애는 친구에게 "영어를 열심히 <u>공부합시다</u>"라고 말했다.
他對朋友說：「我們一起努力學習英語吧！」

➤ 그 분은 저 남자가 의사냐고 <u>물었습니다</u>.
那位問說那個男子是不是醫生。

➤ 그 분은 "저 남자가 의사입니까?"라고 <u>물었다</u>.
那位問：「那男子是醫生嗎？」

> 토요일 밤에 여기 영화가 <u>있다</u>고 합니다.
>
> 據說星期六晚上這兒有電影。

> 누군가 "토요일 밤에 여기 영화가 <u>있습니다</u>"라고 말한다.
>
> 有人說：「這個星期六晚上這兒有電影。」

※副詞形引用助詞-고／라고表示引用話者的說話內容。

說明：

1. 間接引用時，被引用句中的主語或敘述語需做適當的改變，所以變成直接引用時

間接引用	→	直接引用
사달라	→	사주십시오
가(아)	→	가거라
자	→	합시다
(이)냐	→	입니까
있다	→	있습니다

2. 同時全句的述語也改變

間接引用	→	直接引用
했습니다	→	말했다
하셨어요	→	말씀하셨다
했어요	→	말했다
물었습니다	→	물었다
합니다	→	말한다

壹、品詞篇

貳、語尾篇

參、述語及接辭篇

肆、韓檢預備篇（考古題）

伍、韓檢預備篇（模擬試題）

五、接辭

有「接頭辭」與「接尾辭」2種，接腰辭在韓語中是不被認定的。加在語根前面的接辭稱為「接頭辭」，加在語根後面的接辭稱之為「接尾辭」，在接辭中有「限定性的接辭」、「僅添加意義的接辭」、「支配性的接辭」與「使品詞改變的接辭」等4種。

（一）接頭辭

接頭辭限制其後所接語根的意義，它不能改變語根的意義（所有限定性接辭），體言前的接辭與冠形詞相似，用言前的接辭與副詞相似，而冠形詞與副詞幾乎與所有被修飾語連結，但是接頭辭只能和少數幾個語根結合。

갓-、국-、날-、덧-、되-、들-、맏-、맞-、매-、맨-、벗-、새-、생-、설-、숫-、시-、알-、애-、엇-、외-、잔-、짓-、첫-、총-、최-、치-、한-、햇-、홀-、휘-⋯

1. 갓-

表示「現在剛……、才不過剛剛……」的意思。如：갓스물（剛20）、갓졸업（剛畢業）、갓결혼（剛結婚）、갓시집（剛出嫁）、갓낳다（剛出生）

> ➤ 이제 갓스물 난 처녀여서 한창 피어오르는구나!
> 現在才20出頭的少女，正如花似玉啊。

> 갓난 아기를 안으려니까 어떻게 안아야 할지 모르겠어요.
> 想抱剛出生的嬰兒，卻不知如何抱才好。

> 대학을 갓졸업해서 사회를 너무 몰라요.
> 由於大學剛畢業，對社會太不了解。

> 갓결혼한 새아씨가 떡을 가지고 왔어요.
> 剛結婚的新娘子帶糕餅來了。

> 갓시집 와서 시부모님이 어렵기만 하답니다.
> 剛嫁過來，據說公婆只會為難。

2. 덧-

　　有「再加、重」的意思。如：덧문（外層門）、덧버선（襪套）、덧니（虎牙）、덧신（鞋套）、덧칠하다（再上一層漆）、덧붙다（重疊）、덧붙이다（添加）、덧나다（加重）

> 겨울에 너무 추우니까 덧문을 달아야겠어요.
> 冬天太冷了，得加上外層門。

> 이 더운 때 덧버선은 왜 신습니까?
> 這麼熱的時候，幹嘛穿襪套呢？

> 그 분의 덧니는 매력이 있는데요.
> 他的小暴牙滿有魅力的。

> 덧신을 신었더니 구두가 하나도 젖지 않았어요.
> 穿上套鞋，皮鞋一點也沒濕。

> 벽지가 더러워져서 그 위에 <u>덧붙여</u>야겠어요.
> 壁紙髒了，得再貼上一層。

3. 되-

有「返回」、「再」的意思。如：되돌이표（反覆記號）、되새김질（反芻動作）、되돌아가다（返回）、되돌아보다（回頭看）、되묻다（反問）、되받다（反駁）、되살아나다（復活）、되새기다（重溫）、되씹다（重複說）、되찾다（找回）、되풀이하다（翻來覆去）

> <u>되돌이표</u>가 있으니까 여기는 반복해서 불러야 해요.
> 因為有反覆記號，所以這裡要反覆唱一次。

> 한국에 나왔다가 고향에 계신 어머님이 편찮으셔서 <u>되돌아갔</u>어요.
> 來到韓國，因為家鄉的母親生病，所以又回去了。

> 고등하교 시절을 <u>되새겨</u> 보세요.
> 請回憶高中時代的情景看看。

> 내가 물었는데 <u>되물으</u>면 어떻게 해?
> 我在問你，你卻反問我那怎麼辦？

> 내가 보기에 이 나무는 <u>되살아나기</u> 힘들 것 같아요.
> 我看這棵樹難以回生了。

4. 맞-

有「相對」、「面對」的意思。如：맞벌이（雙薪）、맞선（相親）、맞절（對拜）、맞대다（面對面）、맞들다（協力抬起）、맞바꾸다（對換）、맞서다（對抗）、맞잡다（攜手）、맞장구치다（敲邊鼓）

> 우린 맞선을 보고 결혼했습니다.
> 我們是相親結婚的。

> 머리를 맞대고 앉아 뭘 하고 있어요?
> 頭頂頭坐著在做什麼？

> 어린 것이 형과 맞서서 힘을 겨누겠대.
> 小弟弟和哥哥面對面說是要較量力氣。

> 그 선물이 마음에 안 들면 우리 맞바꿀까요?
> 如果你不喜歡那件禮物，要不要跟我對換？

> 요즘은 맞벌이 부부가 많아 아이들 문제가 심각합니다.
> 最近雙薪賺錢的夫婦很多，孩子的問題嚴重。

5. 매-

有「一一、每一、各個」的意思。如：매년（每年）、매달（每月）、매번（每次）、매사（每件事）、매시간（每個鐘頭）、매학기（每學期）

> 매년 성묘를 가는데도 가는 길을 찾기가 힘들어요.
> 即使每年都去掃墓，可是路很難找。

> 매달 전기세가 얼마나 됩니까?
>
> 每個月的電費多少？

> 그는 매번 야단맞아도 그 버릇을 고치지 못해요.
>
> 他每次挨罵，也改不了那習慣。

> 매사에 부지런한 사람이 오늘은 웬일일까?
>
> 樣樣都勤快的人，今天怎麼了？

> 오늘은 매시간 졸기만 했어요.
>
> 今天每節課都打瞌睡。

6. 새-

表顏色深而鮮明。如：새까맣다（烏黑）、샛노랗다（鮮黃）、새빨갛다（深紅）、새파랗다（蔚藍）、새하얗다（雪白）

> 그 사람은 머리가 새까맣습니다.
>
> 他的頭髮烏黑。

> 샛노란 옷을 입이니까 너무 눈에 띈다.
>
> 穿鮮黃色的衣服太引人注目了。

> 새빨간 구두에는 어떤 옷이 어울릴까요?
>
> 深紅色的皮鞋該配什麼衣服？

> 가을 하늘은 높고 새파랗습니다.
>
> 秋天天高又蔚藍。

> ▶ 담이 새하얘서 깨끗하기는 하지만 금방 더러워질 겁니다.
> 雪白的牆雖然乾淨，可是很快變髒。

7. 생-

　　表「未熟的、未加工的、毫無理由的硬要、無緣無故地」或「有關係的人未死尚活著」等的意思。如：생굴（生蚵）、생매장（活埋）、생쌀（生米）、생맥주（生啤酒）、생고생（吃苦）、생과부（活寡婦）、생이별（生離）

> ▶ 김장김치에 생굴을 좀 넣으면 맛이 훨씬 낫지요.
> （過冬的）泡菜裡加生蚵的話味道好得多。

> ▶ 생맥주를 시킬까요? 보통 맥주를 시킬까요?
> 要點生啤酒呢還是點普通啤酒呢？

> ▶ 거짓말로 생사람 잡으면 못 써요.
> 說謊陷害好人是不可以的。

> ▶ 능력있는 사람이 노동판에 가서 생고생하고 있어요.
> 有能力的人到勞動場所去吃苦頭。

> ▶ 남편이 출장을 가서 요즘은 생과부 노릇을 하고 있지요.
> 先生出差去了這幾天像個活寡婦。

8. 알-

　　有「丸狀的、光的、外表無遮蓋的、什麼也沒有的、一貧如洗的」等含意。如：알밤（栗子）、알사탕（圓的糖果）、알약（藥丸）、알몸（裸體）、알거지（窮光蛋）

> 그 <u>알밤</u> 참 먹음직스럽군.
> 那栗子真好吃的樣子。

> 아이들은 대개 <u>알사탕</u>을 좋아해.
> 孩子們大都喜歡丸狀糖果。

> 이 <u>알약</u>은 너무 커서 먹기가 힘들겠는데요.
> 這藥丸太大不好吞。

> <u>알몸</u>으로 삼팔선을 넘어 온 사람이 많습니다.
> 赤手空拳越過38度線來的人很多。

> 사업에 실패하여 <u>알거지</u>가 되고 말았어요.
> 事業失敗結果變成了窮光蛋。

9. 외-

表「只有一個」的意思。如：외길（單線道）、외나무다리（獨木橋）、외딸（獨生女）、외아들（獨生子）、외톨이（單身）

> 여긴 <u>외길</u>이어서 차가 다니기에는 너무 좁습니다.
> 這裡是單線道，車子通行太窄。

> <u>외나무다리</u>에 앉아 있으면 난 어떻게 지나가지?
> 你坐在獨木橋上我怎麼過去？

> 그녀는 <u>외딸</u>로 귀여움을 독차지하고 있어요.
> 他是獨生女，獨佔寵愛。

> 같이 다니던 친구가 결혼해서 <u>외톨이</u>가 되었습니다.
> 我一起的朋友結婚了，我變成掛單的了。

10. 잔-

有「小」或「細」的意思。如：잔기침（輕微的咳嗽）、잔글씨（小字）、잔돈（零錢）、잔돌（小石子）、잔병（小病）、잔소리（嘮叨）、잔심부름（打雜）、잔일（雜事）、잔주름（細紋）、잔털（細毛）

> 너무 <u>잔글씨</u>라 보기가 어렵습니다.
> 字太小，看起來吃力。

> 만원짜리를 <u>잔돈</u>으로 바꿔 주시겠습니까?
> 請把一萬元換成零錢給我好嗎？

> 크게는 앓지 않지만 <u>잔병</u>이 많아요.
> 大病沒有，小病纏身。

> 어머니의 <u>잔소리</u>가 듣기 싫어 집에 늦게 들어간답니다.
> 說是不喜歡聽媽媽嘮叨，所以晚回家。

> <u>잔심부름</u>은 언제나 막내가 하기 마련이지요.
> 小差事總都是老么做的吧。

11. 첫-

表「初次」的意思。如：첫걸음（第一步）、첫날（第一天）、첫눈（第一眼、初雪）、첫사랑（初戀）、첫인상（第一印象）

壹、品詞篇

貳、語尾篇

參、述語及接辭篇

肆、韓檢預備篇（考古題）

伍、韓檢預備篇（模擬試題）

> 무엇을 하든지 첫걸음이 중요합니다.
> 無論做什麼事，第一步最重要。

> 개학하는 첫날부터 공부를 합니까?
> 開學第一天就上課嗎？

> 첫눈에 반한 사람과 결혼했습니다.
> 跟一見鍾情的人結婚了。

> 그사람에 대한 첫인상이 어떻습니까?
> 對他的第一印象如何呢？

> 누구에게나 첫사랑은 잊을 수 없는 추억일 것이다.
> 初戀對任何人來說都是難以忘懷的回憶。

12. 총-

表「總、所有、全體」的意思。如：총계（總計）、총선거（總選舉）、총액（總額）、총예산（總預算）、총인구（總人口）、총재산（總財產）、총책임（總負責）

> 국회의원 총선거가 언제입니까?
> 國會議員總選是什麼時候？

> 동상을 건립하는 데 총예산을 얼마나 잡았습니까?
> 建一座銅像編多少預算？

> 총인구의 몇 분지 몇이 기독교인인가요?
> 總人口的幾分之幾是基督教人口？

> 실례지만 선생님 댁의 총재산이 얼마나 됩니까?
> 抱歉，您家裡總財產有多少？

> 이 작업의 총책임자는 누구입니까?
> 這項工作的總負責人是誰？

13. 최-

表「最、第一」的意思。如：최고（最好）、최근（最近）、최다수（最多數）、최상급（最高級）、최선두（最前面）、최선（最先）、최신식（最新型）、최첨단（最尖端）

> 그분의 솜씨는 최고예요.
> 他的手藝最佳。

> 최근에 나온 책으로 어떤 책이 좋아요?
> 最近出的書中，喜歡什麼書？

> 최다수가 선생님의 의견에 동의를 했습니다.
> 絕大多數同意您的意見。

> 저 행열의 최선두에 선 사람이 누구입니까?
> 站在那隊伍最前面的是誰？

> 그 분은 유행의 최첨단을 걷고 있다고 할 수 있지요.
> 他可以說是走在流行的最前端。

14. 풋-

表「未成熟的、新的、青澀的」的意思。如：풋고추（青辣椒）、

풋나물（新鮮蔬菜）、풋내기（新手）、풋사과（青蘋果）、풋사랑（初戀之情）

> ＞ 그 작은 풋고추가 꽤 매운데요.
> 那小青辣椒滿辣的。

> ＞ 봄에는 풋나물을 먹어야 입맛이 돌아요.
> 春天要吃新鮮的蔬菜才合口味（味香）。

> ＞ 회사에 들어온 지 얼마 안 된 풋내기가 여간 당당 하지 않은데요.
> 才來公司的新手很神氣的嘛。

> ＞ 풋사과라 아직 맛이 덜 들었습니다.
> 是青澀蘋果，還不好吃。

> ＞ 풋사랑에 빠져 갈팡질팡하고 있어요.
> 掉入青澀的愛情中而不知所措。

15. 햇-

表「新出的」意思。如：햇감자（新馬鈴薯）、햇곡식（新穀物）、햇과일（鮮果）、햇나물（新鮮的蔬菜）、햇사과（新出的蘋果）、햅쌀（新米；慣用語，不用햇쌀）

> ＞ 햇감자라 입에서 살살 녹아요.
> 是新出的馬鈴薯，在嘴裡一咬就融化了。

> ＞ 추석에는 햇곡식으로 밥을 지어요.
> 在中秋節拿當令穀物做飯。

> 햇과일이 나올 때가 되었는데 금년에는 좀 늦나봐요.
> 是鮮果上市的時候了，今年好像晚了些。

> 햇나물은 더 부드럽고 맛도 좋지요.
> 新出的蔬菜更嫩味道也好。

> 햅쌀로 빚은 떡 좀 맛보세요.
> 請嚐嚐用新米做的米糕。

16. 한-

表「盛時」或「正中央、大的」的意思。如：한길（大馬路）、한밤중（大半夜）、한가운데（正中央）、한겨울（嚴冬）、한여름（盛夏）、한마음（同心）、한날한시（同日同時）

> 한길에 나가 썰매 타던 시절이 언제죠?
> 以前到大路上坐雪橇是什麼時候的事了？

> 한밤중에 전화가 와서 잠을 깨웠어요.
> 半夜裡來電話，睡覺被吵醒了。

> 그 상은 방 한가운데 놓으면 어때요?
> 把那張桌子放在房間中央如何？

> 한겨울인데 그렇게 춥지 않아요.
> 是嚴冬，可是不怎麼冷。

> 우리는 한날한시에 태어난 동갑입니다.
> 我們是同日同時辰生的同庚。

17. 홀-

表「單一」或「不成雙」的意思。如：홀몸（單身）、홀수（單數）、홀아비（鰥夫）、홀어머니（寡母）、홀시어머니（守寡的婆婆）

> ➤ 홀시어머니 모시기가 얼마나 어여운지 알아요?
> 侍奉守寡婆婆有多難，你知道嗎？

> ➤ 홀어머니를 모시고 살아요.
> 侍奉寡母過活。

> ➤ 홀아비는 이가 서말이라는 말이 있는데 무슨뜻인지 아세요?
> 有道是「鰥夫蝨子三斗」，你知道它的意義嗎？

> ➤ 홀수는 홀수끼리, 짝수는 짝수끼리 손을 잡으세요.
> 單數跟單數的，雙數跟雙數的，請手牽手。

> ➤ 홀몸도 아닌데 몸을 잘 돌봐야 해요.
> 又不是單身所以要好好照顧身體。

（二）接尾辭

在接尾辭裡，除了有「僅限制語根」的意思，也有「給予名詞一定資格」的功能，因此語根衍生為名詞、動詞或副詞。而被動、使動也原屬接尾辭的範圍，已於本篇《三、被動與使動》（p.302）論述過，此處不再贅述。

名詞：-감、-경、-군、-껏、-꾸러기、-끼리、-님、-들、-뱅이、-보、-새、-씨、-씩、-어치、-장이、-중、-질、-짜리、-쯤、-치、-기、-개、-(으)ㅁ、-이

動詞：-거리다、-대다、-뜨리다、-만하다、-치다
狀態動詞：-다랗다、-답다、-롭다、-스럽다、-쩍다
副詞：-로、-이

1. -간

　　表「兩者之間」、「期間」的意思。如：부자간（父子間）、형제간（兄弟間）、서울과　부산간（首爾與釜山間）、며칠간（幾天之內）

> 부자간에 무슨 문제가 있는 것 같아요.
> 父子之間好像有什麼問題的樣子。

> 형제간이 얼마나 좋은지 모릅니다.
> 兄弟之間不知道有多好。

> 서울과 무부산간의 거리가 어떻게 돼죠?
> 首爾和釜山之間的距離有多少？

> 며칠간의 여유만 주시면 빌린 돈을 갚겠습니다.
> 請寬限幾天，我一定還清借款。

> 삼일간의 휴가로 바닷가에 갔다 왔습니다.
> 利用三天的休假到海邊去了一趟。

2. -감

　　表「遊戲的道具」、「某些工作的材料」或「合乎先行名詞所指的身分、地位、資格的人」，還有表現感覺的漢字接尾辭「感」。如：장난감（玩具）、일감（工作）、국거릿감（湯料）、사윗감（做女婿的料）、며느릿감（做媳婦的料）、신붓감（準新娘）、신랑감（

準新郎）、책임감（責任感）、우월감（優越感）、비굴감（卑屈感）、열등감（劣等感）

> 오늘 우리 아이 생일이니까 <u>장난감</u>을 사 가지고 가지.
> 今天我的孩子生日，所以買玩具回去。

> <u>일감</u>이 너무 많아 해도 해도 끝이 안 나요.
> 事情太多做也做不完。

> 좋은 <u>며느릿감</u>이 있으면 중매 서세요.
> 有好女孩可做媳婦的話請幫忙做媒。

> 우리 회사에는 자신있게 소개할 만한 <u>신부감</u>이 많아요.
> 我們公司有許多自信值得介紹做媳婦的女孩子。

> 그 분은 <u>책임감</u>이 강해서 저렇게 늦게까지 일하고 있어요.
> 他的責任心重，所以那麼晚還在工作。

3. -거리다

一直重複前面名詞同樣的動作，可用「대다」代替之。如：굼실거리다（卑躬屈膝）、기웃거리다（東張西望）、깜빡거리다（眨）、꼬불거리다（蠕動）、더듬거리다（結巴）、두근거리다（忐忑）、반짝거리다（閃爍）、북적거리다（人來人往）、비쭉거리다（癟嘴）、얼씬거리다（閃現人影）、재잘거리다（喋喋不休）、중얼거리다（喃喃自語）、출렁거리다（蕩漾）、투덜거리다（發牢騷）、헐떡거리다（氣喘吁吁）、화끈거리다（滾燙燙）、흐느적거리다（搖曳）

> 남의 밑에 가서 일하자면 굽실거려야 해요?
> 在別人手下工作，得要哈腰逢迎嗎？

> 낯선 사람이 우리 집을 기웃거리고 있어요.
> 有陌生人在我家探頭探腦的。

> 무엇이 불안한지 눈을 깜빡거리고 있습니다.
> 不知什麼不安，眼睛眨呀眨的。

> 더듬거리지 말고 천천히 이야기 해봐요.
> 不要結結巴巴的，慢慢地說看看。

> 남대문시장엔 사람들이 북적대요.
> 據說南大門市場是人擠人的。

4. -다랗다

　　置於狀態動詞語幹後，使其意義更清楚明白的表達。如：굵다랗다（粗）、높다랗다（高）、커다랗다（碩大）、길다랗다（長）、가느다랗다（纖細）

> 나무들이 굵다랗게 잘 자랐습니다.
> 樹木長得粗壯。

> 저 높다란 하늘 좀 보세요.
> 請看那高高的天空。

> 동그라미를 커다랗게 그려서 무얼 하려고 합니까?
> 畫個大圓圈想做什麼？

壹、品詞篇

貳、語尾篇

參、述語及接辭篇

肆、韓檢預備篇（考古題）

伍、韓檢預備篇（模擬試題）

> 길다란 나무 가지 하나 가져다 주시겠어요?
> 請拿一枝長長的樹枝給我好嗎？

> 허리가 너무 가느다래서 어디 힘을 쓰겠어요?
> 說因為腰太細了，哪裡使得了力？

5. -답다

置於名詞後，表現此名詞所有的性質或特性，變成一個狀態動詞。如：학생답다（像學生）、여자답다（像女人）、군인답다（像軍人）、신사답다（像紳士）、교육자답다（像教育家）

> 학생은 학생답게 행동해야 한다.
> 學生就要像學生的樣子。

> 그녀는 여자다운 데가 하나도 없어요.
> 他身上沒有一點像女生的樣子。

> 군인답다고 하면 씩씩하고 용감한 것을 말합니다.
> 所謂的像個軍人，就是指雄糾糾，勇敢的樣子。

> 신사답지 않게 여성에게 그런 행동을 하다니…
> 對女人做些非紳士的行動、怎麼可以……

> 그는 교육자답게 조언을 잘 해 주셨습니다.
> 他像個教育家一樣給我指教。

6. -답시고

置於用言之後，表-다고（如何）、하려고 한다는 것이（想要做的）

的意思，在譏諷狀態或言行時使用。

> 그 일을 자기가 한답시고 앞장 서서 나갔습니다.
> 他說自己要做那件事就挺身而出了。

> 잘 고쳐 본답시고 한 것이 더 못 쓰게 만들었어요.
> 說要修理好，卻修得更不能用了。

> 일을 혼자 한답시고 가져 가더니 왜 도로 가져왔습니까?
> 他說要自己一人做而拿走了，怎麼又拿回來了呢？

> 돈을 좀 벌었답시고 마구 써 버리고 있습니다.
> 說什麼要賺錢，卻在亂花。

> 힘깨나 쓴답시고 어깨에 힘을 주고 다닙니다.
> 他說要盡全力做，卻端起架子。

7. -롭다

　　置於部分用言之後，表示承認那樣的意思，變成一個狀態動詞。
如：자유롭다（自由）、신기롭다（神奇）、해롭다（有害）、공교롭다
（碰巧）、슬기롭다（聰穎）、이롭다（有利的）、향기롭다（有香
味）

> 어디에도 얽매이지 않고 자유롭게 살고 싶다.
> 我不想受任何拘束，想自由自在地生活。

> 록키산맥이야말로 웅장하고 신비로워.
> 洛杉磯山脈實在是雄壯又神秘。

> 몸에 해로운 담배를 왜 피우지?
> 為什麼要抽對身體有害的菸呢？

> 본의는 아니었는데 공교롭게 그 분에게 실망을 주게 되었습니다.
> 那不是本意，只是恰巧讓他失望了。

> 부부간의 문제는 슬기롭게 잘 넘겨야 해요.
> 夫婦間的問題該有智慧地好好解決。

8. -만하다

以先行名詞做基準，表示其大小、數量、價值判斷的程度、水準僅到達某程度。

> 그 개는 송아지만하다.
> 那隻狗像小牛般。

> 병세가 그만한 것 같습니다.
> 病情好像有那麼樣（嚴重）。

> 형만한 아우도 없는 것 같아요.
> 好像也沒有像哥哥一般的弟弟。

> 아무리 보아도 우리 집만한 집이 없어요.
> 再怎麼看都沒有像我們家一樣的家。

> 주먹만한 돌에 맞았어요.
> 被拳頭般大的石頭打到了。

9. -스럽다

置於名詞之後，變成狀態動詞，表示보기에 그럴 만하다（看起來有那樣的價值、看起來像是那樣子）的意思。如：사랑스럽다（可愛）、자랑스럽다（炫耀）、걱정스럽다（擔心）、조심스럽다（小心）、별스럽다（特別）、변덕스럽다（無常）

> ➤ 그 아이 정말 사랑스럽게 생겼어요.
> 那孩子長得真可愛。

> ➤ 자랑스러운 우리 딸! 금메달을 따다니.
> 引以自豪的我的女兒！竟摘了金牌。

> ➤ 그는 걱정스러운 표정으로 나를 쳐다 본다.
> 他用擔憂的表情注視著我。

壹、品詞篇

貳、語尾篇

參、述語及接辭篇

肆、韓檢預備篇（考古題）

伍、韓檢預備篇（模擬試題）

檢測一下（10）

一、改寫成間接引用法

1. 선생님이 "떠들지 마세요"라고 말하십니다.

    → _____

2. 그는 "네가 이것을 그렸니?"하고 물었습니다.

    → _____

3. 한 사람이 "반대하지 맙시다"하고 선동합니다.

    → _____

4. 그 아이가 "노래를 가르쳐 주세요"하고 조릅니다.

    → _____

5. 동생은 "그 분이 누굽니까"라고 묻습니다.

    → _____

6. 영철이 "몇 시에 수업이 끝납니까?" 하고 묻습니다.

    → _____

7. 그 학생은 "이것이 제 책입니다"라고 말했습니다.

    → _____

8. 철수는 "제가 방 청소를 했습니다"라고 대답했습니다.

    → _____

9. 라디오에서 "오늘 비가 옵니다"라고 말했습니다.

    → _____

10. 그는 "아침마다 신문을 읽습니다"라고 말했습니다.

→ _____

壹、品詞篇

貳、語尾篇

參、述語及接辭篇

肆、韓檢預備篇（考古題）

伍、韓檢預備篇（模擬試題）

檢測一下（10）解答

一、改寫成間接引用法

1. 선생님이 떠들지 말라고 하십니다.

2. 그는 네가 이것을 그렸냐고 물었습니다.

3. 한 사람이 반대하지 말라고 선동합니다.

4. 그 아이가 노래를 가르쳐 달라고 조릅니다.

5. 동생은 그분이 누구냐고 묻습니다.

6. 영철이 몇 시에 수업이 끝나냐고 묻습니다.

7. 그 학생은 이것이 자기 책이라고 말했습니다.

8. 철수는 자기가 방 청소를 했다고 대답했습니다.

9. 라디오에서 오늘 비가 온다고 했습니다.

10. 그는 아침마다 신문을 읽는다고 했습니다.

肆、韓語檢測預備篇 （考古題）

一 初級閱讀

（一）考古題（第1題-第15題）

（二）考古題翻譯與解析（第1題-第15題）

二 中級閱讀

（一）考古題（第16題-第25題）

（二）考古題翻譯與解析（第16題-第25題）

三 高級閱讀

（一）考古題（第26題-第35題）

（二）高級閱讀翻譯與解析（第26題-第35題）

四 初級寫作

（一）考古題（第1篇-第2篇）

（二）考古題翻譯與解析（第1篇-第2篇）

五 中級寫作

（一）考古題（第1篇-第2篇）

（二）考古題翻譯與解析（第1篇-第2篇）

六 高級寫作

（一）考古題（第1篇）

（二）考古題翻譯與解析（第1篇）

　　本書針對新韓語能力測驗（TOPIK）之閱讀與寫作練習，特別編寫了考古題與模擬試題2個部分，每個題目皆有翻譯與解析，另有補充生詞及句型，藉此讓學習者透過反覆練習，熟練新韓檢的測驗方式，好了解本身的韓語實力及應加強部分，做好準備俾參加能力測驗。本篇先就考古題做練習與解析；第五篇為模擬試題與解析。

一、初級閱讀　초급 읽기

（一）考古題（第1題-第15題）　기출문제(1번-15번)

[1-2] 다음의 내용과 같은 것을 고르십시오.

1. 제 친구는 가수입니다. 대학로에서 2년 동안 노래를 하고 있습니다. 유명한 가수는 아니지만 노래를 아주 잘합니다.

   ①제 친구는 유명합니다.

   ②제 친구는 노래를 잘 못합니다.

   ③제 친구는 가수가 되고 싶어합니다.

   ④제 친구는 대학로에서 노래를 합니다.

2. 오늘 친구하고 광화문 광장에 갔습니다. 세종대왕 동상 앞에서 사진을 찍었습니다. 한글로 제 이름도 써 보고 한글 전시관도 구경했습니다.

   ①오늘 한글 전시관에 갔습니다.

   ②혼자 광화문 광장에 갔습니다.

   ③세종대왕 동상을 보지 못했습니다.

   ④한글 전시관에서 사진을 찍었습니다.

[3-5] 다음을 읽고 중심 생각을 고르십시오.

3. 요즘 회사에 일이 많습니다. 날마다 집에 늦게 갑니다. 이번 주말에는 집에서 쉴 겁니다.

   ①저는 쉬고 싶습니다.

②저는 일을 좋아합니다.

③저는 집에서 일할 겁니다.

④저는 주말에 회사에 갈 겁니다.

4. 저는 요즘 약속을 자주 잊어버립니다. 그래서 오늘부터 꼭 수첩에 약속을 쓸 겁니다. 수첩에 약속을 쓰면 잊어버리지 않을 겁니다.

①저는 약속을 많이 합니다.

②약속을 하면 잘 지켜야 합니다.

③저는 메모하는 것을 좋아합니다.

④저는 오늘부터 메모를 할 겁니다.

5. 저는 비가 오면 기분이 좋습니다. 비가 내릴 때 창밖의 경치가 아름답습니다. 그리고 빗소리도 무척 듣기 좋습니다.

①빗소리가 시원합니다.

②창밖을 보면 기분이 좋습니다.

③창밖 경치가 무척 아름답습니다.

④저는 비가 오는 날씨를 좋아합니다.

....

[6-7] 다음을 읽고 물음에 답하십시오.

　　요즘 새로운 미용실이 생겼습니다. 이 곳은 미용사도 한 명이고 손님도 한 명입니다. 그래서 혼자 편하게 이용할 수 있습니다. 다른 손님이 없으니까 미용사도 더 친절합니다. 그리고 (㉠) 사람에게만 머리를 해 줘서 기다리지 않아도 됩니다.

6. ㉠에 들어갈 알맞은 말을 고르십시오.

①예약한

②주문한

③같이 오는

④자주 이용하는

7. 이 글의 내용과 같은 것을 고르십시오.

①이 미용실은 혼자 이용합니다.

②이 미용실은 오래 기다려야 합니다.

③이 미용실은 일하는 사람이 많습니다.

④이 미용실은 오래 전부터 있었습니다.

[8-9] 다음을 읽고 물음에 답하십시오.

(제목)

올해 여름부터 서울시에서는 모기 예보를 시작합니다. 모기 예보는 서울시 홈페이지에서 확인하실 수 있습니다. 모기가 적은 날은 흰색, 조금 많은 날은 노란색, 아주 많은 날은 빨간색으로 알려 드립니다. 특히 빨간색 예보 때는 밤에 공원에 나가지 않는 것이 좋습니다.

8. 이 글의 제목으로 알맞은 것을 고르십시오.

①모기 예보를 자주 해 주세요!

②외출 전 모기 예보를 확인하세요!

③색깔로 모기 예보를 알려 주세요!

④홈페이지에 모기 예보를 올려 주세요!

9. 이 글의 내용과 같은 것을 고르십시오.

①공원에 가면 모기 예보를 해 줍니다.

②노란색 예보는 모기가 없는 날입니다.

③1년 전보터 모기 예보를 시작했습니다.

④빨간색 예보 때는 밖에 안 나가는 게 좋습니다.

[10-11] 다음을 읽고 물음에 답하십시오.

소리로 그림을 감상하는 미술관이 있습니다. 이 미술관에는 그림을 소개해 주는 직원이 없습니다. 컴퓨터가 그림을 소개해 줍니다. 그림 옆에 있는 컴퓨터 화면에서 '듣기'를 선택하면 그림 소개를 받을 수 있습니다. (　㉠　) 그림을 감상하기 때문에 눈으로만 보는 것보다 그림을 더 잘 이해할 수 있습니다.

10. ㉠에 들어갈 알맞은 말을 고르십시오.

①눈으로 보면서

②연필로 그리면서

③소리로 들으면서

④손으로 만들면서

11. 이 글의 내용과 같은 것을 고르십시오.

①컴퓨터로 그림 설명을 듣습니다.

②컴퓨터로 그림을 볼 수 있습니다.

③미술관 직원과 함께 그림을 감상합니다.

④이 미술관에는 소리가 나는 그림이 있습니다.

[12-13] 다음을 읽고 물음에 답하십시오.

　　사람들을 보통 선물을 할 때 종이로 선물을 포장해서 줍니다. 하지만 저는 제가 직접 만든 가방에 선물을 넣어서 줍니다. (㉠) 선물을 받은 사람이 그 가방을 다시 사용할 수 있어서 좋습니다. 가방을 만들 때 시간이 오래 걸리지만 받는 사람들이 좋아해서 저도 기분이 좋습니다.

12. ㉠에 들어갈 알맞은 말을 고르십시오.

①그러면

②그러나

③그리고

④그런데

13. 이 글의 내용과 같은 것을 고르십시오.

①저는 선물로 가방을 사 줍니다.

②저는 선물로 가방을 받고 싶습니다.

③저는 선물 받은 가방을 다시 사용합니다.

④저는 직접 만든 가방에 선물을 넣어 줍니다.

壹、品詞篇

貳、語尾篇

參、述語及接辭篇

肆、韓檢預備篇（考古題）

伍、韓檢預備篇（模擬試題）

[14-15] 다음을 읽고 물음에 답하십시오.

　　남촌 초등학교 학생들은 금요일마다 학교 뒷산에 올라갑니다. (㉠)매주 산에 올라가면 건강에 좋기 때문입니다. (㉡)하지만 더 중요한 이유가 있습니다. (㉢)아이들은 토끼가 좋아하는 음식을 가지고 가서 토끼에게 줍니다. (㉣)이렇게 토끼를 기르면서 아이들은 엄마와 아빠가 되는 연습을 합니다.

14. 다음 문장이 들어갈 곳을 고르십시오.

그것은 바로 자기가 기르는 토끼에게 밥을 주는 것입니다.

　　①㉠

　　②㉡

　　③㉢

　　④㉣

15. 이 글의 내용과 같은 것을 고르십시오.

　　①학교 뒷산에서 토끼를 기릅니다.

　　②학생들은 매일 토끼를 보러 갑니다.

　　③학생들의 부모님이 토끼를 기릅니다.

　　④뒷산에 토끼가 좋아하는 음식이 있습니다.

解答

(1)❹	(2)❶	(3)❶	(4)❹	(5)❹
(6)❶	(7)❶	(8)❷	(9)❹	(10)❸
(11)❶	(12)❶	(13)❹	(14)❸	(15)❶

（二）考古題翻譯與解析（第1題-第15題）

[1-2] 請選出內容相同者。

1. 我朋友是歌手，在大學路唱歌有2年了。雖不是有名的歌手，但是很會唱歌。
   ①我朋友有名。
   ②我朋友很不會唱歌。
   ③我朋友想當歌手。
   ❹我朋友在大學路唱歌。

| 生詞＋句型 | • -고 있다 | 正在進行 |
| | • -고 싶어하다 | （第三人稱用）想 |

2. 今天我跟朋友去了光化門廣場，在世宗大王銅像前照了相，也用韓文試寫我的名字，並參觀了韓文展示館。
   ❶今天去了韓文展示館。
   ②我單獨去了光化門廣場。
   ③未能看到世宗大王銅像。
   ④在韓文展示館照了相。

| 生詞＋句型 | • 동상 | 銅像 |
| | • 사산을 찍다 | 照相 |

[3-5] 請選出中心思想。

3. 最近公司工作多，每天很晚回家。這個週末要在家休息。
   ❶我想休息。
   ②我喜歡工作。
   ③我會在家工作。
   ④我週末會去公司。

生詞＋句型	• 중심 생각	中心思想
	• -ㄹ 것이다	會……
	• 고 싶다	想

壹、品詞篇　貳、語尾篇　參、述語及接辭篇　肆、韓檢預備篇（考古題）　伍、韓檢預備篇（模擬試題）

4.　我近來常忘記約會，所以從今天起一定會在記事本記下約會。在記事本記下約會
的話就不會忘記。

①我約會多。

②約會訂了之後應當守約。

③我喜歡記下備忘錄。

❹我從今天起會記備忘錄。

生詞＋句型	• 잊어버리다	忘掉
	• 수첩	手冊、記事本
	• 지키다	遵守

5.　下雨的話我心情就好，下雨時窗外的景緻美，而且雨聲聽起來也好。

①雨聲涼爽。

②看窗外的話心情就好。

③窗外景緻很美。

❹我喜歡下雨天。

生詞＋句型	• 기분	心情
	• 빗소리	雨聲

[6-7] 請讀下文後回答問題。

　　近來開了新的美容院，它是由一名美容師服務一名客人。因此可以舒服地獨自
利用。因為沒有其他客人，美容師也更加親切。而且由於只給（　ㄱ　）的人做頭
髮，就不必等。

生詞＋句型	• 생기다	生（出）、長（動詞）
	• 편하게	舒服地
	• 이용하다	利用
	• -ㄹ 수 있다	可以
	• 해 주다	給（人）做

6. 請選出適當者。
   ❶預約的
   ②訂購的
   ③一起來的
   ④常來的
7. 請選出與內容相同者。
   ❶這美容院是獨自利用。
   ②這家美容院要等很久。
   ③這家美容院工作的人很多。
   ④這家美容院很久以前就有了。

....

[8-9] 請讀下文後回答問題。

（題目）

今年夏季起，首爾市開始蚊子預報。可以從首爾市網頁中查到蚊子預報。蚊子少的日子是白色，稍多的日子是黃色，很多的日子以紅色告知。尤其紅色預報時，晚上最好不要到公園去。

生詞＋句型	모기	蚊子
	예보	預報
	학인	確認、查明
	알려 드리다	告知

8. 請選出適合此文題目者。
   ①請常給我們做蚊子預報！
   ❷外出前請先查明蚊子預報！
   ③請以顏色告知蚊子預報！
   ④請至網頁首頁公告（提供）蚊子預報！
9. 請選出與內容相同者。
   ①到公園去的話，給我們蚊子預報。
   ②黃色預報是沒有蚊子的日子。
   ③1年前開始有蚊子預報。

壹、品詞篇

貳、語尾篇

參、述語及接辭篇

肆、韓檢預備篇（考古題）

伍、韓檢預備篇（模擬試題）

❹紅色預報時，不要外出比較好。

[10-11] 請讀下文後回答問題。

　　有用聲音來鑑賞畫的美術館，這個美術館內沒有解說員，用電腦來介紹畫。在畫旁邊的電腦畫面上選擇「聽取」的話，就可以聽到畫的介紹。（　㉠　）因為聽聲音來鑑賞畫，比僅用眼看可以理解得更好。

生詞＋句型	• 소리로	用聲音
	• 소개하다	介紹
	• -ㄴ／는 것보다	比起⋯⋯來
	• 감상하다	鑑賞

10. 請選出正確的填入（　㉠　）。
　　①一面用眼看
　　②一面用鉛筆畫
　　❸一面聽聲音
　　④一面用手做

11. 請選出與內容相同者。
　　❶用電腦來聽畫的說明。
　　②用電腦可以看畫。
　　③與美術館職員一起鑑賞畫。
　　④此美術館有出聲的畫。

[12-13] 請讀下文後回答問題。

　　人們一般送禮物時，先用紙將禮物包好再送。但我是用親手做的包包把禮物放進去再送，（　㉠　）因為拿到禮物的人可以再使用那個包包，所以很好。雖然做包包花了很多時間，但因為收的人喜歡，我也心情愉快。

生詞＋句型	• 보통	普通、一般
	• 선물	禮物
	• 포장하다	包裝
	• 직접	直接、親自
	• 시간이 걸리다	花時間
	• ─고 싶다	想要、希望……

12. 請選出適當的填入（　　㉠　　）。
　　❶那樣的話
　　②但是
　　③而且
　　④然而

13. 請選出與內容相同者。
　　①我買包包當禮物。
　　②我希望收到包包當禮物。
　　③我把收到的禮物包包再使用。
　　❹我親自做包包裝進禮物再送。

[14-15] 請讀下文後回答。

　　南村小學的學生們每週五去爬學校的後山，（　㉠　）因為每週爬山對身體健康好，（　㉡　）可是還有更重要的理由，（　㉢　）孩子們帶著兔子喜歡的食物去餵兔子，（　㉣　）這樣子一面養育兔子一面練習當父母。

生詞＋句型	• 초등학교	初等學校、小學
	• 뒷산	後山
	• 올라가다	上去、爬（山）
	• -기 때문이다	因為
	• 기르다	養育

14. 請選出下面句子適合的地方。

那就是給自己養育的兔子餵食飯的事

　①ㄱ

　②ㄴ

　❸ㄷ

　④ㄹ

15. 請選出與內容相同者。

　❶在學校後山養育兔子。

　②學生們每天去看兔子。

　③學生們的父母養育兔子。

　④後山的兔子有喜歡的食物這邊。

二、中級閱讀　중급 읽기

（一）考古題（第16題-第25題）　기출문제 (16번-25번)

[16-17] 다음을 읽고 중심 생각을 고르십시오.

16. 어떤 풍경이나 물건을 오래 기억하고 싶다면 카메라를 손에서 내려놓는 것이 좋다. 보통 사람들은 사진을 찍으면 풍경이나 물건을 잘 기억할 수 있다고 생각한다. 하지만 사실 사진을 찍는 것보다는 자세히 살펴보는 것이 머릿속에 더 오래 남는다. 왜냐하면 관찰할 때 집중력이 더 높아지기 때문이다.

　①집중력이 좋으면 관찰력이 뛰어나다.

　②주변 물건을 자세히 살펴보아야 한다.

　③사진보다 관찰이 기억에 더 효과적이다.

　④기억력이 나쁘면 사진을 찍어 남겨야 한다.

17. 대다수의 사람들은 경쟁 없는 세상을 꿈꾼다. 그 이유 중 하나는 다른 사람을 이겨야 내가 살 수 있다는 경쟁 원리를 부정적으로 보기 때문이다. 그러나 경쟁이 그런 면만 가진 것은 아니다. 경쟁을 하게 되면 하나의 목표를 향해 더 노력하게 된다. 그리고 그 과정을 통해 자신의 능력을 더 개발할 수 있게 된다.

　①경쟁에서 이겨서 성공해야 한다.

　②적절한 경쟁은 발전에 도움이 된다.

　③경쟁 없는 세상을 만들어 가야 한다.

　④노력하는 사람이 경쟁에서 이길 수 있다.

[18-20] 다음을 순서대로 맞게 배열한 것을 고르십시오.

18. (가) 그러나 불법 주차된 차 때문에 늦는 경우가 많다.

　(나) 불이 났을 때 소방차는 최대한 빨리 도착해야 한다.

　(다) 소방차의 도착이 늦어질수록 피해가 점점 커지기 때문이다.

　(라) 따라서 주차할 때는 소방차가 지나갈 수 있는 공간을 두고 차를 세워야 한다.

①(나)-(다)-(가)-(라)

②(나)-(라)-(다)-(가)

③(다)-(나)-(가)-(라)

④(다)-(라)-(가)-(나)

19. (가) 이것이 회식이 가지는 가장 중요한 목적이다.

(나) 회식은 맛있는 음식을 먹는 것 이상의 의미가 있다.

(다) 이렇게 분위기가 좋아지면 회사 일의 생산성도 높아지게 된다.

(라) 음식을 먹으면서 이야기를 하다 보면 자연스럽게 동료들과 사이가 좋아진다.

①(나)-(다)-(라)-(가)

②(나)-(라)-(다)-(가)

③(라)-(가)-(나)-(다)

④(라)-(나)-(가)-(다)

20. (가) 그러자 여자는 물그릇에 나뭇잎을 하나 넣어 남자에게 주었다.

(나) 여자의 배려에 반한 남자는 그녀를 아내로 맞아들이기로 결심했다.

(다) 이것은 물을 빨리 마시면 체할까 봐 천천히 마시도록 한 배려였다.

(라) 옛날에 한 남자가 길을 걷다가 목이 말라 한 여자에게 물을 달라고 부탁했다.

①(나)-(가)-(라)-(다)

②(나)-(다)-(가)-(라)

③(라)-(가)-(다)-(나)

④(라)-(다)-(나)-(가)

[21-23] 다음을 읽고 (　　　)에 알맞을 것을 고르십시오.

21. 대부분의 시장은 교통이 편리한 곳에 있다. 여러 지역에서 생산된 물건을 옮기기 편하고 물건을 사고파는 사람들이 (　　　) 때문이다. 먼 곳에서 물건을 팔러 시장에 오는 사람들은 물건을 가져오기 쉽고 물건을 사러 오는 사람들도 찾기가 편하다.

①한곳에 쉽게 모일 수 있기

②좋은 물건을 소개할 수 있기

③알맞은 가격을 정할 수 있기

④먼 곳에 빨리 연락할 수 있기

22. 신체의 각 부분은 (　　　　) 다르다. 보통 50대가 되면 안경 없이 신문 읽기가 어렵다. 하자만 듣는 데는 아무런 문제가 없다. 이것은 눈이 귀보다 빨리 노화가 되기 때문이다. 한편 코처럼 나이가 들어도 기능이 전혀 약해지지 않는 곳도 있다.

①노화가 되는 속도가

②구별이 되는 특징이

③모두가 가진 재주가

④자기가 맡은 역할이

23. 한 전통 공연에서 배우가 부채를 들고 관객 앞에 섰다. 배우는 공연에서 장면에 따라 부채를 접었다 폈다를 반복했다. 예를 들어 편지를 읽을 때는 부채를 펴서 편지로 사용했고 노인이 길을 떠나는 장면에서는 부채를 접어 지팡이처럼 썼다. 부채는 이 공연에서 (　　　　) 훌륭하게 사용됐다.

①훌륭한 배우를 만드는 데

②하나의 행동을 반복하는 데

③다양한 물건을 나타내는 데

④많은 관객을 집중시키는 데

[24-25] 다음 글을 읽고 물음에 답하십시오.

　　지난 16일 김 모 씨(41) 가족은 지리산으로 가던 중 차가 눈길에 미끄러져 계곡으로 떨어지는 사고를 당했다. 다행히 크게 다치지는 않았지만 김 씨 아들은 다리가 부러졌다. 그 날 기온은 영하 20도였고 사고 지역에서는 휴대 전화 연결도 안 되었다. 언제 구조될지 모르는 상황에서 김 씨 가족은 도움을 부탁하러 가는 대신 차 안에서 서로 끌어안고 체온을 유지했다. 이런 지혜 덕분에 가족은 추위에 하룻밤을 견딜 수 있었고 다음날 아침 등산객에 의해 발견되어 무사히 구조될 수 있었다.

24. 이글의 제목으로 가장 알맞은 것을 고르십시오.

①빠른 구조, 아들의 생명 구해

②눈길 등산, 추락 사고로 이어져

③구조 요청 신호, 뒤늦게 발견돼

④지혜로운 가족, 추위에 살아남아

25. 이 글의 내용과 같은 것을 고르십시오.

①김 씨는 가족들과 통화를 했다.

②김 씨는 눈길에 차 사고를 당했다.

③김 씨는 이번 사고로 다리를 다쳤다.

④김 씨는 근처에 있는 사람을 찾으러 갔다.

解答

| (16)❸ | (17)❷ | (18)❶ | (19)❷ | (20)❸ |
| (21)❶ | (22)❶ | (23)❸ | (24)❹ | (25)❷ |

（二）考古題翻譯與解析（第16題-第25題）

[16-17] 請讀下文後，選出中心思想。

16. 想要對某個風景或物件留下長久記憶的話，最好是將照相機從手中放下。一般人們認為拍下照片的話就可以好好記憶風景或物件。但事實上，比起拍下照片來，仔細觀察的話，能在腦中留下更長久的記憶。其理由是在觀察時的集中力更高的緣故。

　　重點：仔細觀察比拍下照片在腦中留下更長久的記憶。

　　①集中力好的話，觀察力就卓越。

　　②應當仔細地觀察周邊事物。

　　❸觀察比照片在記憶中更加有效果。

　　④記憶力不好的話，必須拍照留存。

	• 내려놓다	放下
	• 기억하다	記憶
	• -고 생각하다	想、認
	• -는 것보다	比起……來
生詞＋句型	• 살펴보다	觀察
	• 머릿속	頭腦裡
	• 남다	留下
	• 높아지다	變高
	• -어야하다	必須、應當

17. 大多數的人夢想一個沒有競爭的世界，其理由之一是因為看到「要勝過其他人自己才能生存」的負面的（否定的）競爭原理。但是，競爭並非只有這一面。進入競爭的話，使你向著目標更加努力，而且通過那個過程，使你可以更開發出自己的能力。

　　重點：競爭的過程中可以激勵自己更加努力，更開發本身的能力。

　　①必須要贏得競爭後才成功。

　　❷適切的競爭有助於發展。

③應當造就一個無競爭的世界。

④努力的人可以從競爭中勝出。

生詞＋句型	꿈꾸다	作夢、夢想
	부정적으로	否定的、負面的
	이기다	贏、勝過
	하게 되면	若成為
	통해	通過、經由
	-게 되다	表示被動或變成……結果
	-어 가다	表進行下去、漸漸……

[18-20] 請選出正確的排列順序。

18. (가) 但是因為違規停車的車輛，而遲到的情況很多。

(나) 火災時，消防車應當最快速到達。

(다) 因為消防車越晚到達，受害越加增大。

(라) 因此停車時應當留下消防車可通過的空間。

❶(나)-(다)-(가)-(라)

②(나)-(라)-(다)-(가)

③(다)-(나)-(가)-(라)

④(다)-(라)-(가)-(나)

生詞＋句型	• 불법	不法、違規
	• 주차	停車
	• -어지다	變得……
	• -ㄹ수록	越……越……
	• 피해	被害、受害
	• 세우다	為서다（停）的使動形

19. (가) 這是會餐最重要的目的。

(나) 會餐具有吃美食以上的意義。

(다) 如此這般氛圍變好的話，公司的生產力也會變高。

(라) 一面進食一面談論的話，自然而然與同事們的情誼變佳。

①(나)-(다)-(라)-(가)

❷(나)-(라)-(다)-(가)

③(라)-(가)-(나)-(다)

④(라)-(나)-(가)-(다)

生詞＋句型	• 회식	會餐、聚餐
	• 자연스럽게	自然而然
	• 동료	同僚
	• 사이좋다	情誼好

20. (가) 於是女子在盛水碗裡放入一片樹葉交給男子。

(나) 在女子的關懷照顧下而心生愛慕的男子，便決心要娶她為妻。

(다) 這是顧慮到水喝太快的話會嗆到而（讓男子）慢慢喝的一種照顧。

(라) 昔日有一男子趕路途中口渴，便向一女子拜託她給他水喝。

①(나)-(가)-(라)-(다)

②(나)-(다)-(가)-(라)

❸(라)-(가)-(다)-(나)

④(라)-(다)-(나)-(가)

生詞＋句型	• 물그릇	盛水碗
	• 나뭇잎 音[나문닙]	樹葉
	• 배려	（配慮）關懷
	• 반하다	愛慕
	• 맞아들이다	引進
	• 체하다	不舒服、反胃、被堵塞

壹、品詞篇
貳、語尾篇
參、述語及接辭篇
肆、韓檢預備篇（考古題）
伍、韓檢預備篇（模擬試題）

生詞＋句型	• -ㄹ까 봐	恐怕、也許
	• 목이 마르다	口渴
	• 달라다	要求給我

[21-23] 請選出適當者填入（　　　）內。

21. 大部分的市場設在交通便利的地方，因為各地生產的東西運過來方便，買賣東西的人們（　　　），從遠地來市場賣東西的人們容易帶東西來，要來買的人們也方便找。

    ❶可以容易聚集到一處
    ②可以介紹好的東西
    ③可以訂出適合的價格
    ④可以快速聯絡遠處

生詞＋句型	• 옮기다	運、搬移
	• 모이다	聚集

22. 身體的各部分（　　　）不同，普通到了50歲沒有眼鏡，連看報紙都困難，但聽是沒有任何問題的。因為眼睛的老化比耳朵快的關係。另一方面，鼻子的機能即使上了年紀也完全不會變弱。

    ❶老化的速度
    ②成為區別的特徵
    ③整個具有的才能
    ④自己擔負的作用

生詞＋句型	• 맡다	擔負、擔任
	• 역할	作用、角色

23. 在一個傳統演出中，演員手持扇子站在觀眾面前。隨著場景變化將扇子打開又折合，反覆做著。比如讀信的時候打開扇子，當作「信」來使用，而在老人上路的場景中，將扇子折合起來當拐杖。扇子在演出中（　　　）發揮得淋漓

盡致。

①造就卓越的演員時

②將一個行動反覆做時

❸表現各色各樣的東西時

④使觀眾集中注意力時

生詞＋句型	공연	公演
	배우	演員
	부채	扇
	지팡이	拐杖
	나타내다	表現出

[24-25]請讀下文後回答。

　　16日那天金某先生（41歲）一家在往智異山的途中，發生了車子因為道路積雪滑落溪谷的事故。所幸雖沒受什麼大傷害，但金先生兒子的腿斷了。當日的氣溫是零下20度，在事故發生地區，手機無法聯繫。在不知何時可有救助的情況下，金先生一家人在無法討救援的同時，在車內互相緊緊抱住以維持體溫。託此智慧的福，一家人熬過了一個寒夜，第二天早晨被登山客發現，得到救助始得平安。

24.　請選出最適合的題目。

　　①快速救助，救了兒子的性命

　　②登有雪的山路，發生墜落事故

　　③要求救助訊號，被發現得晚了

　　❹智慧的家人，在寒夜中存活

25.　請選出與內容相同者。

　　①與金先生家人通了話。

　　❷金氏開車在雪道上發生了事故。

　　③金氏因這事故腿受了傷。

　　④金氏去找在附近的人。

生詞＋句型	• 지리산	智異山
	• 눈길	積雪的路
	• 미끄러지다	滑倒
	• 사고를 당하다	（被動）發生事故
	• 다리가 부러지다	腿斷
	• 휴대 전화	攜帶電話（手機）
	• 구조되다	被救助
	• 가는 대신	去做……的代替 （意為「不去做……而做……」）
	• 덕분에	託福、多虧
	• 견디다	忍耐、熬過
	• 이어지다	接著

三、高級閱讀　고급 읽기

（一）考古題（第26題-第35題）　기출문제 (26번-35번)

[26-27] 다음은 신문기사의 제목입니다. 가장 잘 설명한 것을 고르십시오.

26.

> 도보 여행 열풍, 휴일 여행객 늘어

①휴일 여행객으로 인한 사고가 많아지고 있다.

②많은 사람들이 휴일에 여행을 가느라고 쉬지 못한다.

③걷기 여행을 하는 사람들이 많아져 휴일마다 길이 막힌다.

④걷기 여행이 인기를 끌면서 휴일 여행객이 증가하고 있다.

27.

> 톡톡 튀는 상품명, 소비자 사로잡아

①소비자들은 이름에 신경을 써서 상품은 구매한다.

②소비자들은 새로운 이름은 붙인 상품은 선호한다.

③친근감을 주는 상품이 소비자들의 관심을 끌고 있다.

④개성적인 이름을 가진 상품이 소비자들에게 선택을 받는다.

[28-29] 다음 글을 쓴 목적으로 가장 알맞은 것을 고르십시오.

28.

> 　전통 한식 상에서 빠지지 않았던 것이 밑반찬이다. 밑반찬은 맛으로도 먹었지만 영양을 보충하기 위해서도 먹었다. 예를 들어 시래기나 무말랭이 같은 말린 채소는 겨울철에 부족하기 쉬운 비타민과 무기질을 보충해 주었다. 해산물에 소금 간을 하여 저장한 젓갈은 단백질의 공급원이었다. 이렇게 밑반찬은 영양소를 섭취하여 몸의 균형을 유지하는 데에도 도움을 주었다.

①밑반찬의 기능에 대해 알려 주기 위해서

②식재료의 저장 방법을 소개하기 위해서

③몸의 균형을 유지하는 방법을 소개하기 위해서

④영양소 섭취의 필요성에 대해 주장하기 위해서

29.

> 추상화는 전체를 한눈에 보는 것보다 세부적인 것부터 보는 것이 감상에 도움이 된다. 그림에서 가장 눈에 띄는 한 부분에서 시작하여 조금씩 시선을 옮겨가면 전체 그림이 눈에 들어온다. 그러다 보면 처음 보았을 때의 형태나 색채에 대해 가졌던 낯선 느낌이 사라지고 작품에 익숙해진다.

①추상화를 그리는 과정을 이야기하기 위해서

②추상화를 감상하는 방법을 제안하기 위해서

③추상화를 선택하는 단계를 제시하기 위해서

④추상화의 형태와 색채에 대해 설명하기 위해서

[30-31] 다음 글의 주제문으로 가장 알맞은 것을 고르십시오.

30.

> ㉠내적 동기는 학생들이 스스로 학습에 참여하도록 만드는 흥미나 욕구를 말한다. ㉡내적 동기를 가지고 있을 때 학생들을 더 열심히 학습에 참여하게 된다. ㉢따라서 교사는 다양한 방법을 활용하여 학생들의 내적 동기를 자극할 필요가 있다. ㉣그러한 자극은 학생들의 내적 동기를 강화하여 더 의욕적으로 학습을 하게 만든다.

①㉠　　　　②㉡　　　　③㉢　　　　④㉣

31.

> ㉠대화를 할 때 중시할 것은 상대방의 관점과 입장을 이해하는 일이다. ㉡간혹 상대방이 하는 말에 관심을 두지 않고 자기 이야기만 하는 사람이 있다. ㉢그러나 일방적으로 자기 이야기만 한다면 그것은 더 이상 대화가 아니다. ㉣상대방의 관점에서 그 사람이 중요하게 여기는 것에 대해 생각하면서 이야기하면 더 의미 있는 대화를 이어나갈 수 있을 것이다.

①㉠　　　　②㉡　　　　③㉢　　　　④㉣

[32-33] 다음 글의 주제로 가장 알맞을 것을 고르십시오.

32.

> 광고는 매일 사람들의 눈과 귀를 따라다니며 이상적인 삶의 모습을 보여준다. 광고는 최신형 냉장고를 구입하면 행복해질 수 있다고 하고, 아이들과 한께 라면을 먹으면 자상한 아버지가 될 수 있다고 암시한다. 그래서 대중들은 광고 속의 상품을 소비하면서 광고가 보여주는 삶을 살고 싶어한다.

①대중은 자신에게 익숙한 광고를 좋아한다.

②대중의 생활양식은 광고의 영향을 받는다.

③광고는 대중이 행복한 삶을 살도록 해 준다.

④광고는 대중이 닮고 싶어하는 인물을 보여준다.

33.

> 건물 지붕의 모양은 그 지역의 특성에 알맞은 형태로 되어 있다. 추운 지역일수록 건물 지붕이 경사져 있고 더운 지역일수록 지붕이 완만한 편이다. 눈이 많이 오는 곳에서는 눈의 무게를 이기지 못해 지붕이 무너질 수도 있다. 그래서 눈이 잘 흘러내리도록 지붕을 경사지게 만든다. 반면 더운 곳에서는 강한 햇빛을 막기 위해 지붕을 넓고 평평하게 만든다.

①지붕을 경사지게 만들면 무게를 잘 결딜 수 있다.

②지붕의 모양은 기후에 따라 다양하게 만들어진다.

③지붕을 넓게 만들어야 햇빛을 막는 데 효과적이다.

④지붕의 모양이 건물의 디자인을 독특하게 만들어 준다.

壹、品詞篇

貳、語尾篇

參、述語及接辭篇

肆、韓檢預備篇（考古題）

伍、韓檢預備篇（模擬試題）

[34-35] 다음 글에서 〈보기〉의 문장이 들어가기에 가장 알맞은 곳을 고르십시오.

34.

　　사람들은 위대한 인물의 삶이나 가치관에 대해서 알고 싶어한다. (㉠) 그래서 큰 업적을 남긴 사람이나 사회적으로 유명한 사람들이 쓴 자서전이 꾸준히 판매된다. (㉡) 최근에는 글쓰기에 대한 인식이 바뀌면서 일반인들도 자서전 쓰기에 도전하는 경우가 많아졌다. (㉢) 그럴 때 자서전을 대신 써 주는 대필 작가가 이용되기도 한다. (㉣)

〈보기〉

그 중에는 자신의 이야기를 표현하는 데 어려움을 겪는 사람들도 있다.

---

① ㉠　　　　② ㉡　　　　③ ㉢　　　　④ ㉣

35.

　　고전 소설 '흥부전'은 형제의 이야기를 다룬 작품이다.(㉠) 보통 흥부는 착하고 욕심이 없는 사람으로, 놀부는 심술궂고 욕심이 많은 사람으로 생각되어 왔다.(㉡) 그래서 흥부는 의존적이며 게으른 존재로, 놀부는 독립심이 강하고 부지런한 사람으로 여겨지기도 한다.(㉢) 이렇게 소설의 등장인물에 대한 해석은 사회의 가치관에 영향을 받는다.(㉣)

〈보기〉

인물에 대한 이런 해석은 능력을 중시하는 현대에 들어 변화하는 양상을 보인다.

---

① ㉠　　　　② ㉡　　　　③ ㉢　　　　④ ㉣

解答

(26)❹　(27)❹　(28)❶　(29)❷　(30)❸
(31)❶　(32)❷　(33)❷　(34)❸　(35)❷

（二）高級閱讀　翻譯與解析（第26題-第35題）

[26-27] 下列為新聞報導的標題，請選出最佳的說明。

26.

> 徒步旅行熱潮，假日旅行客增加

①由於假日旅行客多，事故變多。
②許多人在假日出遊，無法休息。
③徒步旅行者增多，每當假日路就塞。
❹徒步旅行吸引人潮，假日旅行客暴增。

27.

> 叭叭爆（裂）開的商品名，吸引住消費者

①消費者們在名字（名稱）上花腦筋，購買商品。
②消費者喜愛起了新名字的商品。
③有親近感的商品引起消費者的關心。
❹消費者喜歡選擇帶有個性（特色）名字的商品。

[28-29] 請選出最適合下文目的者。

28.

> 傳統韓食桌上不缺席的是醬菜。吃醬菜的味道也為補充營養而食之。例如青莖（白蘿蔔的葉莖）或蘿蔔乾之類的乾蔬菜，補充在冬季容易不足的維他命與無機質。海鮮用鹽調味後儲存的魚醬或蝦醬是蛋白質的供給源，像這樣醬菜吸收了營養素在維持身體的均衡時是有幫助的。

❶為了告知醬菜的機能
②為了介紹食材儲藏的方法
③為了介紹維持身體均衡的方法
④為了主張對於營養素攝取的必要性

壹、品詞篇

貳、語尾篇

參、述語及接辭篇

肆、韓檢預備篇（考古題）

伍、韓檢預備篇（模擬試題）

29.

> 鑑賞抽象畫，一眼觀看整體不如從細部的東西慢慢看來得有幫助。從畫中最吸引目光的部分開始，一點一點移動視線到全幅畫進入眼簾。這樣觀看的話，一開始鑑賞時對於形態或色彩所擁有的陌生感覺會消失，而對作品會變得熟悉。

①為了講述畫抽象畫的過程
❷為了提供鑑賞抽象畫的方法
③為了提示選擇抽象畫的步驟
④為了說明抽象畫的型態與色彩

[30-31] 請選出最合適當下列文章的主題句。

30.

> ㉠內部動機指的是要使學生們參與自我學習的興趣和需求。㉡帶有內部動機時，讓學生們更積極地參與學習。㉢因此教師需要活用各種不同的方法刺激學生的內部動機。㉣這種刺激是強化學生的內部動機，使他們更有學習的欲望。

① ㉠   ② ㉡   ❸ ㉢   ④ ㉣

31.

> ㉠對話時，重點在於（重視的是）理解對方的觀點與立場。㉡偶爾會有人不關心對方說的話，而只顧自己說。㉢可是，單方面只顧自己說的話，就不再是對話了。㉣從對方的觀點，邊思考到對方所重視的事邊談話的話，就能夠繼續更有意義的對話。

❶ ㉠   ② ㉡   ③ ㉢   ④ ㉣

[32-33] 請選出最適當的主題。

32.

> 　　廣告是每日追隨人們的眼耳跑的，提供人們理想生活的模樣。廣告暗示如果買了最新型的冰箱的話，便可以變得幸福。跟孩子們一起吃泡麵的話，可以安心成為慈祥的爸爸。因此普羅大眾一面買了廣告中的商品，一面就想過廣告中呈現的生活。

①群眾喜歡自己熟悉的廣告。
❷群眾的生活方式受廣告影響。
③廣告是讓普羅大眾過幸福生活的。
④廣告是提供群眾想要模仿的人物。

33.

> 　　建築物屋頂的樣子變成適合該地區特性的型態。越冷的地區，屋頂變傾斜，越熱的地區，屋頂較平坦（緩慢傾斜）。下雪多的地方屋頂不能負荷雪的重量就會倒塌，因此造傾斜式的屋頂好讓雪容易往下掉。相反地，熱的地方為了阻擋強烈的陽光，把屋頂造得較平廣。

①把屋頂造得傾斜可以載重。
❷屋頂的模樣是隨著氣候而多樣化。
③屋頂蓋得寬廣擋陽光才有效果。
④屋頂的模樣造就建築物設計的獨特化。

[34-35] 請在下列文句中選出適合將〈例句〉置入的最適當之處。

34.

> 　　人們都想知道偉大人物的生活或價值觀。（　㉠　）因此留下了不起業績的人或社會上有名的人們所寫的自傳一直都銷路好。（　㉡　）近來對寫文章的認識轉變了。一般人挑戰寫自傳的情形變多了。（　㉢　）這樣的時候也可利用代筆的作家幫你寫自傳。

> **〈例句〉**
> 其中也有人在描述自己本身的故事時經歷了困難。

壹、品詞篇

貳、語尾篇

參、述語及接辭篇

肆、韓檢預備篇（考古題）

伍、韓檢預備篇（模擬試題）

① ㄱ　　　　　② ㄴ　　　　　❸ ㄷ　　　　　④ ㄹ

35.

> 　古典小說「興夫傳」是寫兄弟倆故事的作品。（　ㄱ　）一般一直認為興夫是善良不貪心的人，而游夫則是心術不正、貪欲的人。（　ㄴ　）因此視興夫是依賴性的、懶惰的人，而游夫則是獨立心強、勤勉的人。（　ㄷ　）像這樣對小說中登場人物的解釋是受到社會價值觀影響的。

> 〈例句〉
> 對於人物的這種解釋，在重視能力的現代顯現出變化的樣相。

① ㄱ　　　　　❷ ㄴ　　　　　③ ㄷ　　　　　④ ㄹ

四、初級寫作　초급 쓰지

（一）考古題（第1篇-第2篇）　기출문제 (1편-2편)

1. **다음을 읽고 150~300자로 글을 쓰십시오.**

여러분은 함께 여행하고 싶은 사람이 누구입니까? 왜 그 사람과 여행하고 싶습니까? 그 사람과 함께 여행을 가서 무엇을 하고 싶습니까? 여러분이 함께 여행하고 싶은 사람에 대해서 쓰십시오.

〈보기〉

저는 형과 여행을 하고 싶습니다. 저와 형은 어릴 때부터 아주 친해서 항상 함께 다녔습니다. 그런데 다음 달부터 형이 일 때문에 다른 도시로 이사하게 되었습니다. 그래서 형이 다른 도시로 가기 전에 형하고 둘이 여행을 하고 싶습니다. 형과 여행을 하면서 즐거운 시간을 보내고 싶습니다. 사진도 찍고 구경도 많이 하고, 이야기도 많이 할 겁니다.

2. **다음을 읽고 150~300자로 글을 쓰십시오.**

여러분이 자주 가는 가게는 어떤 가게입니까? 어디에 있습니까? 거기에서 무엇을 삽니까? 왜 자주 갑니까? 여러분이 자주 가는 가게에 대해서 쓰십시오.

〈보기〉

제가 자주 가는 가게는 집 근처에 있는 커피숍입니다. 이 커피숍은 제 집에서 지하철역에 가는 길에 있습니다. 걸어서 10분쯤 걸리니까 아주 가깝습니다. 이 가게에서는 여러 가지 커피를 파는데 직접 커피를 볶기 때문에 커피 맛이 좋습니다. 제가 이 가게에 자주 가는 가장 큰 이유는 넓고 조용해서 공부하기 편하기 때문입니다. 평일에는 혼자 공부하러 오는 사람들이 많아서 조용합니다. 저는 이곳에서 자주 친구와 함께 공부를 합니다. 하다가 심심하면 한국어 책을 읽기도 합니다. 이 커피숍이 있어서 참 좋습니다.

（二）初級寫作翻譯與解析（第1篇-第2篇）

1. 請在讀完下列文章後寫一篇150～300字的文章。

　　各位想一起去旅行的人是誰呢？為何想跟他一起去旅行呢？跟他一起去旅行想做什麼呢？請各位寫出關於想一起去旅行的人吧。

〈範文〉

　　我想跟哥哥一起去旅行。哥哥與我自年幼起就很親，經常一起進出。可是自下個月起，哥哥因工作關係要搬到另一個都市去。因此，我想在哥哥去其他都市之前和哥哥兩人去旅遊。想和哥哥藉此一邊旅遊一邊度過愉快的時間。（我們）會多多拍照、觀賞風景，也多聊聊。

構思：先針對題目想好一個親近的或要好的人，然後敘述一些他的特質、優點或個
　　　性，想跟他一起做些什麼等等，以便留下難忘的回憶。

2. 請在讀完下列文章後寫一篇150～300字的文章。

　　各位常去的店家是什麼樣的店家？在哪兒？在那裡買什麼？為何常去？請各位寫出一篇關於常去的店家的文章。

〈範文〉

　　我常去的店家是家附近的咖啡館。這間咖啡館就在我家往地鐵站去的路上。因為走路約10分鐘，所以很近。在這間店裡賣各種咖啡，因為是自己炒的咖啡豆，所以咖啡味佳。我常去這間店最主要的原因是空間大又安靜，因此讀起書來很方便。由於平日單獨去看書的人多，所以安靜。我常跟朋友一起去看書。無聊的話也讀韓語的書。因為有這一間咖啡館覺得真棒。

構思：針對題目，先想好一家真的常去、而且熟悉或有交情的店家。然後把地點方
　　　位、那店家有什麼特別、貨品有什麼特色、店主的待人態度如何、又如何給
　　　人方便等等都可一一道來。

五、中級寫作　중급 쓰기

（一）考古題（第1篇-第2篇）　기출문제 (1편-2편)

3.　다음을 읽고 400~600자로 글을 쓰십시오.

여러분은 인생에서 가장 행복했던 하루가 언제였습니까? '인생에서 가장 행복했던 하루'라는 제목으로 글을 쓰십시오. 단, 아래의 내용이 모두 포함되어야 합니다.

> 그날은 언제였습니까?
>
> 그 때 무슨 일이 있었습니까?
>
> 얼마나 행복했습니까?

〈보기〉

누구나 살면서 최고로 기억되는 날이 있다. 그런 날들은 지나고 나서 보면 아름다운 추억으로 남는다. 훗날 그 일을 떠올리기만 해도 저절로 입가에 미소가 번지게 된다.

나에게도 이런 날이 있었다. 나는 혼자 자라서 어렸을 때부터 많이 외로웠다. 그래서 늘 형제가 있었으면 했다. 그런데 어느 날, 문을 열어보니 강아지 한 마리가 문 안으로 쏙 들어왔다. 그날 나에게는 동생이 생겼다. 그날 이후로 나는 외롭지 않고 그 누구보다도 즐겁게 생활할 수 있었다. 이 강아지가 항상 나와 함께 해 주기 때문이다. 우리 집에 강아지가 들어온 날을 나는 잊을 수가 없다.

행복이라는 의미는 같지만 사람마다 느끼는 정도와 무게는 다른 것 같다. 다른 사람이 보면 아주 사소한 일인 것 같지만, 나에게는 세상을 다 얻은 듯한, 하늘을 날 듯이 행복한 하루였다.

4.　다음 글을 읽고 400~600자로 글을 쓰십시오.

여러분은 존경하는 사람이 있습니까? '내가 존경하는 사람'이라는 제목으로 글을 쓰십시오. 단, 아래에 제시된 내용이 모두 포함되어야 합니다.

> 존경하는 사람은 누구입니까?
>
> (※아버지, 어머니, 할아버지, 할머니 등 가족은 쓰지 마십시오.)
>
> 왜 그사람을 존경합니까? 존경하는 이유 두 가지를 쓰십시오.

〈보기〉

　　사람들에게는 누구나 한 분쯤 존경하는 분이 있을 것이다. 나에게도 그런 분이 계신다. 그분은 바로 초등학교 5학년 때 담임 선생님이셨던 김경희 선생님이시다.

　　그 분은 연세가 좀 많으신 여자 선생님이셨다. 예쁘고 젊은 선생님을 기대했던 우리들은 처음에는 좀 실망을 했다. 하지만 선생님과 함께 지내는 동안 점점 선생님을 좋아하게 되었다. 선생님은 우리들이 어리다고 무시하지 않고 우리의 이야기에 늘 귀를 기울여 주셨다. 그래서 우리는 선생님 앞에서 우리의 생각을 마음대로 이야기할 수 있었고 그만큼 우리의 생각도 넓어질 수 있었다. 또 선생님은 공부가 얼마나 재미있는지를 알려 주셨다. 그 전에 나는 공부를 너무 지루해하는 아이였는데 선생님과 함께 하는 수업은 언제나 재미있었다. 수업시간에 우리는 게임도 하고 노래도 하면서 신나게 공부를 했다. 그 뒤로 나는 배우는 것을 좋아하는 아이로 바뀌었다.

　　선생님과 헤어진 지 벌써 10년이 지났지만 지금도 선생님이 많이 생각난다. 이번 스승의 날에는 선생님을 찾아가 꼭 감사하다는 말씀을 드리고 싶다.

（二）中級寫作翻譯（第1篇-第2篇）

3. 請在讀完下列文章後寫一篇400～600字的文章。

　　各位人生中最幸福的一天是何時？請以「人生中最幸福的一天」為題寫一篇文章。需包括下列內容。

那一天是什麼時候？
當時有什麼事？
有多麼幸福？

〈範文〉

　　人人生來都有記憶最深的一日。經過那樣的日子定會留下美麗的回憶，日後只要想起那天，自然而然嘴角就會露出微笑。

　　我也有這樣的日子。我因為獨自成長，年幼時很孤單。所以常希望有兄弟作伴。有一天打開門一看，一隻小狗倏地一下鑽進門來。那天起我就有了個弟弟。那天以後我再也不孤單，可以過得比誰都快樂。因為小狗與我總是相伴。所以小狗進來我們家的日子令我難以忘懷。

　　所謂幸福的意義雖然相同，但是每人所感受的程度與重量是不同的。別人看來

也許是很小的事，可是在我卻像是擁有全世界一樣，那是飛上天一般幸福的一天。

構思：幸福是一種感覺，是一種快樂美滿的境遇。感到幸福與福氣，自然臉上就露出笑容。想想自己最難以忘懷的日子，譬如你得了什麼大獎或是什麼幸運的事落在你頭上，抑或成就了什麼大事，得了什麼功名，或得到異性的青睞，還有助人脫離困苦，贏得什麼美譽，得天下英才而教之等等的事，都是值得大書特書的幸福事。

生詞＋句型	• 최고로	最高的、最深的
	• 떠올리기(떠오르다)	浮現、回想起
	• 저절로	自然而然
	• 입가	嘴邊
	• 번지게 되다	被露出
	• 외롭다	孤單的
	• 강아지	小狗
	• 함께 해 주다	相依為命、給……作伴
	• 느끼다	感覺
	• 무게	重量
	• -ㄴ 것 같다	好像……一樣
	• 사소한	少許的、瑣碎的
	• -ㄴ 듯 하다	想是……似的

4. 請在讀完下列文章後寫一篇400～600字的文章。

各位有尊敬的人嗎？用「我尊敬的人」為題寫一篇文。需包含下列內容。

> **尊敬的人是哪位？**
> （※請不要寫父親、母親、爺爺、奶奶等家人。）
> 為何尊敬他？請寫二件尊敬的理由。

〈範文〉

世人誰都會有一位尊敬的人。我也有那樣一位（令我尊敬的人）。他就是我小學五年級時的級任老師金敬熙老師。他是一位年紀稍長的女老師。期待著年輕貌美老師的我們，起初有點失望。但是和老師經過一段的相處，漸漸變得喜歡她了。

老師並不因為我們年幼就輕視我們，總是傾聽我們說話。所以在老師面前可以盡心地說出我們的想法，使得我們可以增廣自己的思想。老師又告訴我們讀書是多麼有趣的事。之前我是一個厭煩讀書的小孩，而上老師的課總是很有趣。上課時我們也玩遊戲也唱歌，愉快地讀書，之後我變成喜歡讀書的小孩了。

跟老師分離雖已過了10年，但至今還很想念老師。這次教師節我要去找老師，想告訴她我多麼感謝她。

構思：學生時代對親切、有耐性又認真負責、肯花時間幫助我們學習、成長的老師總是心存感謝與懷念之情，甚至充滿無盡的感恩。感謝老師保有赤子之心，不計較學生們的年幼無知，處處關懷照顧，引領學生走向光明、開闊思想，樹立了身教、言教的典範，當然令人尊敬、感激不盡，回憶起來也倍感溫馨。

	生詞＋句型	
	• 나에게	在我來說、對我來說
	• 초등학교	初等學校、小學
	• 연세	年歲
	• 좋아하게 되다	變得喜歡
	• 무시하다	輕視
	• 귀를 기울이다	傾耳
	• 넓어지다	增廣，-어지다為輔助動詞
	• 지루해하는	認為是厭煩的
	• 게임	遊戲
	• 신나게	有興致地、高興地
	• 바뀌었다	被換成、變成
	• 헤어진 지→헤어지다	分離＋ㄴ지（表時間之經過）
	• 스승의 날	教師節

六、高級寫作　고급 쓰기

（一）考古題（第1篇）　기출문제 (1편)

5. 다음을 읽고 700~800자로 글을 쓰십시오.

　　자연을 그대로 보존해야 한다는 주장과 인간을 위해 자연을 개발해야 한다는 주장이 있습니다. 이에 대한 자신의 견해를 서술하십시오. 단, 아래에 제시된 내용이 모두 포함되어야 합니다.

> **〈자연 보존과 자연 개발 〉**
>
> (1) 자연 보존과 자연 개발 중 어느 것이 더 중요하다고 생각하는가?
>
> (2) 그렇게 생각하는 이유는 무엇인가? (두가지 이상 쓰시오.)

〈보기〉

　　자연을 자연 그대로 보존해야 한다는 의견과 경제 발전을 위해 자연을 개발해야 한다는 의견이 팽팽히 맞서고 있다. 자연을 보존해야 한다는 입장에서는 자연 개발이 자연 파괴로 이어진다는 이유를, 자연을 개발해야 한다는 입장에서는 개발을 통해 얻는 경제적 이익을 포기할 수 없다는 이유를 들고 있다. 이에 나는 다음과 같은 이유로 자연을 개발하기보다는 자연을 보존하는 것이 더 중요하다고 본다.

　　첫째, 한 번 파괴된 자연은 되돌리기가 쉽지 않다는 것이다. 물론 자연 개발이 모두 자연 파괴로 이어지는 것은 아니지만 지금까지 개발의 사례들을 살펴볼 때, 개발의 이익을 누리기보다는 개발의 부작용으로 인한 고통을 호소하는 경우가 훨씬 많았다. 문제는 개발에 걸리는 시간은 얼마 되지 않는 반면, 그로 인해 파괴된 자연을 원래의 상태로 되돌리는 데에는 오랜 세월이 필요하다는 것이다. 최악의 경우는 되돌리는 것이 불가능할 때도 있다. 이런 위험을 감수하면서까지 개발을 추진해야 하는지 의문이 든다.

　　둘째, 자연을 보존하는 것이 자연을 개발하는 것에 비해 경제성이 떨어지는 것이 아니기 때문이다. 최근 자연 그대로의 모습을 잘 보존하고 있는 곳들이 여행지로서 크게 각광을 받고 있다. 편리한 시설을 갖춘 잘 개발된 관광지에 비해 다소 불편할 수 있음에도 불구하고 많은 사람들이 이런 곳을 찾는 이유는 바로 자연에 있다. 자연을 잘 보존했기 때문에 사람들이 이곳을 많이 찾게 되는 것이고 그것이 지역 경제에 도움이 되는 것이다.

　　자연은 현 세대의 전유물이 아니다. 우리는 다음 세대에게 살기 좋은 상태 그대로 자연을 물려주어야 할 의무가 있다. 그러한 의무를 다하기 위해서라도 자연 파괴의 위험성이 있는 개발을 무리하게 추진해서는 안 될 것이다.

（二）高級寫作翻譯（第1篇）

5. 請在讀完下列文章後寫一篇700〜800字的文章。

　　對於大自然，有應該保持原樣的主張與為了人類應開發的主張。對此請敘述自己的見解，但需包含下列提示內容。

〈自然的保存與開發〉
(1)保存與開發兩者中何者更為重要？
(2)如此想的理由何在？（請寫2種以上。）

〈範文〉

　　對於自然有應該保持原樣的意見與為了經濟發展應開發的意見，彼此針鋒相對著。站在應保存自然立場者的理由是，若是開發自然，自然就不斷遭到破壞，而應開發自然者所持理由是，無法放棄透過開發所獲的經濟利益。對此我有如下的理由認為保存比開發更加重要。

　　第一，自然一旦被破壞就不容易恢復。當然，雖然開發自然並非讓所有自然繼續遭到破壞，但是觀察迄今為止的開發事例，可知比起因開發而享受的利益，因副作用而產生控訴的痛苦情況則多上很多。問題是開發所費的時間並不久，反過來，因開發而遭破壞的自然，要恢復原來的狀態卻需要很長的歲月。最壞的情況是根本不可能恢復。一面要甘願承受這樣的危險，一面要不要促進開發還有疑問。

　　第二，並非因為保持自然比開發自然來的經濟性要低，最近因為保存自然原貌的生態地做為旅行觀光景點的正大受歡迎，與擁有便利的設施，而被開發得很好的觀光地相較儘管多少有些不便，但許多人到此一遊的理由就在於自然。因為自然保存得好，會吸引大量觀光客，這是對地區經濟有幫助的。

　　自然並非現在年輕一代的專有物。我們有義務把好生活的自然生態原貌交付給下一代。就算為了善盡這樣的義務，也不能無理地推動有破壞自然危險性的開發。

生詞＋句型	• 팽팽히	緊繃、不相上下
	• 맞서다	對立
	• -고 있다	正在
	• 이어지다	被繼續
	• 되돌리다	使恢復
	• 살펴보다	觀察
	• 누리다	享受
	• 최악의	最惡的
	• 감수하다	甘受
	• 추진하다	推進、推動進行
	• -에 비해	比起……來
	• 떨어지다	降下、減少
	• 각광	腳光
	• 불구하다	儘管、不拘
	• 현 세대	現世代、年青一代
	• 물려주다	交付、傳承

壹、品詞篇

貳、語尾篇

參、述語及接辭篇

肆、韓檢預備篇（考古題）

伍、韓檢預備篇（模擬試題）

伍、韓語檢測預備篇（模擬試題）

一、閱讀模擬試題　읽기 모의시험문제

（一）模擬考題（第1題-第35題）　모의시험문제(1번-35번)

1. 다음을 읽고 물음에 답하십시오.

약과

　한국 사람들이 자주 먹는 전통 음식 중의 하나는 약과입니다. 약과는 어른에서 아이들까지 모두 좋아합니다. 약과는 기쁜 일이 있을때도 슬픈 일이 있을 때도 한국 사람들과 함께 합니다. 제사 음식, 잔치 음식, 그리고 후식으로 사람들의 사랑을 받습니다. 약과는 서양의 비스킷과 비슷한 한국의 대표적인 과자입니다.

　사람들이 약과를 먹기 시작한 것은 통일신라 시대부터입니다. 고려 시대에는 중국에까지 전해져서 '고려 만두'로 인기가 있었습니다. 약과에는 여러 가지 이름이 있었지만 조선 시대부터 '약과'라고 부르기 시작했습니다. 약과는 건강에 좋은 꿀, 참기름과 밀가루로 만듭니다. 특히 옛날부터 한국에서는 꿀을 약으로 생각합니다. 그래서 꿀로 만든 이 과자를 '약과'라고 한 것입니다.

　요즈음 약과에 여러 가지 재료를 더 넣어서 맛과 향기가 좋아졌습니다. 한식을 먹은 후에 약과를 한 번 잡숴 보세요. 떡을 파는 가게에 가면 약과를 살 수 있습니다.

◎전통　　　　　傳統
◎제사　　　　　祭祀
◎잔치　　　　　宴會
◎대표적이다　　代表性的
◎꿀　　　　　　蜂蜜

[1-3]

(1) 다음 한국의 전통 음식이 아닌 것을 고르십시오.

　　①삼계탕　②빈대떡　③김치　④볶음밥

(2) 한국 사람들은 언제부터 약과를 먹기 시작했습니까?

　　①통일신라　②고려시대　③조선시대　④근대

(3) 이 과자의 이름은 왜 '약과'라고 합니까?

①약을 넣어서 만들었기 때문에　②건강에 좋은 재료로 만들었기 때문에

③옛날부터 먹기 시작했기 때문에　④환자에게 주는 음식이기 때문에

2.　다음을 읽고 물음에 답하십시오.

만두

　중국에는 '하늘에 있는 것 중에서는 비행기만 빼고 다 먹는다. 다리가 네 개인 것 중에서는 책상만 빼고 다 먹는다'는 말이 있습니다. 중국에는 정말 다양한 요리가 있습니다.

　설날에 먹는 음식도 아주 많은데 그 중에서 중국 사람들은 만두를 많이 먹습니다. 보통 설날 전날에 가족들이 모여서 같이 만두를 만듭니다. 시간이 많이 걸리지만 가족들이 다 같이 이야기를 하면서 만들기 때문에 아주 재미있습니다. 지금도 중국 사람들은 이 풍습을 잘 지키고 있습니다. 옛날에 중국에서 사용한 돈은 만두와 모양이 비슷했습니다. 그래서 중국 사람들은 만두를 먹으면 돈을 많이 벌 수 있다고 생각했습니다.

　옛날에는 설날에 먹을 만두를 만들 때 그 중 한 개에 동전을 넣었습니다. 그리고 그 만두를 먹는 사람은 그 해에 행복하게 지낼 수 있었습니다. 요즘에는 동전이 더러우니까 동전을 넣지 않고 대추를 넣습니다. 먹을 때 어른들과 아이들은 모두 그 만두를 찾으려고 합니다.

　여러분도 설날에 중국 사람집에 초대를 받으면 대추가 있는 만두를 찾아보세요.

[4-6]

(4) 중국 북방 사람들은 설날에 어떤 음식을 많이 먹습니까?

　①떡　②면식　③만두　④찹쌀밥

(5) 중국 사람들은 왜 만두를 먹으면 돈을 많이 벌 수 있다고 생각했습니까?

　①만두를 많이 먹으려면 많이 만들어야 하는데, 많이 만들 수 있으면 팔 수도 있으니까

　②만두를 만든 기교를 익숙하면 해요.

　③옛날에 중국에서 쓰던 돈은 만두와 모양이 비슷하니까

　④하나의 미신인가 봐요.

(6) 왜 선날에 먹을 만두 중 한 개에 동전을 넣었어요?

　①옛날에 중국에 그런 풍습이 이었어요.

②돈을 받을 수 있으니까

③그 만두를 먹는 사람은 그 해에 행복하게 지낼 수 있다고 믿었으니까

④행복한 새해를 보내려고 하니까

....

3. 다음 일기예보를 읽고 답을 하십시오.

(7) 3월 27일 포근한 하루

　　사람들의 마음이 들뜨는 화창한 봄 날씨이다.

　　동해안에만 가끔 구름이 많이 끼겠다.

　　기온도 높이 올라가서 포근하겠다.

　　아침 최저기온은 영상 3~6도,

　　낮 최고기온은 영상 10~14도로 어제보다 높겠다.

◎포근하다　　　暖和的

◎들뜨다　　　　悠閒的

◎화창하다　　　和暢的

◎기온　　　　　氣溫

(8) 12월 23일 눈 계속 오고⋯

　　충청, 전라, 제주도 등은 어제와 같이 오늘도 눈이 조금 오겠다.

　　오늘 아침도 전국이 영하의 날씨이지만, 어제보다는 1-2도 정도 높은 기온이다.

　　내일은 오늘보다 기온이 떨어지고 전국에 눈이 내려서 올 겨울은 눈이 오는 크리스마스가 될 것 같다.

　　낮기온은 영상 2도에서 5도.

(9) 다음은 어느 계절의 일기예보입니까?

[1]

> 　오늘도 장마전선 때문에 전국이 흐리고 남부 지방과 제주도는 소나기가 오겠다.
> 장마전선이 없어지면서 다음주부터는 피서철이 시작된다.
> 해수욕을 즐기기에 가장 좋은 물의 온도는 21-24도.
> 16일 현재 수온은 동해 19도, 서해 20도, 남해 21도로 조금 차갑지만 다음 주가 되면
> 해수욕에 알맞는 온도가 될 것으로 예상된다.

[2]

> 　추석 연휴 중에는 아침에 안개가 끼는 곳이 많아서 운전에 조심해야 하겠다. 26일부터
> 28일까지 대체로 맑은 날씨가 계속되겠으나 낮과밤의 기온 차가 커서 아침에 안개가 끼는
> 곳이 많겠다.
> 연휴 마지막 날인 29일에는 지역에 따라 비가 내리겠으나 양이 많지는 않겠다.

[7-9]

(7) 3월 27일의 날씨가 <u>아닌</u> 것을 고르십시오.

　①맑다

　②어제보다 따뜻하다

　③기온은 6도까지 올라간다

　④흐린 곳도 있다

(8) 다음 설명 중에서 맞는 것을 고르십시오.

　①12월22일에 제주도에 눈이 왔다.

　②12월23일은 22일보다 좀 따뜻하다.

　③12월24일은 23일보다 따뜻하다.

　④12월25일은 맑을 것 같다.

(9)

[1] ①봄　②여름　③가을　④겨울

[2] ①봄　②여름　③가을　④겨울

壹、品詞篇

貳、語尾篇

參、述語及接辭篇

肆、韓檢預備篇（考古題）

伍、韓檢預備篇（模擬試題）

4.   다음 신문기사의 제목은 무엇일까요?

[10-11]

(10)

> 다음달 1일부터 서울시내 주차장의 요금이 25~50% 오른다. 이에 따라 노상주차장 요금이 현행 2천원에서 3천원으로 오르고 월정기권의 주차요금도 인상된다. 그러나 야간의 주차요금과 주택가 및 환승주차장의 주간 주차요금은 오르지 않는다.
>
> 이와 함께 기준 시간을 조정해서 최초 30분이 지나면 10분단위로 요금이 추가된다. 또 주소지, 근무지 등을 조사해서 환승 목적의 이용자이면 주차요금을 할인해 주기로 했다.

①주차장이 많아진다.   ②주차 문제가 심각하다.

③주차료가 오른다.   ④주택가에 주차가 금지된다.

(11)

> 어른들뿐만 아니라 말을 못하는 어린 아기들도 스트레스를 받고 있다. 아기들은 스트레스를 풀 수 없기 때문에 병에 걸리기가 쉽고, 심하면 목숨을 잃는 경우도 있다. 지난 14일 새벽 서울시 양천구 신월동에 사는 김모씨가 맡아서 키우던 4개월된 아기가 숨진 채 발견되었다. 맞벌이를 하는 부모는 김씨에게 아기를 맡긴 후 8일동안 찾아오지 않았고 아기는 특별한 이유없이 앓다가 숨졌다. 세상에 대해서 아무것도 모르는 아기이지만 어머니와의 이별이 큰 스트레스가 된 것이다. 부모의 싸움이나 모르는 사람과의 만남, 잠자리의 변화도 아기들에게는 심한 스트레스가 된다. 스트레스를 스스로 풀 수 없는 아기들은 몸이 약해지고 병에 걸리기가 쉽다.

①아기를 키우기가 어렵다.   ②맞벌이 부부의 어려움.

③아기도 스트레스를 받는다.   ④병에 걸리는 아기가 많다.

5.   다음을 읽고 물음에 답하십시오.

심청

옛날에 심청이라는 소녀가 앞 못보는 아버지와 함께 살고 있었습니다. 청이의 어머니는 청이를 낳은 지 1주일만에 세상을 떠났습니다. 청이의 아버지 심봉사는 정직하고 착한 사람이었지만 몹시 가난했습니다. 청이는 남의 집 빨래도 하고 바늘질도 해서 돈을 벌었습니다. 그리고 아버지를 사랑으로 돌봤습니다. 동네 사람들은 청이를 칭찬했습니다.

　　어느날 심봉사는 청이를 마중하러 밖에 나갔습니다. 앞을 볼 수 없는 심봉사는 잘못해서 개울에 빠졌습니다. 그 곳을 지나던 스님이 심봉사를 도와 주고 눈을 뜰 수 있는 방법을 가르쳐 주었습니다. "공양미 삼백 석을 바치고 부처님께 정성스럽게 빌어 보세요." 심봉사는 스님에게 그렇게 하겠다고 약속을 했지만 가난하기 때문에 방법이 없었습니다. 효녀인 심청은 아버지의 고민을 듣고 뱃사람들에게 자신을 팔기로 했습니다. 돈과 쌀을 받은 심청은 뱃사람들을 위해서 바다에 몸을 던졌습니다.

[12-14]

(12)이 옛 이야기는 어떤 곳에서 발생합니까?

　　①어촌　②마을　③도회지　④항구

(13)이 이야기의 주인공은 누구입나까?

　　①심청　②심봉사　③스님　④뱃사람들

(14)심청은 어떤 사람입니까?

　　①촌민　②어민　③효녀　④가난한여자

6.　다음을 광고를 읽고 물음에 답하십시오.

음주운전은 영원한 이별입니다

우리 아빠는요 내가 세상에서 최고라고 했어요.

그런데 모두 거짓말이었어요.

아빠는 나보다 술을 더 좋아하셨어요.

이제 다시는 아빠랑 얘기할 수 없어요.

아마 아빠도 하늘나라에서 우리들을 그리워하실거예요.

◎음주운전　　　飲酒駕車
◎영원하다　　　永遠的
◎이별　　　　　離別
◎최고　　　　　最高、第一、至上

[15-18]

(15) 왜 이 광고를 만들었을까요?

　　①물건을 많이 팔기 위해서 만들었다.

　　②사람을 찾기 위해서 만들었다.

　　③많은 사람의 행복을 위해서 만들었다.

　　④회사를 알리기 위해서 만들었다.

(16) 이 글에서 말하는 '영원한 이별'은 무엇입니까?

　　①이혼　②죽음　③이사　④졸업

(17) 나는 왜 아빠와 '영원한 이별'을 했습니까?

　　①나는 최고가 되고 싶었기 때문이다.

　　②내가 거짓만을 했기 때문이다.

　　③아빠가 술을 마시고 운전을 했기 때문이다.

　　④아빠가 하늘나라에 가고 싶었기 때문이다.

(18)다음 단어 중에서 밑줄친 글자의 뜻이 다른 것을 하나 찾으십시오.

　　①음주　②음식　③음악　④음료수　⑤과음

7.　다음 광고를 읽고 물음에 답하십시오.

연기와 함께 사라지다

미수 짓는 그의 얼굴을 보면서

행복한 미래를 꿈꾸었는데…

뿌연 연기 속에 보이는 그의 얼굴.

담배연기는 그와 나를 점점 멀어지게 합니다.

연기와 함께 사라지는 그의 미소.

담배연기는 우리가 함께 할 시간을 빼앗고

한 개비의 담배는 우리의 생명을 5분씩 줄이고 있습니다.

◎미래　　　　未來
◎뿌옇다　　　灰白、灰濛濛
◎빼앗다　　　奪走
◎생명　　　　生命
◎줄이다　　　縮減

[19-21]

(19) 이 광고가 사람들에게 하고 싶은 말은 무엇입니까?

　　①금주　②금연　③주차 금지　④사진 촬영 금지

(20) 연기와 함께 사라진 것이 <u>아닌</u> 것은 무엇입니까?

　　①한 개비의 담배　　②행복한 미래

　　③그의 미소　　　　④우리가 함께 할 시간

(21) 보기와 같이 단어를 만들어 보십시오.

　　(보기) 꾸다 → 꿈

　　①그리다 → ＿＿＿　　②자다 → ＿＿＿

　　③추다 → ＿＿＿　　　④웃다 → ＿＿＿

　　⑤믿다 → ＿＿＿　　　⑥모이다 → ＿＿＿

위의 단어를 써서 이야기를 완성하십시오.

　어젯밤에 어렸을 때의 (①)을 꾸었는데 친구들이 다 모여 있었습니다. 유치원인 것 같았습니다. (②)을 추는 친구, (③)을 그리는 친구, (④)을 자는 친구. 모두 그리운 얼굴들이었습니다. '하하하하'하고 웃는 큰 (⑤) 소리도 들렸습니다. 갑자기 모두 보고 싶어졌습니다. 친구에게 전화를 해서 "한 달에 한 번 모이는 동창 (⑥)을 만들면 좋겠어." 라고 했습니다.

8. 다음을 광고를 읽고 물음에 답하십시오.

다른 느낌, 신선한 맛이 우리 곁에 왔다!

수요일 정오, 강의실, 곁에 있는 친구들.

이런 일상생활이 지루하게 느껴질 때 마시자.

지구에 있는 모든 과일이 들어 있는 음료수.

자꾸 마시고 싶은 음료수.

하루에 필요한 에너지가 들어 있는 음료수.

우리는 매일 과일과 입맞춤한다.

◎신선하다　　　新鮮
◎일상생활　　　日常生活
◎지구　　　　　地球
◎입맞춤한다　　接吻

[22-25]

(22) 이 광고는 어떤 회사에서 마들었을까요?

　　①제약회사　②출판사　③식품회사　④여행사

(23) 이 광고에 나오는 상품은 무엇으로 만들었습니까?

　　①콩　②채소　③우유　④과일

(24) 이상품의 소비자는 주로 어떤 사람일까요?

　　①회사원　②학생　③주부　④경찰

(25) '신선하다'가 잘못 쓰인 문장을 고르십시오.

　　①그 가게에는 신선한 야채가 많아요.

　　②신선한 색깔의 옷을 입으니까 젊어 보여요.

　　③오늘 사 온 생선이라서 아주 신선해요.

　　④산에 올라가서 신선한 공기를 마시면 기분이 좋아져요.

9. 다음을 신문기사를 읽고 물음에 답하십시오.

왼손잡이는 슬프다

　　우리나라 사람 10명 가운데 1명은 태어날 때부터 왼손잡이입니다. 오른손으로 글씨를 쓰기가 어렵기 때문에 쓰기 숙제를 하지 않으려고 하는 아이도 있습니다. 심하면 공부는 물론 말하기도 싫어하게 됩니다. 그래서 요즘은 아이들에게 양손을 다 쓰게 하는 부모들도 있습니다.

　　왼손잡이는 가는 곳마다 여러 가지 불편을 경험합니다. 통조림 따개는 오른손으로만 사용할 수 있습니다. 왼손으로 따려면 아주 어렵습니다. 지하철의 개찰구, 냉장고의 문, 전화기, 주방용품도 왼손잡이에게는 불편합니다. 우리나라에서도 왼손잡이가 편하게 쓸 수 있는 컴퓨터를 만들고 있지만 대부분 수출을 합니다.

　　전문의들은 왼손잡이 아이에게 오른손 사용을 지나치게 강요하면 아이의 정신 건강에 나쁘다고 합니다. 왼손잡이 아이에게 가장 좋은 것은 양손을 같이 사용하는 것입니다. 그렇게 하면 머리가 좋아진다고 합니다.

◎왼손잡이　　　　左撇子
◎통조림 따개　　　開罐器
◎전문의　　　　　專科醫生

[26-27]

(26) 왼손잡이는 왜 슬픕니까? <u>아닌</u> 것을 고르십시오.

　　①부모님이 오른손 사용을 강요하기 때문에

　　②생활할 때 여러 가지가 불편하기 때문에

　　③왼손으로 글씨를 쓰기가 어렵기 때문에

　　④사람들이 비정상이라고 생각하기 때문에

(27) 왼손잡이 아이를 심하게 야단쳤을 때 어떤 문제가 생깁니까? <u>아닌</u> 것을 고르십시오.

　　①자신감을 잃어버립니다

　　②머리가 나빠집니다

　　③글씨 쓰기를 싫어합니다

　　④말하기를 싫어합니다

10. 다음을 신문기사를 읽고 물음에 답하십시오.

용감한 젊은이

지난17일 서울 지하철 역삼역에서 일어난 일이다.

한 정신이상자가 지하철을 기다리는 여인을 갑자기 밀어서 떨어뜨렸 다. 그 여인은 선로에 떨어져서 정신을 잃었다. 그때 열차가 들어오는 것을 알리는 안내방송이 나왔다. 그 때 한 시민이 뛰어 내려서 여인을 선로 밖으로 업고 나왔다.

여인을 구한 사람은 21세의 김정민 씨였다.

"제가 그 분을 구하지 않으면 죽을 것 같았어요. 제가 위험하다는 생각은 할 시간이 없었어요."

나중에 그 여인은 고마워서 김정민 씨에게 답례를 하려고 했지만 김정민 씨가 거절했다.

◎용감하다　　　勇敢的
◎일어나다　　　發生
◎정신이상자　　精神異常者
◎밀다　　　　　推
◎선로　　　　　軌道
◎정신을 잃다　　失去意識
◎안내방송　　　站內廣播
◎구하다　　　　救
◎답례를 하다　　答謝
◎거절하다　　　拒絕

[28-30]

(28) 기사의 내용과 맞게 다음을 완성하십시오.

　　언제 : ＿＿＿＿＿＿＿＿＿＿＿

　　누가 : ＿＿＿＿＿＿＿＿＿＿＿

　　어디서 : ＿＿＿＿＿＿＿＿＿＿＿

　　무엇을 어떻게 : ＿＿＿＿＿＿＿＿

　　왜 : ＿＿＿＿＿＿＿＿＿＿＿

(29) 다음 중 지하철 안에서 들을 수 없는 안애방송은 어느 것입니까?

　　①열차가 들어오고 있습니다. 뒤로 한 걸음 물러나 주시기 바랍니다.

　　②다음역은 대공원입니다. 내리실 문은 왼쪽입니다.

　　③당산이나 합정으로 가실 손님은 이번 역에서 2호선으로 갈아 타시기 바랍니다.

　　④이 역은 전동차와 승강장 사이가 넓습니다. 내리실 때 조심하시기 바랍니다.

(30) 다음 중 둘의 관계가 다른 것을 고르십시오.

　　①밀다-당기다　　②정신을 잃다-정신을 차리다

　　③구하다-찾다　　④(부탁을) 거절하다-(부탁을) 들어주다

....

11. 다음 신문기사를 읽고 물음에 답하십시오.

「첨단 자동차」 멀지 않았다

　　운전자가 졸면 경고를 하고 앞차와 부딪칠 위험이 있을 때에는 속도를 줄이거나 차선을 바꾼다. 그리고 엔진에서 불이 나면 자동으로 끈다.

　　이것은 자동차 연구원이 자동차 화사, 대학과 함께 지난해 5월부터 연구해서 만들고 있는 안전 차량이다.

　　지난해 4월 무인운전차량을 만들어서 경부고속도로 주행에 성공한 연구팀은 운전자가 졸 때 경고를 하는 시스템도 개발했다.

　　전문가들은 첨단 자동차 시장이 앞으로 매우 커질 것이라고 전망한다. 그렇기 때문에 미국, 일본, 유럽 등에서는 이러한 연구에 큰 관심을 가지고 있다.

◎첨단　　　　　　尖端
◎경고를 하다　　發出警告
◎차량　　　　　　車輛
◎주행　　　　　　行駛
◎성공하다　　　　成功
◎개발하다　　　　開發
◎전망하다　　　　展望

[31-32]

(31) 이 글에서 말하는 첨단 자동차는 어떤 자동차입나까? 아닌 것을 고르십시오.

　　①자동으로 속도를 줄인다.

　　②자동으로 차선을 바꾼다.

　　③엔진에서 불이 나지 않는다.

　　④운전자가 없어도 움직일 수 있다.

(32) 여러 나라는 왜 첨단 자동차 연구에 관심을 가지고 있습니까?

　　①첨단 자동차는 운전자가 졸 때 경고를 하기 때문에

　　②자동차 회사가 첨단 자동차를 만들고 있기 때문에

　　③첨단 자동차를 사고 싶어하는 사람이 많아지기 때문에

　　④점문가들이 첨단 자동차를 연구하기 때문에

12. 다음을 읽고 물음에 답하십시오.

거울

　　사람들이 아직 거울을 몰랐을 때의 이야기입니다. 어떤 사람이 서울에 가서 거울을 사 가지고 집으로 돌아왔습니다. 그 사람은 거울을 옷장 속에 넣고 아침 저녁으로 꺼내서 봤습니다. 하루는 아내가 이것을 보고 이상하게 생각했습니다. 그래서 아내는 남편이 없는 사이에 옷장 속에서 거울을 꺼내 봤습니다. 아내는 깜짝 놀랐습니다. 그 거울 속에는 젊고 예쁜 여자의 얼굴이 있었기 때문입니다.

　　아내는 거울을 들고 시어머님께 가서 말했습니다.

　　"남편이 서울에 가서 젊은 첩을 데리고 왔습니다. 그 젊은 첩이 이 속에 있어요."하고 거울을 시어머님께 보여 드렸습니다.

　　거울을 본 시어머님도 깜짝 놀랐습니다. 그리고 "얘, 이건 네 남편의 첩이 아니고 네 시아버님의 첩이구나!"하고 말했습니다.

　　아내는 다시 거울을 봤습니다. 틀림없이 남편의 첩이었습니다. 아내는 거울 속의 여자를 보고 욕을 했습니다. 그러니까 그 여자도 똑같이 욕을 하는 것입니다. 머리끝까지 화가 난 아내는 더 참을 수가 없어서 가울을 벽에 던졌습니다. 거울은 '쨍그랑' 소리를 내면서 깨졌습니다.

◎꺼내다　　　　　　　　　拿出來

◎첩　　　　　　　　　　　妾

◎욕을 하다　　　　　　　　辱罵

◎참다　　　　　　　　　　忍耐

◎깨지다　　　　　　　　　破碎

[33-35]

(33) 아내는 거울을 보고 왜 놀랐어요?

　　　①남편이 왔기 때문에

　　　②거울 속에 여자가 있어서

　　　③자기 얼굴에 이상해서

　　　④남편이 첩을 데리고 와서

(34) 시어머님을 거울을 보고서 왜 네 사이버님의 첩이라고 했습니까?

　　　①거울 속에 젊은 여인이 아니어서

　　　②자기 아들은 첩을 데리고 온 이유가 없어서

　　　③거울 속에 자기 얼굴을 보았기 때문에

　　　④자기 남편이 첩을 데리고 오는 가 의문이 있어서

(35) 이 글의 내용과 맞는 것을 고르세요.

　　　①남편은 부인에게 거울을 주었다.

　　　②시아버지는 돌아가셨다.

　　　③아내는 아직 거울을 모른다.

　　　④남편은 화가 나서 거울을 깼다.

壹、品詞篇

貳、語尾篇

參、述語及接辭篇

肆、韓檢預備篇（考古題）

伍、韓檢預備篇（模擬試題）

解答

(1)❹　(2)❶　(3)❷　(4)❸　(5)❸　(6)❸　(7)❸　(8)❷

(9)[1]❷　[2]❸　(10)❸　(11)❸　(12)❷　(13)❶　(14)❸　(15)❸

(16)❷　(17)❸　(18)❸　(19)❷　(20)❶

(21)試把單語動詞變名詞。

①그림　②잠　③춤　④웃음　⑤믿음　⑥모임

請將上列單詞填入完成故事。

①꿈　②춤　③그림　④잠　⑤웃음　⑥모임

(22)❸　(23)❹　(24)❷　(25)❷　(26)❸　(27)❷

(28)지난 17일、김정민 씨가、서울 지하철 역삼역에서、선로에 떨어져서
정신을 잃은 여인을 구했다.、구하지 않으면 그 여인이 죽을 것 같아서、

(29)❶　(30)❸　(31)❸　(32)❸　(33)❷　(34)❸　(35)❸

（二）模擬考題翻譯與解析

1. **請在讀完下列文章後回答問題。**

藥菓（蜜製芝麻餅）

　　韓國人常吃的傳統食物之一就是藥菓。大人小孩都喜歡它，無論有開心的事、難過的事都跟韓國人一起度過。不管是作為祭祀飲食、宴會飲食或餐後甜點都受到人們喜愛。藥菓是與西洋的餅乾相似的韓國代表性的菓子（餅乾）。

　　人們從統一新羅時代就開始吃藥菓，高麗時代傳到中國，被叫做「高麗餃子」而受人歡迎。它雖有各種名稱，但從朝鮮時代起被稱為「藥菓」。它是用對健康有益的蜂蜜、芝麻油和麵粉做成的。尤其在早年韓國認為蜂蜜是藥，因此用蜂蜜製的這菓子就叫「藥菓」。

　　近來在藥菓中又加入了各種材料，味道與香氣變得更佳。請在吃過韓國料理後嚐嚐看藥菓吧。在賣糕餅的店家可以買到。

[1-3]

(1) 請選出非傳統韓國食物。

①蔘雞湯　②綠豆煎餅　③泡菜　❹炒飯

(2) 韓國人何時起吃「藥菓」？

❶統一新羅時代　②高麗時代　③朝鮮時代　④近代

(3) 為何這菓子的名字叫「藥菓」呢？

①因為放進了藥做成

❷因為用對健康好的材料做成

③因為從前就開始吃的

④因為是給病人吃的

2. **請在讀完下列文章後回答問題。**

餃子

在中國有「天上飛的除了飛機以外什麼都吃，四隻腳的除了桌子以外什麼都吃。」這樣一句話。中國真的有多種多樣的料理。

過年的食物也很多，其中中國人吃得多的是餃子。一般在過年前一天全家人聚在一起包餃子。雖然很花時間，但全家人一面聊著一面包餃子的關係非常有趣，到現在中國人仍遵守這個風俗習慣。從前在中國使用的錢，樣子跟餃子相似。因此中國人認為吃餃子可以賺大錢。

從前，在包新年要吃的餃子時，其中一個包一枚銅錢進去。吃到那個餃子的人整年都可以過得幸福。近來，因為銅錢髒，改包大棗，到吃的時候，大人小孩全都想找到那一個餃子。

各位如果新年受到中國人家招待的話，請找找看有大棗的餃子吧。

[4-6]

(4) 中國北方人在農曆新年吃什麼食物多呢？

①糕　②麵食　❸餃子　④糯米飯

(5) 中國人們為何認為吃餃子的話可以賺很多錢呢？

①想吃多必須包得多，可以包得多就可以賣。

②包餃子的技巧熟練的話就可以。

壹、品詞篇

貳、語尾篇

參、述語及接辭篇

肆、韓檢預備篇（考古題）

伍、韓檢預備篇（模擬試題）

❸從前中國使用的錢與餃子相似

④也許是一種迷信。

(6) 為何新年裡吃的餃子中有一個要包進銅錢呢？

①從前中國有這種風俗習慣。

②因為可以得到錢

❸因為相信吃到那個餃子的人整年會過得幸福

④因為想過一個幸福的新年

---

3. 請在讀完下列天氣預報後作答。

(7) 3月27日暖和的一天

使人心裡悠閒暖和的春天。

東海岸偶多雲。

氣溫也會上升變暖和。

早晨最低氣溫在3～6度，

白天最高氣溫在10～14度，比昨天要高。

(8) 12月23日繼續下雪……

忠清、全羅、濟州道等地區今天跟昨天一樣會下點雪。

今天早晨全國氣溫都在零下，但比昨天高1～2度。

明天比今天氣溫下降，全國有雪，今冬大概會有個下雪的聖誕。

白天氣溫是2度至5度。

(9) 下列文章是哪個季節的氣象預報？

[1]

今天也因為全面雨季關係，全國陰，南部地方與濟州島會有陣雨。

全面雨季將盡，下週起開始避暑季節。

愛好海水浴的最佳水溫是21～24度。

16日現在的水溫是東海19度、西海20度、南海21度，尚稍嫌涼，下週預料就會有適合海水浴的水溫了。

[2]

> 中秋節連假中，早晨有霧的地方多，駕駛要小心開車。26日至28日將會是連續晴朗的（好）天氣，因為白天與晚上溫差大，早晨起霧的地方會較多。
> 連續假日的最後一天29日，局部地區會有雨但量不大。

[7-9]

(7)　請選出非3月27日的天氣。

①晴　②比昨天暖　❸氣溫上升至6度　④也有陰的地方

(8)　請選出正確的說明

①12月22日濟州島下了雪

❷12月23日比22日稍暖

③12月24日比23日暖

④12月25日會晴

(9)

[1] ①春　❷夏　③秋　④冬

[2] ①春　②夏　❸秋　④冬

4.　下列新聞報導的標題是什麼？

[10-11]

(10)

> 　自下個月1日起，首爾市區的停車費將上漲25～50%，因此路邊停車場的停車費也將從目前的2,000元漲到3,000元，月票的停車費也要調漲。但夜間停車費與住宅邊及換乘（轉車）停車場的白天停車費不漲。
> 　同時，調整基準時間為30分鐘，超過後以10分鐘為單位追加費用。還有，住宅處、上班處等經調查之後，若目的在轉車者，停車費給予折扣。

①停車場變多　②停車問題嚴重

❸停車費上漲　④住宅邊禁止停車

(11)

> 　　不僅是大人，連不會說話的幼兒也會感受到壓力。孩子們因為無法紓解壓力，所以容易生病，甚至會失去生命。（前）14日清晨住在首爾市陽川區新月洞的某金先生發現受託寄養的4個月大的孩子斷氣了。雙薪父母把孩子寄託給金先生之後8天未出現過，小孩沒什麼特別原由生病後絕命了。對這世界一無所知的孩子離開父母成了大的壓力。父母吵架或是遇見陌生人、變換睡鋪對孩子們都會造成大的壓力。無法獨自紓壓的孩子們，身體會變弱，容易生病。

①養育小孩不易　　②雙薪夫婦的困難
❸小孩也會的受到壓力　④患病的孩子多

5.　請讀完下列文章後回答。

沈清

　　從前有個叫沈清的少女與眼盲的父親一起生活著。母親在生下她1個禮拜就離開了世界。沈清的父親沈奉事是個正直又老實的人，可是很窮。沈清靠替人洗衣做針線活賺錢，而且用愛照顧爸爸。村裡的人都稱讚她。

　　有一天沈奉事出來迎接沈清，眼盲的他一不小心跌進了水溝，路過那兒的和尚救了他，並教他一個可以開眼的方法。「奉獻供養米三百石，誠懇地向佛祖祈求看看。」沈奉事答應和尚要那麼做，但是因為窮而無法做到。孝女沈清聽了爸爸的苦悶，便將自己出賣給船伕。收了錢和米的沈清為了船伕們投身大海。

[12-14]

(12) 故事發生地為何？
　　①漁村　❷村子　③都市　④港口
(13) 故事的主人公是誰？
　　❶沈清　②沈奉事　③師傅　④船家
(14) 沈清是怎樣的人？
　　①村民　②漁民　❸孝女　④窮女子

6.　請在讀完下列廣告後回答問題。

喝酒開車是永遠的離別

我爸爸說過我是世上最重要的（至上的）。

可那是騙人的。

爸喜歡酒更勝於我。

如今再也無法跟爸爸說話了。

大概爸爸也會在天國懷念我們吧。

[15-18]

(15) 為何製作這個廣告？

　　①為了東西的多銷而製作。

　　②為了找人而製作。

　　❸為了許多人的幸福而製作。

　　④為了告知公司而製作。

(16) 此文所說「永遠的離別」是什麼？

　　①離婚　　❷死　　③搬家　　④畢業

(17) 我為何說與阿爸永遠離別？

　　①因為我想成為最重要的。

　　②因為我說了謊。

　　❸因為爸爸酒駕。

　　④因為爸爸想上天國。

(18) 下列單字中畫線的字的意思哪一個是不同的

　　①飲酒　　②飲食　　❸音樂　　④飲料　　⑤飲酒過量

7.　請在讀完下列廣告後回答問題。

與煙霧一起消失

一面看著他微笑的臉

夢想著幸福的未來……

煙霧中看到的他的臉。

煙霧讓他與我漸行漸遠。

與煙霧一起消失的他的微笑。

煙霧奪走了我們一起的時間

每支菸可縮短我們5分鐘的生命。

[19-21]

(19)此廣告想對人們說的是什麼？

　　①禁酒　❷禁菸　③禁止停車　④禁止攝影

(20) 下列哪一項不是與菸一起消失？

　　❶一支菸　　　　　②幸福的未來

　　③他的微笑　　　　④我們要一起的時間

(21) 試把單語動詞變名詞。

　　　例如꾸다 → 꿈

　　①그리다 → 그림　　　　②자다 → 잠

　　③추다 → 춤　　　　　　④웃다 → 웃음

　　⑤믿다 → 믿음　　　　　⑥모이다 → 모임

請將上列單詞填入完成故事。

> 　　昨晚夢了一個幼年時的（**夢**），朋友們都聚集了，像是幼稚園。有（**跳舞**）的朋友、（**畫畫**）的朋友、（**睡覺**）的朋友，全都是懷念的面孔。聽到了「哈哈哈」大聲（**笑**）的聲音，忽然好想見他們，於是打電話給朋友說，「我們最好一個月辦一次同學會大家（**聚聚**）」。

①꿈　②춤　③그림　④잠　⑤웃음　⑥모임

....

8.　**請在讀完下列廣告後回答問題。**

**　　　　　　新鮮的味道來到我們旁邊，不同的感覺唷！**

　　星期三中午，教室，在身旁的朋友們。

感覺厭煩這種日常生活時喝吧。

加入地球所有水果的飲料。

一直（讓人）想喝的飲料。

擁有一天所需活力的飲料。

我們每天跟水果接吻。

[22-25]

(22)這支廣告是什麼公司製作的？

　　①製藥公司　②出版社　❸食品公司　④旅行社

(23) 這支廣告出現的商品是用什麼做成的？

　　①大豆　②蔬菜　③牛奶　❹水果

(24) 這個商品的主要消費者是怎樣的人？

　　①公司職員　❷學生　③主婦　④警察

(25) 請選出用錯「新鮮的」句子。

　　①那店裡有許多新鮮的蔬菜。

　　❷因為穿了新鮮顏色的衣服，所以看起來年輕。

　　③因為是今天買來的魚，很新鮮。

　　④上山去呼吸新鮮的空氣的話，心情就變好。

---

9. 請讀下列新聞記事後回答。

左撇子的悲哀

　　我國10人中，就有1人生來就是個左撇子。有的孩子因為用右手寫字困難，所以不想寫習題。嚴重的話，不要說讀書甚至連說話都討厭。因此，近來有的父母讓孩子們兩手都用。

　　左撇子所到之處都有各種不便，開罐器只有右手才可以使用。要用左手開的話，非常困難。地鐵的剪票口、冰箱的門、電話機、廚房用品等等，也都讓左撇子不方便。我國雖然也製造方便左撇子使用的電腦，但大部分都外銷。

　　專科醫生們說，如果過份要求左撇子的孩子使用右手的話，對小孩的心理健康不好。對左撇子小孩最好是兩手一起使用。這樣的話頭腦會變好。

壹、品詞篇

貳、語尾篇

參、述語及接辭篇

肆、韓檢預備篇（考古題）

伍、韓檢預備篇（模擬試題）

[26-27]

(26) 左撇子為何悲哀？請選出不是的項目。

　　①因為父母要求他使用右手

　　②因為生活上有各種不便

　　❸因為用左手寫字困難

　　④因為人們認為是不正常的

(27) 對左撇子的孩子嚴厲地斥責時會有什麼問題？請選出不是的一項。

　　①失去自信心。

　　❷腦筋會變壞。

　　③不喜歡寫字。

　　④不喜歡說話。

---

10. 請讀下列新聞記事後回答。

勇敢的年輕人

　17日首爾地鐵驛三站發生事件。

　一位精神異常者忽然將一個等地鐵的女人推倒跌落軌道。那女人在軌道失去了意識。那時候站內廣播正告知列車要進站了。當時一個市民跳下去把那女人背離軌道上來。

　救了那女人的人是21歲金正民氏（先生）。

　「我若不救她的話她可能會死，我根本沒時間想到危險。」

　後來那女人為了感謝金正民氏（先生），想送答謝禮給他，但他拒絕了。

[28-30]

(28)按報導內容完成下列各項。

何時：지난 17일

誰：김정민 씨가

何地：서울 지하철 역삼역에서

如何：선로에 떨어져서 정신을 잃은 여인을 구했다.

為什麼：구하지 않으면 그 여인이 죽을 것 같아서

(29) 下列各項中在地鐵車廂裡<u>無法</u>聽到的廣播是哪項？

　　❶列車正進入，請各位後退一步。

　　②下一站為大公園站。下車門是左側。

　　③要往堂山或合井去的旅客請在本站換搭2號線。

　　④由於本站電動車的月台（升降場）間距較寬，下車時請注意。

(30) 請選出兩者關係<u>不同</u>者。

　　①推—拉　　　　　②喪失精神—振作精神

　　❸求—找　　　　　④拒絕（託付）—答應（託付）

---

11. 請讀下列新聞記事後回答。

「尖端汽車」不遠了（即將來臨）

　　駕駛打盹的話，會給予警告，與前車有碰撞危險時，會減速或換車道。而且，引擎起火的話，會自動熄滅。

　　這是從去年5月汽車研究人員與汽車公司、大學一起共同研究而正在製造的安全車輛。

　　去年4月無人駕駛車輛製造後，在京釜高速公路行駛成功的研究團隊，開發出駕駛者打盹時的警告系統。

　　專家們預料日後尖端汽車的市場會擴大，因此，美國、日本、歐洲等地，對這樣的研究特別關心。

[31-32]

(31) 此文中所說的尖端汽車是什麼樣的車？請選出<u>不是</u>的項目。

　　①自動減速。

　　②自動換道。

　　❸引擎不會起火。

　　④沒有駕駛也能動。

(32) 各國為何特別關心尖端汽車研究？

　　①因為尖端汽車當駕駛者打盹時會給予警告

　　②因為汽車公司正在製造尖端汽車

　　❸因為想購買尖端汽車的人變多之故

　　④因為專家們在研究尖端汽車

壹、品詞篇

貳、語尾篇

參、述語及接辭篇

肆、韓檢預備篇（考古題）

伍、韓檢預備篇（模擬試題）

....

12. 請讀完下列文章後回答問題。

鏡子

　　這是一個人們尚不知道鏡子時的故事。某人到首爾去買了鏡子帶回家來,他把鏡子放進衣櫥。早晚拿出來瞧。有一天妻子看到了覺得很奇怪。因此趁丈夫不在的時間,從衣櫥裡拿出鏡子來看。她嚇了一跳,因為鏡子裡有個年輕漂亮女子的臉。

　　妻子就拿鏡子去跟婆婆說:

　　「丈夫去首爾後帶回一個年輕的妾,那妾就在這裡頭。」說完就把鏡子拿給婆婆看。

　　看了鏡子的婆婆也嚇了一跳。「孩子啊,這不是你丈夫的妾,是你公公的妾啊!」

　　妻子又再看了鏡子,沒錯就是丈夫的妾,妻子看了鏡中的女子罵了出口,因此,那女子也一樣地開罵。火到衝冠程度的妻子再也忍不住,就將鏡子丟向牆壁,鏡子發出「噹啷」的聲響後破碎了。

[33-35]

(33) 妻子看了鏡子後為什麼大吃一驚?
　　①因為丈夫來了
　　❷因為鏡子裡有個女人
　　③因為自己的臉奇怪
　　④因為丈夫帶來了妾

(34) 婆婆看了鏡子後為什麼說是你公公的妾?
　　①因為鏡子裡面不是年輕女子
　　②因為自己的兒子沒有理由帶妾回來
　　❸因為在鏡子裡面看到自己的臉蛋
　　④因為疑惑自己的丈夫帶了妾來

(35) 請選出與此篇文章相符的敘述。
　　①丈夫將鏡子給了夫人。
　　②公公過世了。
　　❸妻子還不知道鏡子是什麼。
　　④丈夫因為生氣把鏡子打碎了。

二、寫作模擬試題　쓰기 모의시험문제

（一）寫作模擬試題　쓰기 모의시험문제

1. **初級寫作（第1篇-第5篇）初級 쓰기 (1편-5편)**

    (1) 영화를 보고 싶어하는 사람들에게 초대장을 쓰십시오.

초대장

여러분을 초대합니다
국화 향기가 가득한 계절입니다. 영화를 사랑하는 사람들이 모여서 함께 만든 멋진 영화를 만나러 오십시오. 올해에도 아름다운 영화를 많이 만들었습니다. 이번 영화 축제에서는 한 해 동안 만든 30여편의 영화가 소개됩니다. 여러분은 어떤 세상을 꿈꾸고 계십니까? 여러분이 머리 속에 그려 보는 세상이 영화 속에 들어 있습니다. 영화는 우리들이 꿈꾸고 있는 세상을 보여 줍니다. 그런 꿈의 세계로 여행을 떠나지 않으시겠습니까? 때 : 2001년 10월 5일부터 19일까지 오후 3시, 5시, 7시, 9시 곳 : 국립극장 대극장 * 시작 20분 전까지 입장해주십시오 * 6세 이하의 어린이는 입장할 수 없습니다

◎국화　　　　　　　菊花
◎향기　　　　　　　香氣
◎가득하다　　　　　充滿
◎축제（祝祭）　　　節慶
◎세상　　　　　　　世上
◎세계　　　　　　　世界
◎입장하다　　　　　入場

壹、品詞篇

貳、語尾篇

參、述語及接辭篇

肆、韓檢預備篇（考古題）

伍、韓檢預備篇（模擬試題）

(2) 선생님께 새해 카드를 쓰십시오.

유 선생님께

바쁜 한 해가 가고 희망의 새해가 밝아 옵니다.

지난 한 해 동안 여러 가지를 도와 주셔서 대단히 감사합니다.

새해에도 많은 관심과 사랑을 부탁드립니다.

새해에는 더욱 더 건강하시고

계획하시는 일마다 행운이 함께 하시기 바랍니다.

새해 복 많이 받으십시오.

2001년 12월

김 철 수 올림

---

(3) 일기를 써 보십시오.

진수의 일기

3월 22일 흐린 후에 맑음

　내 짝은 남자다. 여자와 짝을 하고 싶었지만 남자들의 수가 너무 많기 때문에 나는 남자와 짝이 되었다. 그때 내 실망은 아주 컸다. 그러나 실망은 내 마음 속에서 점점 사라지기 시작했다. 그것은 내 짝인 성일이 때문이었다.

　처음에 그 애가 내 짝이 되었을 때는 낯설기만 했다. 그러나 시간이 지나면서 점점 익숙해졌다. 그리고 우리는 차차 친해져서 좋은 친구가 되었다. 우리가 이렇게 친해진 것은 성일이의 특별한 유머감각 때문이라고 생각한다.

　성일이는 여러 가지 농담으로 같은 반에 있는 여자 애들을 잘 웃겼다. 그래서 여자 애들에게 인기가 좋았다.

　성일이가 내 짝이어서 나는 항상 즐거웠다. 오늘은 그 애가 초보적인 쿵후 무술로 나를 때리면서 장난을 했다. 그러니까 웃기는 무술영화에 나오는 한 장면이 됐다. 나와 반친구들은 한바탕 웃었다. 글만으로는 성일이의 재미있는 행동을 나타내기 어렵다. 비디오 테이프로 한 장면 찍어서 사람들에게 보여 주고 싶다.

　성일이는 사람들이 즐거워하는 것을 보면서 행복해하는 것 같다.

◎짝	夥伴（配對的對方）
◎실망	失望
◎사라지다	消失
◎낯설다	陌生
◎유머감각	幽默感
◎초보적이다	初步的、基礎的
◎쿵후무술	功夫武術
◎한바탕	一陣
◎행동	行動
◎장면	場面

(4) 주간지 광고를 써 보십시오.

정보화 시대의 동반자

　경제를 무조건 어렵다고 생각하는 사람들이 많습니다. 그러나 여러분의 생활이 바로 경제입니다. 경제는 나와 관계없는 먼 나라의 얘기가 아닙니다. 경제를 알면 여러분의 앞날이 열립니다. 경제를 알면 세계가 열립니다. 국내 최초의 경제전문주간지 '경제마당'은 여러분을 성공의 길로 안내하겠습니다.

(5) 새옷 광고를 써 보십시오.

멋쟁이들의 선택!

올 겨울에는 다른 때보다 마음이 따뜻할 것이다.

새로운 계절을 기다리는 요즘.

가지고 있는 옷은 많지만 마음에 드는 옷이 없어서 고민이다.

몇 년 전에는 아무 옷이나 잘 어울렸는데

이제는 그런 옷을 찾기가 어렵다.

하지만 중년의 나에게 젊음과 자신감을 줄 수 있는 옷이 있다.

두세 벌의 옷으로 다양한 분위기를 만들어 주는 옷.

壹、品詞篇

貳、語尾篇

參、述語及接辭篇

肆、韓檢預備篇（考古題）

伍、韓檢預備篇（模擬試題）

나만의 독특한 분위기를 만들어 주는 옷.

이제부터는 외출이 즐거워질 것이다.

◎고민   苦悶
◎중년   中年
◎자신감   自信感
◎다양하다   多樣的
◎독특하다   獨特的

2. 中高級寫作（第1篇-第5篇）   중고급 쓰기 (1편-5편)

(1) 사진기와 사진들

여행을 갈 때 가지고 가는 사진기는 오랫동안 사용한 것이 좋습니다. 새로 산 사진기나 익숙하지 않은 사진기는 설명서를 잘 읽어야 합니다.

잘 모르는 곳에 여행을 갔을 때에는 그 도시의 기념 엽서를 사는 것이 좋습니다. 그렇게 하면 그 도시의 유명한 장소를 알 수 있습니다. 그 나라의 말을 모를 때에는 택시 운전 기사에게 엽서를 보여 주면 쉽게 갈 수 있습니다. 엽서의 사진을 잘 보고 그것보다 더 멋있는 사진을 찍어 보세요.

유명한 건물이나 경치를 사진에 남기는 것도 좋지만 여러분이 보기에 재미있는 것들을 사진으로 찍어 보세요. 여행에서 돌아온 후에 친구들에게 여행 이야기를 해 줄 때 그런 사진들이 있으면 좋을 겁니다.

여행지에서 만난 사람들과 사진을 찍고 싶을 때에는 웃는 얼굴로 부탁을 해 보세요. 추억이 될 수 있는 사진을 찍을 수 있을 겁니다.

(2) 유교의 가르침과 영향

오랫동안 한국의 문화와 한국 사람들의 사고방식에 영향을 준 것은 유교입니다. 동양의 많은 나라들이 유교의 영향을 받았습니다. 한국에서는 특히 조선시대에 모든 사람들에게 유교를 가르치려고 했습니다. 사람들은 유교를 배우고 유교를 믿었습니다. 지금도 많은 한국 사람들의 사고방식은 유교와 관계가 있습니다. 유교에는 여러 가지 가르침이 있지만 그 중에서 다음 다섯가지가 중요한 것입니다.

군신유의: 왕과 왕을 도와주는 신하는 서로 의리를 지켜야 한다.

부자유친: 부모와 자식은 서로 사랑해야 한다.

부부유별: 남편과 아내는 서로 해야할 일이 다르다.

장유유서: 아랫사람은 윗사람을 잘 모셔야 한다.

붕우유신: 친구는 서로 믿어야 한다.

(3) 나의 살던 아파트

내 아파트

이것은 제가 뉴욕에서 살 때의 아파트 사진입니다.

이 사진을 보면 제가 좋아하는 것이 무엇이고 제 성격이 어떤지 금방 알 수 있습니다. 저는 피아노를 치면서 노래 부르는 것과 음악 듣는 것을 좋아합니다. 그리고 제가 찍은 사진들을 모으는 것도 좋아합니다. 영화를 아주 좋아해서 모은 비디오 테이프가 백개가 넘고 인형도 굉장히 많은데 안타깝게 이 사진에는 보이지 않네요.

아파트가 작고 물건이 많지만 저는 깔끔한 것을 좋아해서 항상 이렇게 깨끗하게 정리를 합니다. 저는 대학교에 다닌 4년동안 이 아파트에서 살았어요. 이 아파트에는 많은 추억이 있어요. 재미있었던 일, 또 슬펐던 일들이 생각나네요. 혼자 살아서 자유로웠지만 좀 외로웠어요. 혼자 살면서 배우고 느낀 게 많습니다. 가끔은 다시 그 아파트에 가 보고 싶습니다.

하지만 이제는 사촌동생이 그 아파트에 살고 있어서 전과 많이 달라졌을 겁니다. 그래서 다시 그 아파트에 가게 되면 마음이 좀 이상할 것 같아요.

◎넘다　　　　超過
◎안타깝다　　可惜
◎깔끔하다　　乾淨俐落的
◎추억　　　　回憶
◎이상하다　　異常的、奇怪的

(4) 일기

나의 자취 생활

6월 27일 비가 오다가 갬

오늘은 수업이 끝난 후에 점심을 먹지 않고 곧장 집에 돌아왔다. 기다리는 사람은 없지만 집에 가면 마음이 편안하다. 누워서 음악을 들으면 아주 행복해진다. 혼자 살기 때문에 외로울 때도 있지만 그런 기분은 잠깐이다. 난 자유로운 생활이 성격에 맞는다. 먹고 싶을 때 먹고 자고 싶을 때 잘 수 있는 자유가 좋다.

하자만 혼자 집안일을 하는 것은 무척 귀찮다. 특히 음식을 만드는 일은 정말 하기 싫다. 재료를 준비하고 씻고 오랫동안 서서 요리를 해야 하는 일은 생각만 해도 피곤하다. 어머니들은 어떻게 그런 일을 날마다 할 수 있을까? 또 식사가 끝난 후에는 설거지를 해야 한다. 이런 때는 누군가 같이 사는 사람이 있었으면 좋겠다고 생각한다. 하지만 조금 편해지려고 자유를 포기하고 싶지 않다.

나는 거의 모든 집안일을 싫어하지만 빨래는 좋아한다. 더러운 옷들이 깨끗해지면 기분이 참 좋다.

며칠 전에 세탁기가 고장이 나서 빨래거리가 많이 밀렸다. 할 수 없이 오늘은 손으로 빨래를 했다. 좀 힘들었다. 하지만 빨래를 헹구고 물을 버릴 때는 마음이 시원해졌다. 마음속에 있는 스트레스가 다 풀리는 것 같았다. 세상에 있는 모든 더러운 것들도 이 빨래처럼 깨끗해지면 얼마나 좋을까?

◎눕다　　　　躺
◎자유롭다　　自由地
◎귀찮다　　　煩
◎재료　　　　材料
◎포기하다　　抛棄
◎빨래거리　　要洗的衣物
◎헹구다　　　漂（洗過的衣物）
◎풀리다　　　被疏解

(5) 한국에 처음 왔을 때

버스에서 생긴 일과 내 감상

한국에 처음 왔을 때 나는 하숙집에서 학교까지만 왔다갔다하는 생활을 했다. 공부할 것도 많고 친구도 별로 없었기 때문이었다. 가끔 볼 일이 생겨서 다른 곳에 가야할 때는 무척 긴장이 되었다. 길을 잃어버릴 것 같아서 겁이 났다.

어느 날 압구정동에 가려고 버스를 탔다. 마침 빈 자리가 있어서 앉을 수 있었다.

　　그러나 점점 사람이 만나져서 할머니 한 분이 내 옆으로 오셨다. 나는 모처럼 자리에 앉았기 때문에 일어나고 싶지 않았다. 그러지만 주위에 있는 사람들이 계속 나를 쳐다봐서 나는 좀 부끄러워졌다. 할 수 없이 할 머니에게 자리를 양보했다.

　　할머니께서는 나에게 고맙다고 하셨다. 나는 "천만에요, 천만에요."라고 몇 번이나 말했다. 그런데 갑자기 할머니께서 내 가방을 빼앗으려고 하셨다. 나는 깜짝 놀라서 가방을 꽉 잡았지만 할머니는 힘껏 내 가방을 빼앗아 가셨다. 그리고 무릎 위에 놓으셨다. 그 때 나는 할머니께서 내 가방을 들어 주려고 했다는 것을 알았다. 그래서 얼른 부드러운 목소리를 "고맙습니다"라고 할머니께 인사를 했다.

　　한국사회는 예로부터 경로와 존현의 도덕예교가 있었다. 이는 일상언어 중 경어가 있는 것으로도 알 수 있다. 조선 세종 대왕께서 문자를 창제했을때 궁중에 "집현전"을 설치했는데 이는 바로 경로와 존현관념이 전통예교임을 알 수 있다. 그래서 한국사람들은 자리를 연장자에게 양보하는 것이 당연한 일이라고 생각한다. 그리고 앉은 사람은 서있는 사람의 무거운 짐을 가져 받아주는 것이 서로 도와주는 것이라고 여진다. 이와 같은 관습은 사회단체로 하여금 단결하고 강력한 힘을 생기게 해준다. 기업으로서는 더우 뛰어난 경쟁력을 가질 수 있을 것이다. 더구나 학교의　교육도 윤리도덕의 양성을 중시해서 좋은 사회풍조를 배양함으로써 궁극적으로는 지어 국력의 제고까지 영향을 미치게 하고 있다.

◎겁이 나다　　　　　　害怕、膽怯
◎마침　　　　　　　　正巧、剛好
◎모처럼　　　　　　　難得、好不容易
◎쳐다보다　　　　　　注視
◎자리를 양보하다　　　讓位
◎힘껏　　　　　　　　盡力
◎경로　　　　　　　　敬老
◎존현　　　　　　　　尊賢
◎도덕예교　　　　　　道德禮教
◎진현전　　　　　　　集賢殿
◎연장자　　　　　　　年長者
◎서로 도와주는 것　　互相幫助的
◎여긴다　　　　　　　感到、認為
◎로 하여금　　　　　　以……使得……

壹、品詞篇

貳、語尾篇

參、述語及接辭篇

肆、韓檢預備篇（考古題）

伍、韓檢預備篇（模擬試題）

◎생기다　　　　　　　產生
◎뛰어나다　　　　　　了不起的、突出
◎윤리　　　　　　　　倫理
◎중시하다　　　　　　注重、重視
◎풍조　　　　　　　　風氣、風潮
◎배양하다　　　　　　培養
◎궁극적으로　　　　　最後
◎제고　　　　　　　　　提升、提高
◎영향을 미치게 하다　影響到

（二）寫作模擬試題翻譯

1. 初級寫作（第1篇-第5篇）

(1) 請寫招待券給想看電影的人。

招待券

招待各位

充滿菊花香氣的季節，請來觀賞。
愛好電影的人們聚集在一起製作的好看電影。
今年也製作了許多美麗的電影。
這次的電影節中將介紹一年當中所製成的30餘部電影。
各位在夢想怎樣的世界呢？各位腦中所畫的世界，就進到了電影中。電影讓大家看見我們夢想中的世界。
那麼，為何不來一趟夢想世界之旅呢？

時間：2001年10月5日起至19日止，下午3點、5點、7點、9點
地點：國立劇場大舞台
*請於開場前20分鐘入場
* 6歲以下的兒童禁止入場

(2) 請寫賀年卡給老師。

> **柳老師尊鑑：**
> 忙碌的一年過去了，希望的新年光耀地降臨。
> 感謝您在過去的一年當中給予我各種的幫助。
> 拜託您在新的一年裡仍給予愛與關心。
> 祝您新的一年更加健康，並祈
> 計畫的每事都幸運實現。
> 敬頌　新年萬福。
>
> 　　　　　　　　　　　　　　　　　　2001年12月
> 　　　　　　　　　　　　　　　　　金喆洙　敬上

(3) 請試寫日記看看。

真秀的日記

3月22日陰後晴

　　與我配對的夥伴是男生。雖然想跟女生配對，但因男生太多，所以我跟男生配了對。當時我很失望。但失望卻在我心中開始漸漸消失。那是因為我的夥伴誠一的關係。

　　起初他成為我的夥伴時，只覺陌生。但經過了時日漸漸變熟悉。我們也慢慢地變成了親近的好朋友。我想那是因為誠一特別的幽默感吧。

　　誠一用各種笑話使得同班的女孩兒們發笑，因此他在女孩面前很吃香，很有人緣。

　　因誠一是我的配對夥伴，我經常都快樂。今天他用基礎功夫武術一面打我一面玩耍。成了笑話武術電影裡出現的一個場面。班上同學和我一陣的大笑。用文字很難表現誠一有趣的行動。我想用錄影帶拍一個場景給人們看。

　　誠一看到人們高興，自己也像是幸福的樣子。

(4) 請試寫週刊廣告看看。

> ### 資訊化時代的同伴
> 　　很多人認為經濟確實（絕對）難懂。但是各位的生活就是經濟。經濟並非與我無關遙不可及的話題。瞭解經濟的話，諸位的前途乃是康莊大道。懂得經濟則世界就被打開，國內第一本經濟專門（週刊）雜誌《經濟庭院》將引導諸位走向成功之路。

壹、品詞篇

貳、語尾篇

參、述語及接辭篇

肆、韓檢預備篇（考古題）

伍、韓檢預備篇（模擬試題）

(5) 請試寫新衣廣告看看。

俊男美女們的選擇！

今年冬季將比其他時候心裡更溫暖。

等待新的季節來臨的最近。

雖然擁有的衣服不少，但苦悶於沒有一件衣服是稱心的。

在幾年前什麼衣服都合適，

但現在卻不容易找到那樣的衣服。

可是，對中年的我來而言，有可以帶給我年輕與自信感的衣服。

用二、三套衣服可以給我製造多樣的氛圍。

製造出屬於我獨特氣氛的衣服。

從現在起外出變成了令我高興的事。

2. 中高級寫作（第1篇-第5篇）

(1) 相機與照片

　　出去旅行要帶長期使用的相機較好。新買的相機或是不熟悉的相機必須詳細看看說明書才好。

　　到不熟悉的地方去旅行時，先買那個都市的紀念明信片比較好。這樣就可以知道那都市有名的場所。不懂那國的語言的話，拿明信片給計程車司機看就可以容易地去了。注意看明信片上的照片，試試看能否拍一張比它更美的照片。

　　留下有名建築物或景緻的照片雖好，請試著去拍些在各位看來有趣的照片看看。旅遊回來後對朋友們述說旅行所見所聞時有照片佐證是好事。

　　想跟旅遊地遇見的人拍照時，用笑臉拜託看看。你會拍下可以作為回憶的照片的。

(2) 儒教的教導與影響

　　長久以來儒教給予韓國文化與韓國人的思考方式相當的影響。東方有許多國家都受到儒教的影響。在韓國特別是朝鮮時代想教儒教給所有人。人們學習儒教並相信儒教，現在許多韓國人的思考方式仍與儒教有關。儒教中雖有各種的教導，其中有5項重要的項目如下：

　　君臣有義：王與幫助王的臣子彼此應遵守義理。

　　父子有親（情）：父母與子女相互應有愛。
　　夫婦有別：丈夫與妻子彼此該做的事有區別。
　　長幼有序：在下位者應好好侍奉在上位者。
　　朋友有信：朋友之間應該彼此互信。

(3) 我住過的公寓

我的公寓

　　這是我住在紐約時公寓的照片。

　　看了照片馬上可以知道我喜歡的是什麼、我個性如何。我喜歡一面彈鋼琴一面唱歌，以及聽音樂。還有，我也喜歡搜集我拍的照片。因為很喜歡電影，所搜集的電影錄影帶超過百個。娃娃也非常多，可惜的是這張照片中看不見。

　　雖然公寓小而東西多，但因為我喜歡乾淨俐落，所以經常整理得乾乾淨淨。我上大學的4年都住在這公寓裡。這公寓有我許多回憶。想起了有趣的，還有悲傷的事。獨自居住雖然自由，可有點孤單。一面獨自過活一面學習，且感覺的東西頗多。有時想再回去看看那個公寓。

　　但現在我的堂弟（妹）住在那個公寓裡，所以變得跟以前有許多不同。因此若再回到那公寓去的話，心裡好像會有些怪怪。

(4) 日記

我的自炊生活

6月27日雨後晴

　　今天一上完課，我午飯沒吃就直接回家來了。雖沒人等候，但回家的話，心裡就舒服。躺著聽音樂就感到很幸福。因為獨自一人住，雖然有時也覺得孤單，但那種心情是暫時的。自由地生活是適合我個性的。想吃的時候就吃，想睡就可以睡的自由，真好。

　　可是，獨自處理家事就很煩，尤其是做飯，真的討厭。得準備材料、洗、做料理，得長久站立，一想及就疲倦。媽媽們為何可以每天做那種事呢？還有吃完飯後必須洗碗盤，這個時候就想說，有個人一起住該有多好。但只想方便些，並不想拋棄自由。

　　我幾乎討厭所有的家事，但卻喜歡洗衣服。把髒的衣服弄乾淨的話，心裡真舒暢。

　　幾天前，因洗衣機壞了，要洗的衣服積了許多。沒辦法今天只好用手洗。雖然有點兒吃力，但漂洗完把水倒掉時，心情變輕鬆了。心中所有壓力像是疏解了似的。世上所有的髒東西要能像洗衣一樣變乾淨的話那該有多好啊？

(5) 初到韓國來時

巴士上發生的事與我的感想

　　初到韓國來時，只生活在往返住宿處與學校之間。因為要讀的書很多，也沒什麼朋友。偶爾有事得要到別地方去時就很緊張。因為怕迷路而心生膽怯。

　　有一天要去狎鷗亭洞，搭上了巴士。剛好有空位可以坐下，可是漸漸地人多了起來，有一位老奶奶來到了我旁邊，我因為好不容易坐上位子，就不想起來。可是周圍的人們不斷地注視著我，讓我有點慚愧。沒辦法就把座位讓給了老奶奶。

　　老奶奶對我說了謝謝，我連說了幾次「哪裡，哪裡！」。可是，忽然老奶奶想要奪取我包包。我嚇了一跳，緊緊抓住包包，但老奶奶盡力地把我包包奪過去，然後放在膝蓋上，那時我才了解老奶奶要幫我拿包包。因此立刻以輕柔的聲音向老奶奶道謝。

　　韓國社會自古就有敬老尊賢的道德禮教，從日常語言中有「敬語」就可得知，朝鮮世宗大王在創制文字時宮中就設置了「集賢殿」，可知敬老尊賢的觀念是其傳統禮教，所以韓國人認為讓位給年長者是應該的當然的是，而坐著的人幫站著的人拿沉重的包包是一種互助的表現，此種習慣使得社會團體能產生團結而強大的力量。在企業就能產生更了不起的競爭力。再加上他們學校教育也注重倫理道德的養成，因此培養出良善的社會風氣，最後甚至影響到國力的提升。

索引

[ㄹ]

國家圖書館出版品預行編目資料

韓語詞法・句型與新韓檢閱讀・寫作寶典 / 王俊著；
--初版--臺北市：瑞蘭國際，
2015.01
432面；17 x 23公分 --（繽紛外語系列；40）
ISBN：978-986-5953-96-6
1.韓語 2.詞法 3.句法 4.能力測驗

803.289   103017721

繽紛外語系列 40

韓語詞法・句型與新韓檢閱讀・寫作寶典

作者｜王俊・責任編輯｜潘治婷、王愿琦・校對｜王俊、潘治婷、王愿琦

封面設計｜余佳憓・內文排版｜陳如琪・印務｜王彥萍

董事長｜張暖彗・社長兼總編輯｜王愿琦
主編｜王彥萍・主編｜葉仲芸・編輯｜潘治婷・編輯｜紀珊・設計部主任｜余佳憓
業務部副理｜楊米琪・業務部專員｜林湲洵・業務部助理｜張毓庭

出版社｜瑞蘭國際有限公司・地址｜台北市大安區安和路一段104號7樓之1
電話｜(02)2700-4625・傳真｜(02)2700-4622・訂購專線｜(02)2700-4625
劃撥帳號｜19914152 瑞蘭國際有限公司

總經銷｜聯合發行股份有限公司・電話｜(02)2917-8022、2917-8042
傳真｜(02)2915-6275、2915-7212・印刷｜宗祐印刷有限公司
出版日期｜2015年1月初版1刷・定價｜450元・ISBN｜978-986-5953-96-6